STURM

J. M. G. Le Clézio

STURM

Zwei Novellen

Aus dem Französischen
von Uli Wittmann

Kiepenheuer
& Witsch

MIX
Papier aus verantwortungsvollen Quellen
FSC® C083411
Verlag Kiepenheuer & Witsch, FSC® N001512

1. Auflage 2017

Die Originalausgabe erschien 2014 unter dem Titel »Tempête«
bei Éditions Gallimard, Paris

Aus dem Französischen von Uli Wittmann

Umschlaggestaltung: Rudolf Linn, Köln
Umschlagmotiv: © plainpicture/amanaimages/Gyro Photography
Autorenfoto: Catherine Hélie © Editions Gallimard
Gesetzt aus der Garamond Premier Pro
Satz: Buch-Werkstatt GmbH, Bad Aibling
Druck und Bindung: CPI books GmbH, Leck
ISBN 978-3-462-04787-5

STURM

Für die Haenyo,
die Seefrauen der Insel Udo

DIE NACHT BRICHT auf der Insel an.

Die Nacht füllt nach und nach die Senken, dringt zwischen die Felder, eine Schattenflut, die bald alles bedeckt. Im gleichen Moment verlassen die Touristen die Insel. Jeden Morgen treffen sie mit der Acht-Uhr-Fähre ein, ergießen sich wie ein Strom über die leeren Flächen, bevölkern die Strände und rinnen wie Schmutzwasser über Straßen und Sandwege. Wenn es Nacht wird, leeren sie die Tümpel wieder, fließen zurück, verschwinden. Die Schiffe schaffen sie fort. Und dann ist die Nacht da.

Ich war vor dreißig Jahren zum ersten Mal auf dieser Insel. Die Zeit hat alles verändert. Ich erkenne die Landschaft, die Hügel, die Strände und die Form des eingefallenen Kraters im Osten kaum wieder.

Warum bin ich hierher zurückgekehrt? Gibt es für einen Schriftsteller keinen anderen Ort, an dem er schreiben kann? Keine andere Zufluchtsstätte – fernab vom Lärm der Welt, mit weniger Geschrei, weniger Arroganz –, an der er sich vor einer Wand an seinen Arbeitstisch setzen kann, um seine Zeilen auf der Schreibmaschine zu tippen? Ich wollte diese Insel wiedersehen, dieses Fleckchen Erde ohne Geschichte und ohne Erinnerung, dieses vom Ozean umbrandete und von Touristen überlaufene Felsenreich.

Dreißig Jahre, die Lebensdauer einer Kuh. Ich war gekommen wegen des Windes, des Meeres, der umherirrenden halbwilden Pferde, die ihre Leine hinter sich herziehen, wegen der Kühe nachts mitten auf den Wegen, ihres tragischen Muhens wie ein Nebelhorn und des Kläffens der angeketteten Hunde.

Vor dreißig Jahren gab es keine Hotels auf der Insel, nur Gästezimmer in der Nähe des Anlegers, die jeweils für eine Woche zu vermieten waren, und Esslokale in Holzbaracken am Strand. Wir hatten ein kleines Holzhaus ohne Komfort auf einer Anhöhe gemietet, es war ideal, auch wenn es feucht und kühl war. Mary Song war zwölf Jahre älter als ich, hatte schönes dunkles, fast schwarzblaues Haar, und Augen in der Farbe von Herbstblättern, sie hatte in Bangkok in einem Hotel für wohlhabende Touristen als Bluessängerin gearbeitet. Warum hatte sie darauf bestanden, mich auf diese abgelegene Insel zu begleiten? Es war nicht meine Idee gewesen, sie hatte mich auf den Gedanken gebracht, glaube ich. Oder sie hatte gehört, wie jemand von einer abgelegenen Felseninsel erzählt hatte, die bei Sturm vom Rest der Welt abgeschnitten war. »Ich brauche Stille.« Oder es war meine Idee gewesen, ich hatte an die Stille gedacht. Um zu schreiben, um nach den verlorenen Jahren wieder anzufangen zu schreiben. Die Stille, die Entfernung. Die Stille, umgeben von Wind und Meer. Die kalten Nächte, die Anhäufung von Sternen.

Jetzt ist all das nur noch eine Erinnerung. Das Gedenken ist unwichtig, folgenlos. Nur die Gegenwart zählt. Diese Erkenntnis habe ich teuer bezahlt. Der Wind ist mein Gefährte. Er bläst ununterbrochen auf diese Felsen, er kommt vom Horizont im Osten, prallt auf die zerklüftete Vulkanwand, weht über die Hügel, schlängelt sich durch die kleinen Mauern aus Lavablöcken und gleitet über den Korallensand und die zermalmten Muscheln. Nachts pfeift der Wind im Zimmer meines Hotels (*Happy Day* – wie ist dieser Name bloß hierhergekommen, ein unvollständiger Name auf einer gestrandeten Holzkiste?) durch die Ritzen neben Fenstern und Tür, weht durch den leeren Raum, in dem das verrostete Eisenbett ebenfalls wie Strandgut wirkt. Es gibt keinen anderen Grund für mein Exil, für meine Einsamkeit, nur das Grau des Himmels und des Meeres und die durchdringenden Rufe der Taucherinnen, die Seeohren fischen, ihre Schreie, ihre Pfeiftöne, so etwas wie eine unbekannte, archaische Sprache, die Sprache der Meerestiere, die die Welt lange vor der Existenz des Menschen bevölkert haben ... *Ahuah, iya, ahi, ahi!* ... Die Taucherinnen waren schon da, als Mary mich auf diese Insel mitgenommen hat. Damals war alles anders. Die Muscheltaucherinnen waren zwanzig, schwammen unbekleidet, die Taille mit Steinen beschwert, und trugen Taucherbrillen, die sie den Leichen japanischer Soldaten entwendet hatten. Sie hatten weder Schuhe noch Handschuhe. Heute sind sie weitaus älter, tragen schwarze Taucheranzüge aus Gummi, Handschuhe aus Neopren und bunte Füßlinge aus Plastik. Wenn sie ihr Tagewerk verrichtet haben, schieben sie in Kinderwagen ihre Ernte die Küstenstraße entlang. Manchmal haben sie einen Elektroroller oder ein Dreirad mit Benzinmotor. An ihrem Gürtel hängt ein Messer aus rostfreiem Metall. Sie ziehen ihre Taucheranzüge neben einer Hütte aus

Hohlblocksteinen aus, die inmitten der Felsen für sie errichtet worden ist, spritzen sich mit einem Schlauch im Freien ab und humpeln dann, von Rheuma gebeugt, nach Hause zurück. Der Wind hat ihre Jahre fortgeweht, und meine auch. Der Himmel ist grau, hat die Farbe der Reue. Das Meer ist unruhig, stürmisch, es brandet gegen die Riffe, auf die Lavaklippen, es strudelt und plätschert in den großen Lachen der schmalen Buchten. Ohne diese Frauen, die jeden Tag fischen, würde das Meer feindlich, unzugänglich wirken. Ich lausche jeden Morgen den Schreien der Seefrauen, ihrem keuchenden Atem, wenn sie auftauchen, *ahuiii, iya,* dann denke ich an die vergangene Zeit zurück, an Mary, die verschollen ist, höre ihre Stimme wieder, wie sie einen Blues singt, denke an ihre Jugend, an meine Jugend. Der Krieg hat alles zunichtegemacht, der Krieg hat alles zerstört. Der Krieg erschien mir zu jener Zeit schön, ich wollte über ihn schreiben, ihn erleben und dann über ihn schreiben. Der Krieg war wie eine schöne junge Frau mit traumhafter Figur, langem schwarzem Haar, hellen Augen und bezaubernder Stimme, doch sie hat sich in ein struppiges, boshaftes altes Weib verwandelt, in eine rachsüchtige, unbarmherzige Xanthippe voller Grausamkeit. Die Bilder kommen mir wieder vor Augen, tauchen aus der Tiefe auf. Verrenkte Leichen und abgeschlagene Köpfe, die schmutzige Straßen übersäen, Benzinlachen, Blutlachen. Ein bitterer Geschmack im Mund, übler Schweiß. In einem fensterlosen kleinen Raum, der von einer einzigen nackten Glühbirne erhellt wird, halten vier Männer eine Frau fest. Zwei von ihnen sitzen auf ihren Beinen, einer hat ihre Handgelenke mit einem Gurt festgebunden, der vierte ist damit beschäftigt, sie unendlich lange zu vergewaltigen. Kein Geräusch ist zu hören, wie in einem Traum. Nur das heisere Keuchen des Vergewaltigers und das schnelle, vor Angst halb erstickte Hecheln der Frau, sie hat anfangs womöglich geschrien, denn auf ihrer Unterlippe ist die Spur eines Schlags zu sehen, sie ist geplatzt, und das herabgeronnene Blut hat auf ihrem Kinn einen Stern hinterlassen. Das Keuchen des Vergewaltigers beschleunigt sich, verwandelt sich in ein tiefes, beklemmtes Röcheln, wie das abgehackte, dröhnende Rasseln einer Maschine, ein Geräusch, das immer schneller wird und nie aufhören zu wollen scheint.

Die Geschichte mit Mary, die mehr trank als zuträglich ist und die vom Meer verschlungen worden ist, hat sich erst viel später ereignet. »Das könnte ich auch«, hatte sie gesagt, als wir die Meerenge überquerten, die die Insel vom Kontinent trennt. Sie ist bei Sonnenuntergang ins Wasser gegangen. Die Ebbe hatte die Wellen geglättet, die weinfarbenen Kreise breiteten sich nur langsam aus. Jene, die sie ins Wasser haben gehen sehen, haben gesagt, sie sei ruhig gewesen und habe gelächelt. Sie trug ihren ärmellosen, halblangen blauen Schwimmanzug und ließ sich zwischen die schwarzen Klippen gleiten, dann begann sie zu schwimmen, bis die Wellen oder die Spiegelung der untergehenden Sonne sie den Blicken der Zuschauer entzogen.

Ich habe nichts davon gewusst, nichts gesehen, nichts geahnt. Im Schlafzimmer unserer Holzhütte lagen ihre Kleider sorgsam gefaltet und gestapelt, als wolle sie verreisen. Die Reisschnapsflaschen waren leer, die Zigarettenschachteln offen. Eine Reisetasche enthielt ein paar vertraute Gegenstände,

Kamm und Haarbürste, Pinzette, Spiegel, Schminke, Lippenstift, Taschentuch, Schlüssel, etwas amerikanisches und japanisches Geld, all das, als würde sie in zwei Stunden zurückkommen. Der einzige Polizeibeamte dieser Insel – ein junger Mann mit jugendlichem Aussehen, das Haar mit einer Bürstenfrisur – hat die Bestandsaufnahme gemacht. Aber er hat mir alles überlassen, als sei ich ein Angehöriger oder ein Freund. Und ich bin beauftragt worden, über ihre sterblichen Reste zu verfügen, sie einzuäschern oder sie ins Meer zu werfen, falls man etwas finden sollte. Aber es hat nie etwas anderes gegeben als diese unbedeutenden Habseligkeiten. Die Vermieterin hat sich ein paar Dinge aus der Garderobe ausgesucht, hat die hübschen blauen Schuhe behalten, den Strohhut, die Seidenstrümpfe, die Sonnenbrillen und die Handtasche. Ich habe die Papiere im Hof verbrannt. Die Schlüssel und die persönlichen Gegenstände habe ich vom Deck des Schiffes, das mich zum Kontinent zurückgebracht hat, ins Meer geworfen. Im Wasser funkelte irgendetwas mit goldenem Glanz, ich habe mir gesagt, dass ein gefräßiger Fisch, ein Barsch oder eine Meeräsche sie wohl verschlungen hatte.

Ihre Leiche ist nie gefunden worden. Mary mit der zarten, bernsteinfarbenen Haut, den muskulösen Beinen einer Tänzerin, einer Schwimmerin, und dem langen schwarzen Haar. »Aber warum?«, hat der Polizeibeamte gefragt. Mehr hat er nicht gesagt. Als würde ich eines Tages eine Antwort darauf erhalten. Als besäße ich die Lösung des Rätsels.

Wenn Sturm aufkommt und der Wind ununterbrochen aus dem Osten weht, kommt Mary wieder. Ich habe nicht etwa Halluzinationen und auch keine Tendenz zum Wahn (selbst wenn der Gefängnisarzt in seinem Bericht den unheilvollen Buchstaben Ψ in die Kopfzeile meiner Akte geschrieben hat), ganz im Gegenteil, alle meine Sinne sind hellwach, alarmbereit und ganz auf die Außenwelt gerichtet, um das zu empfangen, was Meer und Wind mir bringen. Nichts genau Definierbares, aber dennoch das Gefühl von etwas Lebendigem, nichts Totem, das meine Haut mit einem Nimbus umgibt, und das weckt die Erinnerung an die Liebesspiele von Mary und mir, die langen Liebkosungen von unten bis oben, im Halbdunkel unseres Schlafzimmers, der Atem, der Geschmack der Lippen, die tiefen Küsse, die mich erschauern ließen, bis zur langsamen Welle der Liebe, wenn unsere beiden Körper vereint waren, Bauch an Bauch, all das, was mir seit Langem verboten ist, was ich mir selbst verboten habe, denn ich bin für den Rest meines Lebens in einem Gefängnis.

Bei Sturm höre ich ihre Stimme, spüre ich ihr Herz, spüre ich ihren Atem. Der Wind pfeift durch die Zwischenräume in der Fensterwand, dringt durch die verrosteten Schmalseiten herein, strömt durch den Raum und lässt die Tür schlagen. Dann kommt alles auf der Insel zum Stillstand. Die Fähren überqueren nicht mehr den Meeresarm, die Motorroller und die Autos stellen ihren Reigen ein, der Tag ähnelt einer dunklen, von Blitzen durchzuckten Nacht ohne Donner. Mary ist an einem windstillen Abend im spiegelglatten Meer davongegangen. Bei Sturm kehrt sie wieder, wird Atom für Atom aus den Tiefen ausgestoßen. Anfangs wollte ich es nicht glauben. Ich war entsetzt, presste die Hände gegen die Schläfen, um diese Bilder zu verscheuchen. Ich erinnere mich an einen Ertrunkenen. Keine Frau, sondern ein siebenjähriges Kind, das eines Abends verschwunden ist, Mary und ich haben es gemeinsam mit den Insulanern die halbe Nacht gesucht. Wir gingen mit einer Taschenlampe in der Hand am Meer entlang und riefen das Kind, aber wir kannten seinen Namen nicht, Mary schrie: »Ohe, mein Schatz!« Sie war zutiefst bewegt, Tränen rannen ihr über die Wangen. An jenem Tag hatten wir ebensolchen Wind, ebensolche hohen Wellen und diesen verwünschten Tiefseegeruch. Im Morgengrauen verbreitete sich die Nachricht, die Leiche des Kindes sei gefunden worden. Wir sind zwischen den Felsen zu einem Sandstrand gegangen, von einem Klagelaut geleitet, den wir für die Stimme des Windes gehalten hatten, aber es war die der Mutter des Kindes. Sie saß im schwarzen Sand mit dem Kind auf ihrem Schoß. Das Kind war nackt, es war vom Meer entkleidet worden, bis auf ein schmutziges T-Shirt, das seinen Oberkörper wie eine verdrehte Kordel umgab. Sein Gesicht war kreideweiß, aber ich habe sofort gesehen, dass Fische und Krebse seinen Körper schon angeknabbert, die Nasenspitze und den Penis gefressen hatten. Mary hatte sich dem Kind nicht nähern wollen, sie zitterte vor Angst und Kälte, und ich habe sie an mich gedrückt, und dann haben wir uns ins Bett gelegt und uns eng aneinandergeschmiegt, ohne uns zu streicheln, und Mund an Mund geatmet.

Dieses Bild verfolgt mich, der Körper dieser mit ausgebreiteten Armen und Beinen auf dem Boden liegenden Frau, während die Soldaten sie hernehmen, und das zu einem schwarzen Stern verkrustete Blut unter ihrem verletzten Mund. Und ihre Augen, die mich anblicken, während ich im Hintergrund in der Nähe der Tür stehe, ihre Augen, die durch mich hindurch den Tod sehen. Ich habe nie mit Mary darüber gesprochen, und dennoch ist sie wegen dieser schrecklichen Szene ins Meer gegangen, um nie wiederzukommen. Das Meer wäscht den Tod rein, das Meer zernagt, zerfrisst und gibt nichts zurück, oder höchstens die angefressene Leiche eines Kindes. Anfangs habe ich geglaubt, ich kehrte auf diese Insel zurück, um hier zu sterben, wie Mary. Um ihre Spur wiederzufinden und eines Abends ins Meer zu gehen und zu verschwinden.

Bei Sturm kommt sie zu mir ins Schlafzimmer. Es ist ein Wachtraum. Ich werde vom Geruch ihres Körpers geweckt, der sich mit dem der Tiefen vermischt hat. Ein scharfer, kräftiger Geruch, herb, beißend, finster und tosend. Ich rieche den Algenduft ihres Haars. Ich spüre ihre zarte, durch die Reibung der Wellen geglättete, vom Salz schimmernde Haut. Ihr Körper treibt im Licht der Dämmerung, gleitet unter die Bettdecke, und mein steifes Glied dringt in sie, bis ich erschauere, sie umschließt mich mit ihrem eisigen Fieber, ihr Körper gleitet gegen meinen, ihre Lippen pressen sich um mein Glied, ich bin ganz in ihr, und sie ist ganz in mir, bis zum Orgasmus. Mary, die seit dreißig Jahren tot ist und deren Leiche man nie gefunden hat. Mary, die aus den Tiefen des Ozeans zurückgekehrt ist und mir mit ihrer leicht heiseren Stimme ins Ohr flüstert, die gekommen ist, um für mich vergessene Melodien zu singen, Sternenlieder, die sie für mich in der Bar des Hotels Oriental gesungen hat, als ich ihr zum ersten Mal begegnet bin. Eigentlich keine Bar für Soldaten, und auch sie war eigentlich keine Barsängerin. Als ich sie damals sah, wäre ich nie auf den Gedanken gekommen, wer sie war:

von einem GI gezeugt und von einer Familie von *rednecks* in Arkansas aufgenommen, Frucht einer Vergewaltigung, im Stich gelassen und schließlich hierher zurückgekehrt, um ihren Erzfeind zu besiegen, sich zu rächen oder nur wegen jenes Atavismus, der die Menschen unweigerlich in ihre ursprüngliche Bahn zurückwirft. Aber ich war kein Soldat, das hatte sie begriffen, vermutlich war ihre Wahl deshalb auf mich gefallen, einen Typen im Kampfanzug, mit kurz geschorenem Haar, der mit einem Fotoapparat in der Hand den Truppen folgte, um eine Chronik aller Kriege zu erstellen. Ich erinnere mich an das erste Mal, an dem wir miteinander gesprochen haben, nach ihrer Blues-Session, spätabends oder frühmorgens auf einer Hochterrasse am Ufer des Chao Phraya, sie hat sich hinabgebeugt, um etwas am Boden zu betrachten, einen schwarzen Nachtfalter, der mit flatternden Flügeln im Todeskampf lag, und durch den Ausschnitt ihres roten Kleides habe ich ihre nackten Brüste gesehen, sehr zart und anziehend. Sie wusste nichts über mich und ich nichts über sie. Doch schon damals ließ mir die brennende Wunde des Verbrechens keine Ruhe, ich glaubte, das würde vorübergehen. Ich hatte die Vergangenheit vergessen, den Strafantrag gegen die vier Soldaten, die eine Frau in Hué vergewaltigt hatten. Gegen den, der ihre nach hinten gedrehten Arme festgehalten und ihr einen Schlag auf die Lippen versetzt hatte, um sie zum Schweigen zu bringen, und gegen den, der sie ohne die geringste Hemmung vergewaltigt und dabei nicht einmal die Hose heruntergelassen hatte, und gegen mich, der wortlos zugesehen und so gut wie nicht reagiert oder höchstens eine leichte Erektion bekommen hatte, aber zusehen und schweigen heißt handeln.

Ich hätte alles darum gegeben, nicht dabei gewesen, nicht Zeuge dieser Szene geworden zu sein. Ich habe mich vor Gericht nicht verteidigt. Die junge Frau war da, in der ersten Reihe. Ich habe einen flüchtigen Blick auf sie geworfen und sie nicht wiedererkannt. Sie wirkte jünger, fast wie ein Kind. Sie saß regungslos auf der Bank, das Gesicht im Licht einer Neonleuchte. Ihr kleiner Mund war geschlossen, ihre Gesichtshaut wirkte aufgrund ihres zu einem Knoten gebundenen schwarzen Haars sehr straff. Irgendjemand las ihre Zeugenaussage auf Englisch vor, doch auch dabei rührte sie sich nicht. Die vier Soldaten saßen auf einer anderen Bank, ein paar Meter von ihr entfernt, und auch sie rührten sich nicht. Sie sahen niemanden an, starrten nur auf die gegenüberliegende Wand und das Podest, auf dem der Richter saß. Sie dagegen kamen mir gealtert vor, waren fettleibig und hatten die fahle Gesichtsfarbe von Strafgefangenen.

Das habe ich Mary nie erzählt. Als ich sie im Hotel Oriental kennenlernte, fragte sie mich, was ich gemacht hätte, nachdem ich die Armee verlassen hatte. Ich habe ihr geantwortet: »Nichts … Ich bin viel gereist, das ist alles.« Sie hat mir keine Fragen gestellt, im Übrigen hätte ich nie den Mut gehabt, ihr die Wahrheit zu sagen: »Ich bin zu einer Gefängnisstrafe verurteilt worden, weil ich Zeuge eines Verbrechens geworden bin und nichts unternommen habe, um es zu verhindern.«

Ich wollte mit Mary leben, mit ihr verreisen, ihr zuhören, wenn sie sang, das Leben und das Bett mit ihr teilen. Wenn ich ihr all das gesagt hätte, hätte sie mich vor die Tür gesetzt. Ich habe ein Jahr mit ihr zusammengelebt, bevor wir auf diese Insel kamen. Und eines Tages hat sie beschlossen, ins Meer zu gehen. Das habe ich nie verstanden. Wir lebten völlig zurückgezogen. Niemand kannte uns, niemand hat ihr die Sache erzählen können. Vielleicht war sie ganz einfach verrückt, und es gab keine Erklärung für ihr Handeln. Sie hat sich von den Wellen forttragen lassen. Sie war eine ausgezeichnete Schwimmerin. Mit sechzehn war sie in die Auswahlmannschaft der USA für die Olympischen Spiele in Melbourne aufgenommen worden. Sie hieß Farrell, Mary Song Farrell. Song, weil man sie unter diesem Namen ihren Adoptiveltern anvertraut hatte. Vermutlich hieß ihre Mutter Song. Oder sie war Sängerin, ich weiß es nicht. Vielleicht habe ich diese ganze Geschichte nachträglich erfunden.

Ich erfinde nichts für andere Leute, sie interessieren mich nicht. Ich bin es nicht gewohnt, in Bars aus meinem Leben zu plaudern. Ich kenne die Familie aus Arkansas nicht, diese Farrells. Landwirte. Bei ihnen hat Mary gelernt, Vieh zu versorgen, Motorräder zu reparieren und einen Traktor zu fahren. Und eines Tages, mit achtzehn, hat sie sich davongemacht, um anderswo zu leben, um zu singen. Dazu fühlte sie sich berufen. Sie hat ein anderes Leben geführt, ist nie auf den Bauernhof zurückgekehrt. Als sie im Meer verschwunden ist, habe ich versucht, die Eltern wiederzufinden, ich habe Briefe an die County-Verwaltung geschrieben, um ihre Adresse herauszufinden. Keiner meiner Briefe ist zurückgekommen.

Als ich Mary kennenlernte, war sie fast vierzig, aber sie wirkte viel jünger. Ich war achtundzwanzig und gerade aus dem Gefängnis entlassen worden.

Der Sturm leiht mir seine Wut. Ich brauche seine gellenden Schreie, sein Fauchen wie der Blasebalg einer Schmiede. Wegen des Sturms bin ich auf diese Insel zurückgekehrt. Dann wird alles geschlossen, die Menschen verschwinden in ihren Häusern, schließen die Fensterläden, verbarrikadieren die Türen, ziehen sich in ihr Schneckenhaus zurück, in ihren Panzer. Verschwunden sind auch die Touristen mit ihrer naiven, siegessicheren Miene, ihren Posen, ihrer Mimik und ihrem affektierten Gehabe. Die Mädchen in Minishorts auf ihren Fahrrädern, die Jungen auf einem Quad, mit Polaroid-Sonnenbrille, Fotoapparat und Rucksack sind in die Stadt zurückgekehrt, in ihre *condominiums,* in ihre Länder, in denen es niemals stürmt.

Die Insulaner haben sich vergraben. Sie sitzen in ihren Unterkünften mit beschlagenen Scheiben auf dem Boden und spielen Karten, trinken Bier. Das elektrische Licht flackert, bald wird es die große Panne geben. Dann lassen die Kühltruhen der Geschäfte pissgelbes Wasser aussickern, die Salzfische schmelzen, verlieren ihre Augen, und die Eislollis mit Schokoladenüberzug weichen in ihrer Verpackung auf. Wegen des Sturms bin ich hierher zurückgekehrt. Ich fühle mich wieder wie im Krieg, als ich aufs Geratewohl der wilden Flucht der Truppen folgte und auf Lautsprecher horchte, aus denen unverständliche Befehle dröhnten. Ich versetze mich in eine frühere Zeit zurück, baue mir ein neues Leben auf. Wünschte mir, noch einmal auf die Türschwelle des Hauses in Hué zurückkehren und einen Blick hineinwerfen zu können, einen Blick, der die Zeit anhalten, Verwirrung stiften und die Frau von ihren Henkern befreien kann. Aber nichts von dem, was ich weiß, lässt sich aus dem Gedächtnis streichen. Die Insel ist die Bestätigung für die Unmöglichkeit der Erlösung. Der Beweis für die Unfähigkeit. Die Insel ist der letzte Hafenkai, die letzte Zwischenstation vor dem Nichts. Deshalb bin ich wieder hergekommen. Nicht um die Vergangenheit wiederzufinden, nicht um eine Spur zu wittern wie ein Hund. Sondern, um sicherzugehen, dass ich nichts wiedererkenne. Damit der Sturm endgültig alles verwischt, da das Meer die einzige Wahrheit ist.

MEIN NAME IST June. Meine Mutter ist eine Seefrau. Ich habe keinen Vater. Meine Mutter heißt Julia, sie hat noch einen anderen Namen, der nicht christlichen Ursprungs ist, aber sie will nicht, dass ich ihn nenne. Als ich geboren wurde, hatte mein Vater meine Mutter bereits im Stich gelassen. Meine Mutter hat einen Vornamen für mich gesucht, ihr Großvater hieß Jun, ein chinesischer Name, weil er aus diesem Land stammte, und so hat sie mich June genannt, weil das auf Amerikanisch Juni heißt und weil ich in jenem Monat gezeugt worden bin. Ich bin groß, habe dunkle Haut, und die Familie meiner Mutter hat mich verwünscht, weil ich keinen Vater habe. Deshalb hat meine Mutter mich mitgenommen, und wir haben uns auf dieser Insel niedergelassen. Ich war vier, als wir hier gelandet sind, und ich erinnere mich nicht mehr an die Zeit davor und auch nicht an die Reise, nur daran, dass meine Mutter und ich mit einem Schiff hergekommen sind und dass es regnete, ich trug einen schweren Rucksack, in dem sie allen Schmuck und alle Wertsachen versteckt hatte, um sie nicht zu verlieren, denn sie hatte sich gesagt, dass niemand den Rucksack eines vierjährigen Mädchens stehlen würde. Anschließend hat sie fast allen Schmuck verkauft, bis auf ein Paar goldene Ohrringe und ein Halsband, das ebenfalls aus Gold ist oder zumindest aus vergoldetem Metall. Ich erinnere mich, dass es bei der Überfahrt geregnet hat. Vielleicht habe ich auch geweint. Oder der Regen hat mein Gesicht genässt und mir das Haar an den Mund geklebt. Lange habe ich geglaubt, dass der Himmel weine, wenn es regnet. Aber jetzt weine ich nie mehr.

Meine Mutter ist keine richtige Seefrau, ich meine wie die hiesigen Frauen, die diesen Beruf seit ihrer Kindheit ausüben und die großen schwarzen Walen ähneln, vor allem wenn sie aus dem Wasser kommen und auf ihren dürren, alten Beinen taumeln. Meine Mutter ist noch jung, sie ist sehr hübsch und schlank, hat schönes glattes Haar und ein fast faltenloses Gesicht, aber vom vielen Muschelablösen sind ihre Hände rot geworden und ihre Nägel abgebrochen. Meine Mutter stammt nicht von hier. Sie ist in der Hauptstadt geboren, sie war Studentin, als sie schwanger wurde und mich erwartete. Mein Vater hat sie sitzen lassen, weil er kein Kind haben wollte, und ist ans andere Ende der Welt gegangen, und da hat meine Mutter beschlossen, sich bis zu meiner Geburt zu verstecken, und um ihrer Familie keine Schande zu machen, hat sie die Hauptstadt verlassen und ist aufs Land gegangen, um dort zu leben. Um sich ihren Lebensunterhalt zu verdienen, hat sie alle möglichen Jobs angenommen, sie hat auf einer Entenfarm gelebt, sie hat in einem Restaurant gearbeitet, das Geschirr gespült und die Latrinen gereinigt. Und dann ist sie mit mir als Säugling von Stadt zu Stadt gezogen, bis in den Süden, und eines Tages hat sie von dieser Insel gehört, hat das Schiff genommen und ist hier gelandet. Zunächst hat sie in Restaurants gearbeitet, dann hat sie sich eine Taucherbrille und einen Taucheranzug gekauft und hat begonnen nach Seeohren zu tauchen.

Die meisten Seefrauen sind alt. Wenn ich mit ihnen spreche, rede ich sie mit »Großmutter« an. Meine Mutter war noch jung, als sie hier ankam. Die Frauen haben zunächst zu ihr gesagt: »Was willst du hier? Geh zurück in die Stadt, aus der du kommst.« Aber sie hat durchgehalten, und die Frauen haben sie schließlich akzeptiert. Sie haben ihr gezeigt, wie man taucht, den Atem anhält und die Stellen findet, an denen sich Muscheln oder Meeresschnecken befinden. Das Gute daran war, dass sie meine Mutter akzeptiert haben, ohne ihr Fragen zu stellen, die sich auf ihren Mann oder mich bezogen. Sie sind meine Familie, die Familie, die ich nie gehabt habe. Sobald ich alt genug war, um allein das Haus zu verlassen, waren sie das Ziel meiner Streifzüge. Ich brachte ihnen etwas heiße Suppe, wenn sie aus dem Wasser kamen, oder ein bisschen Obst. Ich wohne mit meiner Mutter in einem Haus auf einer Anhöhe, unsere Vermieterin hat früher selbst nach Seeohren getaucht. Sie ist eine verschrumpelte alte Frau mit ganz dunkler Haut, ich nenne sie Großmutter, sie hat nach einem Unfall, bei dem sie zu lange unter Wasser geblieben ist, aufgehört zu tauchen und seitdem ist sie etwas langsam. Sie verbringt den ganzen Tag damit, auf ihrem Süßkartoffelacker die Erde aufzuhacken und Unkraut zu jäten, und ich helfe ihr dabei, sobald ich aus der Schule komme. Sie hat einen Hund, der Chubb heißt, weil er dick und kurzbeinig ist, aber er ist keineswegs dumm. Im vorigen Jahr hat sich ein Typ bei Mama eingenistet. Er behauptet, er heiße Brown, als sei er Engländer, aber ich mag ihn nicht. Wenn er mit meiner Mutter zusammen ist, sagt er nur honigsüße Worte, aber wenn er und ich allein sind, ist er frech und gemein zu mir und kommandiert mich herum, außerdem hat er einen komischen Akzent. Eines Tages hat er mich derart genervt, dass ich seinen Akzent nachgeahmt und zu ihm gesagt habe: »Mit mir musst du schon einen anderen Ton anschlagen, ich bin nicht deine Tochter.« Er hat mich angestarrt, als wolle er mich schlagen, aber seitdem nimmt er sich in Acht. Ich mag es nicht, wie er mich ansieht, ich habe den Eindruck, als versuche er durch meine Kleider hindurchzusehen. Wenn er mit Mama zusammen ist, spielt er den Verliebten, dann hasse ich ihn noch mehr.

In der Schule habe ich keine Freunde. Anfangs ging es ganz gut, aber in diesem Jahr hat sich alles geändert. Es gibt eine Gruppe von Mädchen, die sich einen Spaß daraus machen, mich zu provozieren. Ich habe mich mehrmals mit ihnen geprügelt, ich bin größer als sie und gewinne, aber manchmal tun sie sich zusammen, um mich zu verprügeln, und wenn ich auf der Straße nach Hause zurückgehe, werfen sie mit Erdklumpen oder kleinen Steinen nach mir und bellen wie ein Hund. Sie sagen, ich hätte keinen Papa, mein Vater sei ein Bettler und säße im Gefängnis, deshalb besuche er mich nie. Einmal habe ich gesagt: »Mein Vater ist nicht im Gefängnis, er ist im Krieg gefallen.« Sie haben höhnisch gelacht. »Das musst du uns beweisen«, haben sie geantwortet, doch ich kann es nicht beweisen. Ich habe meine Mutter gefragt: »Ist mein Vater lebendig oder ist er tot?« Aber sie hat nicht geantwortet, sondern nur den Kopf gesenkt und so getan, als hätte sie nichts gehört. Doch wenn ich darüber nachdenke, sage ich mir, dass sie recht haben, da meine Mutter mir schon Englisch beigebracht hat, seit ich klein bin, sie sagt, das sei für meine Zukunft, aber vielleicht hat sie es auch getan, damit ich die Sprache meines Vaters beherrsche.

Das bösartigste von allen Kindern unserer Schule ist ein Junge namens Jo. Er ist groß und schlank, er geht in die Klasse über mir. Er ist gemein. Er sagt, ich sei eine Schwarze. Er sagt, mein Vater sei ein schwarzer amerikanischer Soldat der Militärbasis, und meine Mutter sei eine Nutte. Das sagt er immer wieder, wenn ich allein die Straße entlanggehe und die Erwachsenen es nicht hören können. Er rennt hinter mir her, und wenn er an mir vorbeiläuft, sagt er leise: »Deine Mutter ist eine Nutte, dein Vater ist schwarz.« Er weiß, dass ich das nicht weitersage, weil ich mich dafür viel zu sehr schämen würde. Jo hat einen arglistigen Blick wie ein aasfressender Hund, eine lange Hakennase und gelbliche Augen mit schwarzen Punkten in der Mitte. Wenn ich allein die Straße entlanggehe, nähert er sich von hinten, packt mich an den Haaren, denn ich habe eine dichte krause Mähne, und seine Finger klammern sich darin fest und zerren, bis ich den Kopf zum Boden senke, dann steigen mir die Tränen in die Augen, aber diesen Triumph gönne ich ihm nicht. Er möchte, dass ich schreie: »Gleich ruf ich meine Mama, gleich ruf ich sie!« Aber ich sage nichts, versetze ihm Fußtritte, bis er meine Haare loslässt.

Ich liebe das Meer mehr als alles andere auf der Welt. Seit ich ganz klein bin, habe ich die meiste Zeit am Meer verbracht. In der ersten Zeit auf dieser Insel hat meine Mutter in den Fischrestaurants gearbeitet. Sie ging früh am Morgen dorthin und stellte mich in meinem Kinderwagen in eine Ecke, damit ich niemanden störte. Sie reinigte den Zementboden mit einer Scheuerbürste, spülte Bottiche und Töpfe, fegte den Hof, verbrannte den Müll, und anschließend arbeitete sie in der Küche, hackte Zwiebeln, wusch die Muscheln, bereitete das Suppengemüse zu und schnitt die Fische für Sushi-Gerichte klein. Ich blieb unterdessen in meinem Wagen, ohne ein Wort zu sagen, und sah ihr zu. Anscheinend war ich sehr artig. Ich wollte nicht draußen spielen. Die Inhaberin sagte: »Was hat die Kleine denn? Es sieht so aus, als habe sie Angst vor allem.« Dabei hatte ich überhaupt keine Angst, ich blieb nur da, um meine Mutter zu beschützen, um sicherzugehen, dass ihr nichts passierte. Und eines Tages hatte Mama genug davon, für diese Leute zu schuften. Sie hat sich mit den alten Frauen verständigt, die die Meeresschnecken brachten, und ist auch eine Seefrau geworden.

Von diesem Augenblick an bin ich jeden Tag ans Meer gegangen. Ich begleitete meine Mutter, trug ihre Tasche, ihre Schuhe, ihre Taucherbrille. Sie zog sich an einer windgeschützten Stelle zwischen den Felsen um. Ich betrachtete sie, wenn sie nackt war, bevor sie ihren Taucheranzug überstreifte. Meine Mutter ist nicht groß und dick wie ich, sie ist eher klein und mager, sie hat sehr helle Haut, außer im Gesicht, das sonnenverbrannt ist. Ich erinnere mich, dass ich ihre Rippen betrachtet habe, die unter der Haut hervorstanden, und ihre Brüste mit ganz schwarzen Brustwarzen, weil sie mich ganz lange gestillt hat, bis ich fünf oder sechs war. Die Haut auf ihrem Bauch und ihrem Rücken ist ganz weiß, und meine ist fast schwarz, selbst wenn ich mich nicht der Sonne aussetze, deshalb sagen die Kinder in der Schule, ich sei eine Schwarze. Eines Tages habe ich zu meiner Mutter gesagt: »Stimmt es, dass mein Vater ein amerikanischer Soldat war und dass er uns im Stich gelassen hat?« Meine Mutter hat mich angestarrt, als wolle sie mich ohrfeigen, und hat dann erwidert: »Sag das nie wieder. Du hast nicht das Recht, mir so etwas Gemeines zu sagen.« Und dann hat sie hinzugefügt: »Wenn du solche Gemeinheiten weitersagst, die man dir an den Kopf geworfen hat, dann ziehst du dich selbst durch den Dreck.« Deshalb habe ich nie mehr mit ihr darüber gesprochen. Aber trotzdem würde ich gern die Wahrheit erfahren, was meinen Vater angeht.

Als ich noch klein war, bin ich nicht in die Schule gegangen. Meine Mutter hatte Angst davor, dass mir etwas zustoßen könne, und ich glaube auch, dass sie sich schämte, weil ich keinen Vater hatte. Und so habe ich den ganzen Tag inmitten der Felsen verbracht. Ich passte auf die Sachen meiner Mutter auf, während sie nach Muscheln tauchte. Das habe ich sehr gern getan. Ich hatte mir mit Wollstoffen eine Art Nest gebaut, lehnte mich mit dem Rücken an die schwarzen Steine und betrachtete das Meer. Es gab dort auch ziemlich seltsame Tiere, halb Krebs, halb Käfer, die zaghaft aus den Spalten krochen und mich musterten. Sie verharrten reglos in der Sonne, doch sobald ich eine Bewegung machte, eilten sie in ihre Schlupfwinkel zurück. Dort waren auch Vögel, Möwen, Kormorane und graublaue Vögel, die immer nur auf einem Bein standen. Meine Mutter schlüpfte in ihren Taucheranzug aus Gummi, zupfte die Kopfhaube, die Handschuhe und die Füßlinge zurecht, ging ins Wasser und setzte dann die Taucherbrille auf. Ich sah zu, wie sie aufs offene Meer zuschwamm und dabei ihre schwarz-weiße Boje hinter sich herzog. Jede Seefrau hat eine andersfarbige Boje. Sobald sie weit genug fortgeschwommen war, von Wellen umgeben, tauchte sie, und ich sah ihre blauen Füßlinge, die in der Luft wedelten, und dann glitten ihre Beine in die Tiefe, und sie verschwand im Wasser. Ich hatte gelernt, die Sekunden zu zählen. Mama hatte mir gesagt: »Zähl bis hundert, wenn ich bis dahin nicht wieder aufgetaucht bin, musst du Hilfe holen.« Aber sie bleibt nie bis hundert unter Wasser. Höchstens dreißig oder vierzig Sekunden, ehe sie wieder auftaucht. Und dann stößt sie einen Schrei aus. Alle Seefrauen stoßen einen Schrei aus. Jede hat ihren eigenen Schrei. Das tun sie, um wieder Atem zu holen, und den Schrei meiner Mutter erkenne ich aus weiter Ferne wieder, sogar wenn ich sie nicht sehe. Sogar inmitten anderer Schreie, anderer Geräusche. Er ist wie der Schrei eines Vogels, erst ganz schrill und schließlich ganz leise, das hört sich etwa so an: *Rira! huuhuu-rrra-urrra!* Ich fragte Mama, weshalb sie diesen Schrei gewählt hat. Sie lachte und erwiderte, das wisse sie nicht, das sei ganz von selbst gekommen, beim ersten Mal, als sie aus dem Wasser aufgetaucht sei. Im Scherz sagte sie zu mir, auch ich hätte so geschrien, als ich zur Welt gekommen sei! Meine Mutter taucht nicht jeden Tag an derselben Stelle. Das hängt vom Wind und von den Wellen ab und auch davon, was die Seefrauen beschließen. Sie wählen jeden Morgen die Stelle aus, an der sie tauchen, weil sie wissen, dass sie dann neue Muscheln finden. Man möchte meinen, dass die Muscheln am Meeresboden kleben bleiben, ohne sich zu rühren, aber in Wirklichkeit wandern sie viel. Jede Nacht wechseln sie die Stelle, weil sie nach Nahrung suchen oder weil sie von Seesternen angegriffen werden. Die Seesterne sind die Feinde der Muscheln. Mama bringt manchmal ein paar in ihrem Netz mit und lässt sie in der Sonne verdorren, und ich behalte die schönsten von ihnen, um sie in den Andenkenläden in der Nähe der Mole zu verkaufen, und auch Zweige von rosaroten Korallen.

Seit ich in die Schule gehe, habe ich aufgehört, meine Mutter ans Meer zu begleiten, und das hat mich sehr traurig gemacht. Anfangs habe ich meiner Mutter gesagt, ich wolle nicht in die Schule gehen, ich wolle eine Seefrau werden wie sie, aber sie hat mir gesagt, ich müsse eine Ausbildung erhalten, damit etwas aus mir wird, keine Muscheltaucherin, denn das sei ein zu schwerer Beruf. Aber in den Sommerferien nimmt sie mich mit. Ich streife mehrere T-Shirts übereinander, behalte meine alte, löchrige Jeans an, schlüpfe in Plastikschuhe, setze eine Taucherbrille auf und schwimme dann mit ihr ins offene Meer, um den Meeresboden zu betrachten. Anfangs habe ich Mama die Hand gegeben, weil ich ein bisschen Angst hatte. Ich beobachte die Fischbänke, die Algen, die Seesterne und die Seeigel, deren schwarze Stacheln sich bewegen, als tanzten sie. Unter Wasser höre ich seltsame Geräusche, Luftblasen, Knirschen im Sand. Und manchmal ein fernes Brummen, wenn eine der Fähren die Meerenge überquert. Mama hat mir die Schlupfwinkel der Seeohren gezeigt, unter den Algen, und wie man sie mit einem Messer ablöst. Ich habe einen Netzbeutel wie sie, in dem ich meine Ernte verstaue. Aber ich habe keinen Taucheranzug aus Gummi, daher wird mir schnell kalt, doch Mama wirft ab und zu einen Blick auf meine Hände, und wenn sie sieht, dass die Haut weiß wird, bringt sie mich zum Strand zurück. Ich hülle mich in ein Handtuch und sehe meiner Mutter nach, die wieder ins offene Meer schwimmt.

Wenn ich in der Schule bin, weiß ich nicht, wo meine Mutter gerade taucht. Sobald ich den Klassenraum verlassen habe, renne ich ans Meer, gehe die Küstenstraße entlang und versuche meine Mutter unter den Seefrauen zu entdecken. Ich lausche den Schreien und wenn ich ihr *Huuhuu-rrra-urra!* höre, weiß ich, dass sie da ist. Aber es kommt auch vor, dass ich sie nicht finde. Dann lasse ich mit traurigem Herzen den Blick über das Meer wandern und beobachte die Wellen. Die Kormorane hocken mit halb ausgebreiteten Flügeln auf den Riffen, um sich vom Wind trocknen zu lassen, sie sehen fast so aus wie alte mürrische Fischer. Wenn ich nach Hause komme, ist meine Mutter schon da, sie ist nicht tauchen gegangen, weil sie zu müde oder die See zu stürmisch war, und ich bin derart erleichtert, sie zu sehen, dass ich am liebsten lachen würde. Aber ich sage ihr natürlich nichts, weil sie für mich dieses schwere Leben führt, um das Schulgeld und das Essen für mich zu bezahlen.

Manchmal erzählt Mama von ihrem Delfin. Sie ist ihm ganz zu Anfang begegnet, als sie mit dem Tauchen begonnen hat, und von Zeit zu Zeit besucht er sie in der Nähe des Ufers. Sie erzählt voller Begeisterung von ihm, lacht wie ein Kind. Mama hat hübsche, schneeweiße Zähne, wenn sie lacht, wirkt sie dadurch ganz jung. Ich dagegen habe zu große, schräg stehende Zähne wie Dominosteine, die kurz davor sind umzukippen! Mama ist sehr hübsch. Um zu tauchen, hat sie sich das Haar kurz schneiden lassen, es sieht aus wie ein Helm aus schwarzem, wegen des Meerwassers ein wenig struppigem Haar. Ich liebe es, ihr das Haar zu waschen. Ich habe langes, krauses Haar, das geht wohl auf meinen Vater zurück, falls er Afrikaner ist, wie Jo sagt, oder auf meinen chinesischen Großvater. Die Chinesen haben angeblich oft krauses Haar, ich weiß nicht mehr, wo ich das gelesen habe. Meine Mutter sagt, sie möge mein Haar sehr gern, sie will nicht, dass ich es mir schneiden lasse. Sie wäscht es regelmäßig und anschließend reibt sie es mit Kokosmilch ein, damit es heller wird.

Ich habe mir angewöhnt, allein ans Meer zu gehen. Nach der Schule, anstatt nach Hause zu gehen und meine Hausaufgaben zu machen, laufe ich ans Meer. Ich gehe an den großen Strand, weil der im Winter menschenleer ist. Ich liebe den Winter. Ich habe den Eindruck, als ruhe sich alles aus, das Meer, die Felsen und sogar die Vögel. Im Winter geht Mama nicht allzu früh aus dem Haus, weil der Meeresboden noch im Dunkeln liegt. Der Tag bricht nicht zur gleichen Zeit auf der Oberfläche und auf dem Meeresboden an. Ich gehe zu Mama inmitten der Felsen. Das Meer ist grau, die Wellen sind vom Wind fast glatt, sie zittern kaum, sehen aus wie ein Pferdefell. Die meisten Seefrauen bleiben an diesen Tagen zu Hause. Doch Mama zögert nicht, denn sie weiß, dass sie eine doppelte Ernte heimbringen wird. An solchen Tagen kann sie sechzig oder siebzig Dollar verdienen. Sie bittet mich, ihr dabei zu helfen, die Muscheln und Meeresschnecken zum Restaurant zu tragen, vor allem, wenn viele Seeohren darunter sind, denn die sind sehr schwer. Sie taucht nicht weit vom Ufer, in der Nähe des Hafens, im Schutz des Hafendamms, oder zwischen den Felsen am Ende des Strands. Ich suche Schutz in der Hütte der Seefrauen und sehe zu, wie meine Mutter ins Wasser taucht, die Beine mit ihren schönen blauen glänzenden Füßlingen kerzengerade in die Luft streckt und dann im Wasser verschwindet, ich zähle genau wie damals, als ich noch klein war, ganz langsam, zehn, elf, zwölf, dreizehn, vierzehn, und sie taucht wieder auf, wirft den Kopf in den Nacken und schreit: *huuhuu-rrra-urrra,* und ich antworte ihr. Ich habe im Fernsehen einen Film über Wale gesehen und zu ihr gesagt: »Ihr Seefrauen schreit wie die Wale!« Darüber musste sie lachen, sie erzählt mir noch von ihrem Delfin, der sie hin und wieder in der Abenddämmerung besucht. Sie ist nicht die Einzige. Die alte Kando, eine Freundin meiner Mutter, die angeblich die uneheliche Tochter eines japanischen Soldaten ist, hat mir erzählt, dass auch sie sich mit einem Delfin trifft und dass sie sich mit ihm verständigen kann. Sie hat mir erzählt, dass sich der Delfin ihr manchmal früh am Morgen oder kurz vor Einbruch der Dunkelheit nähert, dann stößt sie mit geschlossenem Mund unter Wasser leise Schreie aus, um sich mit ihm zu verständigen, oder sie klatscht in die Hände, und der Delfin kommt ganz nah an sie heran, so nah, dass sie seine Haut streicheln kann, die ganz glatt und weich ist, das behauptet sie jedenfalls. Daher gehe auch ich abends ins Wasser, wenn die See sehr ruhig ist, schwimme mit meiner Taucherbrille und hoffe, auf den Delfin zu stoßen, aber bisher ist er nicht gekommen. Nur Mama und die alte Kando sind ihm begegnet. Aber er ist vor allem mit der alten Kando vertraut, er hat keine Angst vor ihr, weil sie alt ist. Ich habe Kando gefragt, welche Farbe seine Augen haben. Sie hat nachgedacht: »Weißt du, das ist eine seltsame Frage«, hat sie erwidert. Sie sagt, das wisse sie nicht, vielleicht seien seine Augen aber blau oder grau. Mama hat ihn nie aus der Nähe gesehen, es ist nur ein Schatten, der manchmal neben ihr hergleitet, aber sie hat seine Stimme gehört, seine kleinen Freudenschreie, wenn er neben ihr herschwimmt. Ist das nicht wunderbar? Deshalb will auch ich eine Seefrau werden.

Das Meer ist voller Geheimnisse, aber das flößt mir keine Angst ein. Ab und zu verschlingt das Meer jemanden, eine Seefrau, einen Krakenfischer oder einen unvorsichtigen Touristen, den eine Welle von einem glatten Felsen spült. Meistens schwemmt es die Leichen nicht wieder an. Abends, wenn sich die Seefrauen vor der Hütte aus Hohlblocksteinen versammeln, um ihren Taucheranzug auszuziehen und sich mit einem Schlauch abzuspritzen, setze ich mich zu ihnen und höre ihnen zu. Sie unterhalten sich im Dialekt der Insel, ich habe Mühe, alles zu verstehen. Sie haben einen seltsam melodischen Akzent, fast so, als könnten sie die Schreie nicht vergessen, die sie beim Auftauchen ausstoßen. Sie sprechen die Sprache der See, eine Sprache, die etwas anders ist als unsere, in der sich die Geräusche, die man unter Wasser hört, mit dem Flüstern der Luftblasen, dem Knirschen des Sands und dem dumpfen Aufprallen der Wellen auf die Riffe vermischen. Ich glaube, sie mögen mich gern. Sie sprechen mich mit meinem Namen an, June, sie wissen, dass ich nicht von dieser Insel stamme, dass ich in einer Stadt zur Welt gekommen bin. Aber sie stellen mir nie Fragen, weder nach meinem Vater noch nach meiner Mutter, sie sind diskret, auch wenn ich mir sicher bin, dass sie hinter meinem Rücken tuscheln, aber das macht nichts, das tun alle Menschen. Sie sind alt, ihre Kinder leben in der Ferne, arbeiten für große Firmen, reisen. Sie mögen mich gern, weil ich sie wohl an ihre Töchter erinnere, an Mädchen, die inzwischen erwachsen sind und die sie nur noch ein oder zwei Mal im Jahr sehen, bei einem Fest oder einem Geburtstag. Sie nennen mich »meine Tochter« oder »die Kleine«, obwohl ich größer bin als sie.

Mama sieht es nicht gern, dass ich meine Freizeit mit den

Seefrauen verbringe. Sie hat mir verboten, mit ihnen schwimmen zu gehen. Sie hat Angst, dass ich es ihnen nachmache, dass auch ich Taucherin werde. Sie sagt, ich müsse in der Schule fleißig arbeiten und anschließend studieren, damit ich das fertigbringe, was sie meinetwegen nicht hat tun können. Damit ich Ärztin, Rechtsanwältin oder Lehrerin an einem Gymnasium werde, einen richtigen Beruf erlerne. Oder zur Not auch Büroangestellte. Aber ich habe keine Lust einen Beruf auszuüben, in dem man jeden Tag zur selben Arbeitsstelle geht, die Anordnungen eines jähzornigen, boshaften Vorgesetzten entgegennimmt und jeden Abend in seine Wohnung zurückkehrt, um sich schlafen zu legen. Ich habe eine Vorliebe für das, was mich das Meer lehrt, was mich die alten Frauen lehren, wenn sie aus dem Wasser kommen, im Schutz der Hütte mit alten Brettern ein Feuer anzünden und in der untergehenden Sonne die Schätze vom Meeresgrund auf den schwarzen Felsen ausbreiten: die perlmuttfarbenen Seeohren, die spitzen, schwarzen Muscheln, die Seesterne, die Kraken. Ich bin überzeugt, dass es im Meer eine andere Welt gibt, eine Welt, die sehr schön und anders ist als alles, was man auf dem Festland sieht. Eine Welt, die nicht hart und trocken ist, die nicht den Augen wehtut und die Haut aufschürft, eine Welt, in der alles langsam und sanft dahingleitet. Es gibt die Legenden vom Meer, zum Beispiel die Geschichte der alten Frau, die dank des Seedrachen dem Tiger entkommen ist, oder die Geschichten von Ungeheuern, die Seeleute verschlingen, all das, was man Kindern erzählt. Aber das sind nicht die Geschichten, die ich hören möchte. Sondern eher solche, in denen sich eine Tür zu einer anderen Welt öffnet, zu einem Land, in dem alles blau ist, sowohl schimmernd wie dunkel, gleitend wie kräftig, eine funkelnde Welt. Eine kalte Welt, in der Schwärme von durchsichtigen Fischen leben, eine Welt, in der alle Geräusche anders sind, nicht die Geräusche von Leuten, die sich unterhalten, nichts Hinterlistiges oder Gemeines, nur dieses Raunen, das einen umgibt und mit sich zieht, und wenn es einen erfasst, hat man keine Lust mehr, aufs Festland zurückzukehren.

Das zeigen mir die alten Seefrauen, wenn sie aus dem Wasser kommen. Sie gehen taumelnd, mit ausgebreiteten Armen über die Felsen, ihre schwarz glänzenden Körper sind am Unterleib und Oberkörper aufgedunsen, sie haben nicht mehr die Leichtigkeit des Wassers, dessen jugendliche Frische, der Wind schiebt sie vor sich her, der Himmel lastet auf ihnen, die Sonne lässt ihre Augen tränen. Sie trocknen sich ab, schnäuzen sich zwischen den Fingern, speien in die Pfützen. Sie entleeren ihre Netzbeutel mit Muscheln, Seeohren und Seeigeln auf einen ebenen Felsblock, ihre Fingernägel sind abgebrochen und schwarz, die Haut an ihrem Hals ist faltig wie die von Schildkröten. Sie sagen kein Wort. Sie ziehen ihren Taucheranzug aus, ich zerre, ohne zu lachen, an den Gummiärmeln, um ihnen dabei zu helfen. Ihre Haut riecht nach Meer, ihr graues Haar ist von der Feuchtigkeit gekräuselt. Einmal habe ich zu ihnen gesagt: »Es sieht fast so aus, als sei ich im Meer geboren worden, ich habe naturkrauses Haar.« Dann verstauen sie ihre Sachen in ihren Kinderwagen, ich glaube, es sind dieselben Kinderwagen, in denen sie ihre Töchter spazieren gefahren haben, als sie junge Mütter waren. Sie gehen eine hinter der anderen die Küstenstraße entlang, ohne auf die Autos der Touristen zu achten, auf die Neugierigen, die anhalten, um sie zu fotografieren. Sie kehren heim. Auf dem Festland sind sie schwerfällig, ungeschickt, gleichen alten Möwen mit verklebtem Gefieder, aber ich finde sie schön. Ich mag vor allem die alte Kando. Wenn ich nach Hause komme, wirft mir Mama einen strengen Blick zu. Brown hat einmal versucht, mir eine Moralpredigt zu halten, aber ich habe ihn nur kalt angesehen, und seit ich mich über ihn lustig gemacht habe, nimmt er sich vor mir in Acht. Er hat kapiert, dass er besser den Mund hält.

Ich habe vergessen, über Mr Kyo zu sprechen. So nenne ich ihn, aber sein richtiger Name lautet Philip. Er ist Ausländer. Ich habe ihn zum ersten Mal im Hafen getroffen, er stand auf dem Damm und angelte. Er besitzt eine komplette Ausrüstung. Wie ein Profi. Eine Angelrute aus Glasfaser und perfektionierte Angelrollen. Eine rote Plastikdose mit allen möglichen Angelhaken, Schnüren, Schwimmern, Bleikugeln und außerdem ein kleines Messer aus rostfreiem Metall mit mehreren Klingen, einer klappbaren Schere und einem Nagelknipser. Er hat eine Metalldose voller Maden und Krabben zum Ködern. Ich war an jenem Abend auf den Hafendamm gekommen, um zuzusehen, wie die Fähre abfuhr, und er war da ganz allein. Ich mag Fremde gern, ich bin zu ihm gegangen und habe ihn angesprochen. Das ist etwas, was ich normalerweise nicht tue, aber an jenem Abend hatte ich Lust, mit diesem Unbekannten zu reden. Er sah etwas seltsam aus, wirkte leicht unbeholfen in seinen Stadtkleidern und dieser Angelausrüstung mit allem Drum und Dran. All das war ziemlich sonderbar und ehrlich gesagt völlig neu.

»Sie haben aber eine tolle Ausrüstung, Sie kennen sich

wohl gut aus mit dem Angeln!« Er sah mich an, als versuche er herauszufinden, ob ich mich über ihn lustig machte. Er schien sich nicht einmal darüber zu wundern, dass ich seine Sprache so gut beherrschte.

»Ach ja«, sagte er schließlich. »Aber die Ausrüstung besagt nichts.« Er hat mir mit einem leichten Lächeln folgendes Geständnis gemacht, und das hat mir gefallen, weil es das erste Mal war, dass ein Mann etwas zugab, ohne sich zu schämen: »Ich verstehe nichts von der Sache, es ist das erste Mal, dass ich angele.«

Er hat eine etwas düstere Miene, eine fahle Gesichtsfarbe, krauses, ziemlich langes Haar, soweit ich das beurteilen kann, denn er trägt eine Baseballmütze, auf der die Jahreszahl 1986 zu lesen ist. Er ist kräftig, breitschultrig und hat große Hände. Es ist augenfällig, dass er nicht die angemessene Kleidung fürs Angeln trägt, mit seinem dreiteiligen Anzug und seinen schwarzen Lackschuhen. Aber er wirkt auch nicht wie ein Tourist.

»Sie sind hergekommen, um zu lernen, wie man angelt, stimmt's?« Er blickt mich an, ohne zu lächeln. Ich nehme an, dass ihm diese dreizehnjährige Kleine, die ihm solche Fragen stellt, seltsam erscheint. Er wirft die Schnur aus, die pfeifend durch die Luft schnellt, ehe die Bleikugeln gut zehn Meter vom Hafendamm ins Wasser tauchen. Er sagt: »Und Sie wollen mir beibringen, wie man angelt?« Das ist bestimmt ironisch gemeint, aber ich lasse mich nicht entmutigen. Ich erwidere: »Warum nicht? Davon verstehe ich schließlich etwas. Ich angele seit meiner Kindheit.« Um einen klugen Eindruck zu machen, füge ich hinzu: »Wissen Sie, was soll man hier schon anderes tun?« Er spult die Rolle auf, ohne etwas zu erwidern, und ich sage: »Man muss die richtigen Stellen kennen. Hier zum Beispiel fangen Sie bestimmt nichts. Das Wasser ist nicht tief genug, Ihr Angelhaken verfängt sich in den Algen.« Ausgerechnet in diesem Moment bleibt seine Angelschnur am Meeresgrund hängen. »Sehen Sie?«, sage ich. »Ihre Schnur hat sich am Meeresgrund verhakt.« Er flucht und zieht mit aller Kraft an der Angelrute, die zu zerbrechen droht. »Warten Sie, ich mache das.« Ich nehme die Angelrute und schwenke sie leicht nach links und dann nach rechts, lasse mich auf dem Hafendamm auf alle viere hinab und ziehe mit einem kleinen Ruck an der Schnur wie an der Leine eines Tieres. Nach einer Weile lockert sich die Schnur und er spult sie wieder auf. Als der Angelhaken aus dem Wasser auftaucht, hängt ein Büschel Algen daran. Der Mann lächelt endlich. Er macht einen zufriedenen Eindruck. »Tatsächlich, Sie haben mir nichts vorgemacht.« Jetzt ist er freundlicher geworden. »Sie kennen sich damit aus, Sie können mir das Angeln beibringen, wenn Sie Zeit dafür haben.« Ich erwidere: »Wenn ich nicht in der Schule bin, habe ich Zeit genug.« Daraufhin hat er mir seinen Namen genannt, Kyo Philip. Mir gefällt dieser Name. Ich habe sogleich gedacht, mit so einem Namen könnten wir Freunde werden. Ich bin noch eine ganze Weile dort geblieben und habe ihm erklärt, worauf man beim Angeln achten muss und ihm eine Stelle auf der anderen Seite des Hafendamms gezeigt, an der die Flut die Angelschnur nicht ans Ufer zu spülen droht. Es wurde allmählich dunkel, und ich bin nach Hause zurückgekehrt. Aber ehe ich wegging, habe ich noch zu Mr Kyo gesagt: »Morgen ist Sonntag. Wenn Sie wollen, kann ich Ihnen zeigen, wo man hier am besten angelt. Die besten Stellen, wenn Sie verstehen, was ich meine.« Er hat mich wieder mit einem leichten Lächeln angesehen und gesagt: »Okay, morgen Vormittag?« Ich habe erwidert: »Morgen Nachmittag, denn morgen früh gehe ich mit meiner Mutter in die Kirche.« Er hat seine Angelrute und seine Köder wieder eingepackt. »Wissen Sie denn, wo ich wohne?« Ich habe mit einem Augenzwinkern entgegnet: »Jeder weiß, wo Sie wohnen, Sir. Hier weiß jeder alles über jeden, es ist eine kleine Insel.« Aber da ich mir nicht sicher war, ob er mich richtig verstanden hatte, fügte ich hinzu: »Sie brauchen nur vors Haus zu gehen, dann finde ich Sie schon.« Und so haben wir uns angefreundet, Mr Philip Kyo und ich.

AM ENDE DES Sommers sammeln sich die Kräfte. Ich hasse den Sommer, es ist die Jahreszeit des Vergessens oder zumindest die Jahreszeit, in der man so tut, als vergäße man. Jeden Tag ergießt sich eine Menschenflut in alle Winkel, ein trüber, plätschernder Strom, der auf alle leeren Flächen vordringt, sich verzweigt, sich vervielfacht. Gegen sechs Uhr morgens, wenn es bereits taghell ist, bleibt für eine Weile alles noch menschenleer, in der Schwebe. Nur die Muscheltaucherinnen schwimmen im offenen Meer. Und ein paar Vögel. Und plötzlich beginnt die Invasion. Wie eine Flut schwarzer Insekten. Sie rennen nach allen Seiten, mit wachsamen Fühlern und ausgebreiteten Deckflügeln schwimmen, rollen, fliegen sie sogar bisweilen, das habe ich einmal gesehen: Ein mit Gurten angeschnallter Mann wurde von einem Motorboot an den Strand gezogen, und während der Wind die schlaffen Flügel aufblähte, schob er den Mann auf allen vieren wie einen riesigen bunten Krebs vor sich her. Ich habe ihn in seinem Lauf aufgehalten. Er hat mir sein rotes Gesicht zugewandt, sich den Staub abgeklopft und zu mir gesagt: »*Spasiba!*« Welcher üble Wind hat ihn nur hergebracht?

Aufgrund des Lärms und der Hitze habe ich mein kleines

Hotelzimmer in der Nähe des Hafens aufgegeben. Der Hotelbesitzer hat mir ein Zelt vermietet – ein Erinnerungsstück aus dem Nachkriegsarsenal von überzähligem Heeresgut, wie mir scheint –, und dann habe ich mich auf der anderen Seite der Insel niedergelassen, wo es keine Strände gibt, an einer Küste mit schwarzen Felsen und spitzen Riffen. Ich werde von einem Heer von Insekten belästigt, die wie Schaben aussehen, aber ich ziehe sie den menschlichen Insekten vor. Mary hat immer gesagt, ich sei ein manischer ewiger Junggeselle. Sie machte sich oft über mich lustig: »Sissy, pussy.« Sie wusste nichts über mich. Und sie erzählte nicht sehr oft aus ihrem Leben. Als sie eines Nachts aus vollem Hals singend am Strand entlangging, habe ich zu ihr gesagt, dass sie überall sonstwo als eine Verrückte angesehen werde. Sie hörte auf zu singen und erzählte voller Bitterkeit von der Anstalt, in der man sie auf Empfehlung eines mit ihrer Familie befreundeten Arztes eingesperrt hätte. Sie nannte diese Anstalt das weiße Haus. Weil alles weiß war, die Wände, die Decken, die Kittel der Krankenpfleger und der Ärzte und sogar die Gesichtsfarbe der Patienten.

Ich spürte, dass ich ihr etwas schuldig war. Ich sagte in gleichgültigem Ton: »Auch mich haben sie eingesperrt.« Sie fragte: »Auch in einem weißen Haus?« Ich erwiderte: »Nein, in einem Gefängnis.« Jeder normale Mensch hätte gefragt: »Warum hat man Sie ins Gefängnis gesteckt, was haben Sie getan?« Doch Mary hat keine Fragen gestellt. Sie ist stumm geblieben, und ich habe nicht weitergesprochen. Bekenntnisse sind nicht meine Stärke.

Wenn ich nicht angeln gehe, wandere ich über die Insel. Im Inneren begegnet man weniger Touristen. Sie interessieren sich für die Strände und die beliebten Aussichtspunkte und überhaupt nicht für die Kartoffel- oder Zwiebelfelder. Im Sommer ist es auf den Wegen sengend heiß. Von der Erde geht ein beißender, drückender Geruch aus. Unerschütterliche Kühe suchen hinter den Hecken Schutz. Das Sonnenlicht schmerzt in den Augen. Ich erinnere mich, dass Mary und ich tagsüber geschlafen und nachts gelebt haben. Das Haus, das wir damals gemietet haben, gibt es noch immer, eine Hütte aus Hohlblocksteinen und Brettern mit einem Wellblechdach. Sie ist von einem Ausländer gekauft worden, einem japanischen Architekten, wie man mir gesagt hat. Er hat große Pläne für die Insel, ein Vier-Sterne-Hotel mit Hubschrauberlandeplatz, Meerwasser-SPA und Wellness-Center. Sein großes Vorbild ist der Architekt Tadao Andō, damit ist alles gesagt. Na, dann viel Vergnügen! Mary und ich verließen das Haus erst in der Abenddämmerung wie Vampire, wenn die Sonne hinter einem Dunstschleier verschwand. Wir schwammen in der Dunkelheit, erschauerten, wenn Algen unseren Bauch berührten. Einmal haben wir bei Halbmond am Strand miteinander geschlafen und sind dabei durchs Wasser gerollt wie Seekühe. Das ist schon sehr lange her. Ich glaubte, ich hätte es vergessen, aber seit ich hierher zurückgekehrt bin, ist mir jede Sekunde wieder ins Bewusstsein gekommen.

Als ich nach all den Jahren wieder auf dieser Insel eintraf, hatte ich vor, nur zwei oder drei Tage zu bleiben. Ich nahm mir ein Zimmer in einem kleinen Hotel am Hafen, in der Nähe der Anlegestelle der Fähren, über den Läden, die Motorroller und Fahrräder an Touristen vermieten. Ich wollte mich nur vergewissern, dass nichts mehr da war, die Vergangenheit nicht mehr existierte und ich nichts mehr empfand, und zwar so schnell wie möglich, gleichsam im Handumdrehen. Am ersten Tag tat ich nichts anderes, als das Ein- und Auslaufen der Schiffe zu beobachten, die Menge, die von Bord ging, über den Landungssteg lief, sowie die Autos und Fahrräder. Die meisten Besucher waren sehr jung, Liebespaare oder Kindergruppen. Ich starrte sie an, bis mir davon fast schlecht wurde und ich heftige Kopfschmerzen bekam. Was hatten sie hier zu suchen? Mit welchem Recht? Was erhofften sie sich davon? Moderne Raubritter mit Anoraks in grellen Farben, in Turnschuhen, mit Schirmmütze und Sonnenbrille. Wussten sie etwas von der lauernden Gefahr, von den nächtlichen Geistern, von den Mächten, die auf dem Meeresgrund harren, in Felsspalten Ausschau halten? Hatten sie je einen Ertrunkenen gesehen? Ich hasste sie zutiefst. Ich zählte das Kommen und Gehen, Hunderte von Menschen, Tausende. Und einer wie der andere.

Nachts lief ich auf den Straßen am Meer entlang, von einem Ende bis ans andere. Die Touristen waren geflohen. Dennoch kam es mir vor, als wären einige von ihnen dortgeblieben, hätten sich im Gebüsch versteckt, um mir nachzuspionieren. Es war kalt, der Wind erhob sich bei Einsetzen der Flut. Es schien kein Mond, der Himmel war von Dunst erfüllt, das Meer eine dunkle Masse. Ich ging leicht taumelnd, die Arme ein wenig ausgebreitet, um das Gleichgewicht zu halten. Angekettete Hunde bellten, wenn ich vorüberging. In einem dunklen Stall muhte eine Kuh. Und mit einem Schlag fiel mir alles wieder ein. Ich befand mich hier auf dieser Straße, allein und nachtblind, und plötzlich waren dreißig Jahre wie weggeblasen, und ich war dort wieder mit Mary. Ich ging neben ihr her und gab ihr plötzlich einen Kuss auf den Nacken, am Haaransatz. Sie wich ein wenig zurück, vermutlich ein bisschen überrascht, und ich hielt sie zurück, wir gingen Arm in Arm an den Strand und setzten uns auf den festen Sand. Dann lauschten wir dem Rauschen des Meeres. Es war das erste Mal, dass wir uns küssten.

Wir unterhielten uns einen großen Teil der Nacht, ehe wir in unsere Hütte zurückkehrten. Diese Nacht ist in mir geblieben, und jetzt lebt sie wieder auf, als habe uns nichts von ihr getrennt. Das war ein Schmerz und zugleich eine Lust, das war stechend, schneidend, heftig. Mir wurde davon fast übel, schwindlig. In diesem Augenblick begriff ich, dass ich hergekommen war, um zu bleiben, nicht wie die menschlichen Eintagsfliegen, die jeden Morgen ausschlüpfen und jeden Abend davongehen. Ich musste die logische Folge dieses Abenteuers wieder aufnehmen, Marys Tod hatte nichts abgeschlossen. Ich musste versuchen zu verstehen. Ich musste die Bitternis bis zur Neige, bis zur Sinnenlust des Unglücks auskosten.

Und daher behielt ich das Hotelzimmer und richtete mich dort ein. Um den Besitzer auf eine falsche Fährte zu locken, kaufte ich ihm eine Angelrute, Angelhaken und eine Dose für Köder ab. Und ich mietete sein Zelt. In den Nächten, in denen der Wind nachlässt, setze ich mich am Rand des menschenleeren Strandes in die Dünen, unweit des Toilettenhäuschens aus Zement und lausche dem Meer.

Die Inselbewohner lassen mich in Ruhe. Sie haben mich nicht akzeptiert, aber sie kritisieren mich auch nicht. Das ist der Vorteil von Orten, die von Touristenströmen besucht werden. Das Wort Fremder hat dort kaum noch einen Sinn.

Niemand kümmert sich um mich. Niemand erinnert sich

an mich. Niemand hat den Namen Mary im Gedächtnis behalten. Das war damals, vor sehr langer Zeit, aber das ist kein Grund. Der Seewind verwischt hier alles, nutzt alles ab. Es hat hier Dutzende von Ertrunkenen gegeben. Seefrauen, die beim Tauchen erstickt sind und mit ihren Bleigürteln über den Meeresgrund treiben. Dekompressionsunfälle, Atemstillstand, Herzschlag. Der Wind streicht über die winzigen Felder, heult durch die Zwischenräume in den Mauern aus Lavagestein. Ich habe mich in eine bittere, vergebliche Suche vertieft. Wie sollten diese Menschen das verstehen? Ihre Sorge gilt dem täglichen Leben, dem Alltag, und jene, die fortgehen, kommen nie wieder. Meine Leidenschaft ist schmerzhaft und tut mir zugleich gut. In der Medizin nennt man das einen stechenden, genau lokalisierten Schmerz. So haben es mir die Soldaten beschrieben, als ich ihnen mit einem Notizheft in der Hand folgte. Sie sprachen nicht von Folter. Sie nannten es ein Spiel, einen heftigen, wiederholten Schmerz, der unentbehrlich wird. Einen Schmerz, mit dem man sich anfreunden muss, weil eine große Leere herrscht, wenn er endet, und einem dann nur noch der Tod bleibt.

ICH SEHE MR Philip Kyo jeden Tag. Am Anfang war ich es, die ihn gesucht hat. Nach der Schule oder an schulfreien Tagen lief ich durch die Felder und ging am Ufer entlang, bis ich ihn fand. Jetzt kommt er mir entgegen. Ich warte zwischen den Felsblöcken. Er bringt seine Angelrute mit. Er macht ein paar Würfe, wird es aber bald leid, weil er nie etwas fängt. Nur ein paar kleine, durchsichtige Fische mit vielen Gräten. Wenn ich die Angelschnur auswerfe, fange ich manchmal größere Fische, Knurrhähne oder Seezungen. Mr Kyo ist nicht sehr begabt. Er hat Mühe, die Krabbe auf den Angelhaken zu schieben, obwohl ich ihm schon mehrmals gezeigt habe, wie es geht: erst durch den Kopf und dann bis zum Schwanz. Es gelingt ihm nicht. Er hat dicke ungeschickte Finger. Aber seine Hände sind gepflegt, das gefällt mir. Er hat keine abgebrochenen Nägel, er behandelt sie mit einer Feile und einem Nagelknipser, und das gefällt mir gut. Ich mag keine Männer, die schmutzige Nägel haben wie Brown, der Freund meiner Mutter. Mr Kyo hat etwas faltige Hände mit ziemlich dunkler Haut und rosa Handflächen. Auch wenn seine Hände ungeschickt sind, ist die Haut seiner Handflächen schön glatt und trocken, denn ich hasse Männer mit feuchten Händen.

Warme, feuchte Hände lassen mich vor Ekel erschauern. Ich habe immer trockene, trockene und kalte Hände. Auch meine Füße sind immer kalt, aber das scheint den meisten Frauen so zu gehen.

Wir angeln und unterhalten uns bis zum Einbruch der Nacht. Meistens vergessen wir zu angeln. Wenn der Wind weht und das Meer unruhig ist, hat es keinen Zweck, die Angelschnur auszuwerfen. Die Fische bleiben in ihren Höhlen am Meeresgrund. Mr Kyo bleibt reglos zwischen den Felsen sitzen und betrachtet das Meer. Er hat einen richtig traurigen Gesichtsausdruck, wenn er das Meer betrachtet. Es ist, als nähmen seine Augen die Farbe des Meeres an.

»Woran denken Sie?«, frage ich ihn. Kann ein dreizehnjähriges Mädchen sich dafür interessieren, was ein alter Mann denkt? Er wundert sich nicht einmal. »Ich denke über mein Leben nach«, sagt er. »Haben Sie viel erlebt in Ihrem Leben?« Er antwortet nicht sogleich. Ich bin den Umgang mit alten Leuten gewohnt, ich bringe die Seefrauen oft zum Reden. So mancher wird es wohl seltsam finden, dass ich mich mit ihnen unterhalte, da bin ich mir sicher. Aber ich weiß, dass man es mit zunehmendem Alter gern mag, wenn einem junge Leute Fragen stellen. Und ich glaube, dass mir das in hohem Alter auch gut gefallen würde. »Ich habe erst Architektur studiert, doch dann bin ich Journalist geworden. Ich habe beim Militärdienst begonnen, Artikel darüber zu verfassen, was an der Front geschah. Ich schreibe zwar gern, habe es aber noch nicht geschafft, ein Buch zu schreiben. Ich bin hergekommen, um die Zeit zu haben, ein Buch zu schreiben.« Er spricht mit einem Akzent, sucht nach Worten. Ich mag es gern, wie er Englisch spricht, er hat einen ausgesprochen britischen Akzent, ich höre ihm zu und wiederhole die Worte, wenn ich allein bin. Es kommt mir vor, als sei es eine andere Sprache, als die, die meine Mutter mir beigebracht hat. Mr Kyo sagt, ich hätte einen guten Akzent, vielleicht weil mein Vater Amerikaner ist, aber das habe ich ihm natürlich nicht gesagt, das geht niemanden etwas an. Ich unterhalte mich gern in einer Fremdsprache, damit die anderen Schüler mich nicht verstehen. Und daher bitte ich Mr Kyo: »Bringen Sie mir doch bitte andere Worte in Ihrer Sprache bei.« Ich glaube, das gefällt ihm auch. Das bringt ihn zum Lachen, und ich bin sicher, dass er sich geschmeichelt fühlt. Die Erwachsenen bringen jungen Leuten gern etwas bei. Das wiegt die Tatsache auf, dass er kein sonderlich guter Angler ist. Er nennt mir neue Wörter: *»Angle, thread, hooks, snapper, starfish.«* Er sagt Worte zu mir, die ich nicht verstehe, aus dem Wortschatz der Seeleute: *»Starboard, stern, seabass, bow, aft bow, mooring.«* Es sind nicht die Worte, die ich behalten möchte, sondern die Art, wie er sie ausspricht. Den Singsang. Ich lasse ihn die Worte wiederholen und beobachte seinen Mund, um zu verstehen, wie diese Melodie entsteht. Gern mag ich auch die Tatsache, dass Mr Kyo mir im Gegensatz zu den meisten anderen Menschen nie persönliche Fragen stellt. Er hat mich nie gefragt: »Wie alt sind Sie?« Oder: »In welche Klasse gehen Sie?« Vielleicht glaubt er, ich sei bereits groß, zwar keine Erwachsene, aber schon fast eine, und deshalb lässt er sich darauf ein, mit mir zu sprechen. Ich sage oft, ich sei sechzehn oder sogar achtzehn. Denn ich bin allerdings ziemlich groß, größer als die meisten Frauen hier, habe schon richtige Brüste und seit einer ganzen Weile regelmäßig meine Periode. Damit hat es Anfang des Jahres begonnen. Zum ersten Mal ist mir das auf dem Gymnasium passiert, mitten im Unterricht, ich habe mich derartig geschämt, dass ich es nicht mehr gewagt habe, vom Stuhl aufzustehen. Und ein anderes Mal habe ich mein Bett derart durchnässt, dass ich geglaubt habe, ich hätte im Schlaf gepinkelt, aber es war Blut. Ich musste mitten in der Nacht aufstehen und mein Bettlaken draußen in kaltem Wasser waschen, denn Mama hat mir immer gesagt, Blutflecken ließen sich nur mit kaltem Wasser beseitigen.

»Und Sie, Sir?« Ich sage zu ihm: »Sir.« So wie man in der Armee *yessir* oder *no sir* sagt. Als hätte auch ich das Recht, ihm Fragen zu stellen. Aber ich hatte vergessen, dass er mich gar nichts gefragt hatte. »Sind Sie verheiratet? Haben Sie Kinder?« Er schüttelte den Kopf: »Nein, nein, unverheiratet, keine Kinder.« »Das ist traurig, wer soll sich dann um Sie kümmern, wenn Sie alt sind?« Er zuckte mit den Achseln, das ist ihm offensichtlich völlig egal.

Danach haben wir eine ganze Weile geschwiegen, sowohl er wie ich. Ich sagte mir, dass ihm persönliche Fragen wohl unangenehm sind. Mr Kyo hat ein Gesicht, das leicht einen verschlossenen Ausdruck annimmt. Er ist nicht wie jemand, dem man alle Tage begegnet und der bereit ist, für jede Kleinigkeit den Mund aufzutun. Er hat etwas Geheimnisvolles an sich. Auf seinem Gesicht liegt ein Schatten. Wenn ich mit ihm spreche, gleitet plötzlich so etwas wie eine dunkle Wolke vor seinen Augen her über seine Stirn.

Mr Kyo und ich haben ein seltsames Spiel erfunden. Ich weiß nicht mehr, ob er damit angefangen hat, oder ob ich es war. Mit diesem Spiel beginnen wir, wenn wieder einmal dieser Schatten auf seinem Gesicht liegt. Anfangs haben wir Dinge berührt, die am Strand liegen, völlig unbedeutende Sachen, Holzstücke oder Algenblätter. Später haben wir beschlossen, das abwechselnd zu machen, wobei wir so tun, als versetzten wir Spielfiguren oder Dominosteine. Es sind nur Nichtigkeiten, die man im Sand oder in den Felsmulden findet, Reiser, Vogelfedern, leere Muscheln. Wir legen sie vor uns auf den sauber gefegten, glatten Sand. »Sie sind dran«, sagt Mr Kyo. Ich lege ein Stück Bindfaden auf den Sand. »Ich bin dran«, sagt Mr Kyo. Er legt den verdrehten Fetzen einer getrockneten Alge hin. »Sie sind dran.« Eine matt geschliffene Glasscherbe. »Ich bin dran.« Er legt einen flachen Kiesel hin. »Sie sind dran.« Ich lege einen anderen Kiesel hin, der kleiner, aber rot geädert ist. Er ist verdutzt, blickt sich suchend um, findet anscheinend aber nichts Besseres. »Sie haben gewonnen«, sagt Mr Kyo. Das mag etwas blödsinnig erscheinen, aber wenn wir dieses Spiel spielen, hat das für uns tatsächlich etwas zu bedeuten. Dieser rot geäderte Kiesel gewinnt ganz eindeutig. Und wenn wir uns diesem Spiel hingeben, vergisst Mr Kyo vor allem das, was ihn beschäftigt. Der dunkle Fleck in seinen Augen verschwindet, sie werden wieder klar und lachend. In ihnen spiegelt sich das Glitzern der Sonne auf dem Meer.

Das ist unser Spiel. Ich habe es ganz einfach »Sie sind dran, ich bin dran« genannt. Wenn wir mit diesem Spiel beginnen, denken wir an nichts anderes. Dann existiert die Zeit nicht mehr. Wir könnten immer so weiterspielen. Mich bringt das zum Lachen, aber Mr Kyo bleibt dabei ernst. Selbst wenn er etwas Seltsames oder Witziges auf den Sand legt, bleibt sein Gesicht ernst. Aber seine Augen drücken das Gegenteil aus. Ich mag die Farbe seiner Augen, wenn wir spielen.

Habe ich schon über die Farbe von Mr Kyos Augen gesprochen? Sie sind grün. Aber von veränderlicher grüner Farbe, entweder grün wie Salatblätter oder grün wie das Meer. Manchmal haben sie die Farbe einer brandenden Welle, wenn sich Luftblasen und Regenwasser mit ihr vermischen. In seinem dunklen Gesicht wirken seine Augen wie zwei Lichtflecken. Wenn ich zu lange seine Augen betrachte, wird mir schwindlig. Dann wende ich den Blick ab, beuge mich über den Sand und suche etwas, um das Spiel fortzusetzen. Mein Herz schlägt schneller, ich habe das Gefühl, wenn ich weiter seine Iris betrachte, verliere ich das Gleichgewicht. Oder ich falle in Ohnmacht. Aber darüber kann ich natürlich nicht mit ihm sprechen. Im Übrigen lässt er den Blick nie lange auf anderen Menschen ruhen, in Wirklichkeit sollte ich von mir sprechen, denn ich habe ihn nie in Begleitung anderer Menschen gesehen. Und wenn er fortgeht, setzt er immer, wie ich bemerkt habe, eine Sonnenbrille auf, sogar wenn es dunkel wird.

Wir sehen uns jeden Tag oder fast jeden Tag. Mr Kyo hat einen wichtigen Platz in meinem Leben eingenommen. Das habe ich in mein Tagebuch geschrieben, da ich es niemandem erzählen kann. Wenn ich aus der Schule komme und auch sonntags nach der Kirche, renne ich an den Kartoffelfeldern entlang zur Küste. Schon von Ferne erkenne ich seine Silhouette, die im Wind flatternde Jacke seines dreiteiligen Anzugs. In der ersten Zeit trug er sogar eine Krawatte, um zum Angeln zu gehen. Doch da sie ihn bei jedem Windstoß peitschte, hat er sie schließlich abgelegt. Aber mir gefällt es, dass er elegant gekleidet ist, im Unterschied zu den Touristen, die sich gezwungen fühlen, in geblümten Bermudas oder gelben Anoraks herumzulaufen. Wenn es regnet, bringt er einen Regenschirm mit, aber nicht einen von diesen lächerlichen, faltbaren Minischirmen, sondern einen schwarzen Regenschirm wie ihn die Geschäftsleute in England benutzen. Doch der Wind hat ihn schließlich umgestülpt, und da hat er beschlossen, darauf zu verzichten. Der Regen rinnt über seine Schirmmütze und lässt seine Jacke nass werden. An Tagen mit besonders schlechtem Wetter sucht er in seinem Zelt Schutz. Er hat es in den Dünen aufgestellt, ein wenig abseits von den Stränden. Es ist ein Zelt aus grünem Nylon, das mit Metallpflöcken im Boden verankert wird. Der Hotelbesitzer hat es an ihn vermietet. An solchen Tagen suchen wir in seinem Zelt Schutz vor dem Regen. Es hat eine Art Vordach, und wir sitzen dann im Zelt, aber Mr Kyos Beine schauen aus dem Zelt heraus. Ich finde das toll! Ich habe den Eindruck, als wären wir in weiter Ferne, in einem unbekannten Land, in Amerika oder in Russland. Einem Land, aus dem wir nie zurückkehren werden. Ich betrachte die Wellen, die auf dem milchigen Meer heranrollen. Der Dunst am Horizont wird immer dichter. Es kommt mir vor, als wären wir auf einem Schiff, das Kurs aufs andere Ende der Welt nimmt.

Wir reden und reden und reden. In Wirklichkeit rede ich vor allem. Mr Kyo hat auf alles eine Antwort, er weiß alles. Das kommt daher, dass er Schriftsteller ist. Aber er ist nicht überheblich, er hat nur auf alle Fragen eine Antwort. Er hat alle möglichen Leute kennengelernt, alle möglichen Länder, und er hat alle möglichen Berufe ausgeübt. Ich glaube, auch deshalb ist er traurig. Das muss doch traurig sein, wenn man alles weiß, oder? Anfangs hat er nur selten geantwortet. Er hörte sich mein Geschwätz an und schien an etwas anderes zu denken. Ich fragte ihn nach seinen Reisen, nach seinem Beruf als Journalist, doch er schien nicht zuzuhören. Ich versetzte ihm leichte Hiebe und sagte: »He, Sir! Sir!« Er zuckte zusammen und fragte: »Was wollen Sie?« »Warum hören Sie mir nicht zu? Meinen Sie, ich hätte nichts Interessantes zu sagen, nur weil ich jung bin?« So bin ich nun mal. Ich habe keine Angst vor Erwachsenen. Nicht einmal vor Lehrern. Es kann vorkommen, dass ich ihnen einen Faustschlag versetze oder sie kneife. Ich tue das ganz freundlich, nur um sie zu wecken. »Schlafen Sie? Können Sie mit offenen Augen schlafen? Seien Sie vorsichtig, sonst lässt Sie der Wind umfallen oder er schiebt Sie ins Meer!« Das heitert ihn auf. Jetzt ist er aufmerksam. Manchmal bringen ihn meine Scherze zum Lachen. Ich ahme seinen Akzent, seine Redensweise nach, das »Äh, hmm« mit dem er jeden Satz beginnt, weil er nicht weiß, was er antworten soll. Aber er kennt die Namen vieler Vögel, Sturmvögel, Fulmare, Scherenschnäbel, Seeschwalben, und auch vieler Insekten, Schmetterlinge, Käfer und der schon erwähnten Schaben, von denen es bei Ebbe zwischen den Felsen nur so wimmelt. Vielleicht ist er Lehrer, ein Lehrer, der nicht mehr zur Schule geht. Vielleicht ist er wegen eines Skandals entlassen worden, weil er pädophil veranlagt ist und sich an kleinen Mädchen in einer Schule seines Landes vergangen hat und deshalb auf diese Insel geflüchtet ist. Dieser Gedanke kam mir geradezu witzig vor, und ich habe sogar versucht mit ihm darüber zu sprechen, aber er hat mich nicht richtig verstanden. Oder er hat mir nicht zuhören wollen. Nein, ich kann ihn mir nicht als perversen Alten vorstellen, der die Turnstunde nutzt, um kleinen Mädchen an die Wäsche zu gehen. Im Übrigen sieht er nicht wie ein Lehrer aus. Er ist nicht sehr groß, ein wenig gebeugt, aber er ist breitschultrig, und wenn er keine Schirmmütze trägt, hat er dichtes, grau meliertes krauses Haar, das ist sehr elegant. Vielleicht ist er Kriminalbeamter und auf diese Insel gekommen, um Ermittlungen über ein Verbrechen anzustellen. Er spielt die Rolle von jemandem, der angeln geht, aber in Wirklichkeit tut er das nur, um das Kommen und Gehen der Leute zu beobachten. Aber dann müsste er schon ein seltsamer Kriminalbeamter sein in seinem schwarzen dreiteiligen Anzug und dem weißen Hemd.

Ich stelle ihm ausgefallene Fragen, ich meine, für ein Mädchen in meinem Alter. Ich frage ihn zum Beispiel: »Wo möchten Sie gern sterben?« Dann blickt er mich an, ohne darauf zu antworten, vermutlich hatte er noch nie darüber nachgedacht.

»Ich würde gern im Meer sterben«, habe ich zu ihm gesagt. »Aber ohne zu ertrinken. Ich möchte im Meer verschwinden und nie zurückkommen. Ich möchte, dass mich die Wellen weit forttragen.«

Er hat das Gesicht in einer Weise verzogen, dass ich erst geglaubt habe, er würde in Lachen ausbrechen. Aber bei näherem Hinsehen habe ich festgestellt, dass er das Gesicht vor Zorn verzogen hat. »Wie können Sie nur so etwas sagen! Wer hat Ihnen denn in den Kopf gesetzt, im Meer zu verschwinden?« Es war das erste Mal, dass er zornig über etwas zu sein schien, was ich gesagt hatte. Dann fügte er mit ruhigerer Stimme hinzu: »Sie wissen überhaupt nicht, was Sie da sagen! Das ist doch alles dummes Zeug!« Da habe ich mich geschämt und mir gesagt, ich müsste am besten seinen Arm nehmen und den Kopf an seine Schulter legen, damit er mir verzeiht, aber stattdessen habe ich mich gekränkt gefühlt und zu ihm gesagt: »Erst mal, warum ist das eigentlich dummes Zeug? Ich bin nicht blöd, ich denke an den Tod, auch wenn ich noch sehr jung bin.« Das stimmte durchaus, ich bin mehrmals ans Meeresufer gegangen und habe mit dem Gedanken gespielt, ins Wasser zu springen, mich von den Wellen davontragen zu lassen. Ohne wirklichen Grund, nur weil ich genug von der Schule hatte, genug vom Freund meiner Mutter, der ihr ständig irgendwelche honigsüßen, heimtückischen Worte zuflüsterte.

»Sprechen wir nicht mehr darüber, June.« Es war das erste Mal, dass er meinen Namen aussprach, und das hat mich zutiefst gerührt, weil das besagte, dass ich ihm etwas bedeutete und nicht nur eine dumme Gans war, die sich langweilte und zusah, wie der Schwimmer seiner Angelschnur im Hafenwasser trieb. Ehe ich wegging, habe ich ihm einen leichten Kuss auf die Wange gedrückt, und zwar so rasch, dass ich nur flüchtig seine raue Haut und seinen etwas herben Geruch spüren konnte (alte Leute haben immer mehr oder weniger diesen herben Geruch). Als wäre er mein Vater oder mein Großvater oder so etwas. Und dann bin ich fortgerannt, ohne mich umzusehen.

ICH WEISS NICHT, wie mir das passiert ist. Wohl ein wenig, wie sich die meisten Dinge in meinem Leben ereignen, ich gebe nicht recht acht, rede, höre zu, bin zerstreut, bemerke, dass da jemand ist, dort, direkt nebenan, während vorher dort niemand war. Auf einer Bank, im Restaurant oder am Strand. Auf dem großen Hafendamm aus Beton, auf dem ich angele, auch wenn ich nichts davon verstehe, nur weil mir das Angeln erlaubt, stundenlang das Meer zu betrachten, ohne dass sich jemand fragt, warum. Und plötzlich hat sie mich angesprochen. Ist in mein Leben eingedrungen. Eine Göre! Sie behauptet, sie sei sechzehn, aber ich merke genau, dass sie lügt, sie geht noch zur Schule, mit sechzehn arbeitet man in diesem Land, man heiratet, man lungert nicht auf der Straße oder auf einem Damm mit einem alten Mann herum. Es hat mir gerade noch gefehlt, dass man mich mit meiner Vergangenheit in Begleitung eines kleinen Mädchens sieht! Ich bin sicher, dass mich der einzige Polizeibeamte hier überwacht, an jeder Straßenecke ist er da, fährt in seinem zweifarbigen Wagen langsam vorüber und wirft einen finsteren Blick in meine Richtung. Er wartet nur auf die Gelegenheit, mich festzunehmen. Er hat mir angesehen, dass ich nicht einer der Urlaubsreisenden bin wie all die anderen hier, sondern ein Einzelgänger, ein Verdächtiger. Mehrmals ist er mit seinem Wagen an uns vorbeigefahren, während wir vom Angeln zurückkamen. Er sagt nichts, tut so, als sähe er uns nicht, aber das macht es nur noch schlimmer.

Sie heißt June. Ich muss zugeben, dass mir ihr Name gut gefällt. Ich bin sicher, dass Mary sie gern kennengelernt hätte. Dieses dichte schwarze Haar, das sie hat, diese krause Mähne mit violettem Schimmer. Meistens trägt sie einen von Gummibändern gehaltenen Knoten. Aber wenn sie am Strand ist, löst sie den Knoten, dann glänzt ihre Mähne in der Sonne und wird vom Wind zerzaust. Mary hatte auch dichtes Haar, aber es war tiefschwarz und ganz glatt, und wenn sie es zu einem Knoten steckte, sah sie aus wie eine Geisha.

Ich muss mich zusammenreißen. Ich bin nicht auf diese Insel gekommen, um Seebarben zu angeln und mit einem Mädchen im Pubertätsalter zu schwatzen! Ich bin kein blöder Tourist, der alle sehenswerten Orte abklappert, Fotos macht und eines nach dem anderen abhakt: die Bank des ersten Kusses, *done.* Der Leuchtturm vom Ende der Welt, *done.* Die Allee der Einsamkeit, der Garten der Verheißungen, der Strand des Schiffsunglücks, *done, done, done.* Und der wieder wegfährt, sobald er sich sattgesehen und sich die Taschen hat leeren lassen! Für mich ist die Insel eine Sackgasse ohne Hoffnung, ein Ort, an dem es nicht mehr weitergeht, hinter dem nichts mehr ist. Der Ozean ist das Vergessen.

Mary, ihr Leben, ihr Körper, ihre Liebe, verschwunden, ohne eine Spur zu hinterlassen, ohne eine Erklärung zu liefern. Und auch diese junge Frau in Hué, die mit dem Rücken auf dem Boden liegt und nicht einmal wimmert, während die

Soldaten sie vergewaltigen. Ihr blutender Mund, ihre Augen wie zwei dunkle Flecke. Und ich sehe von der Türschwelle zu, ohne mich zu rühren, ohne etwas zu sagen. Meine Mörderaugen. Wegen dieser Bilder bin ich hier, um herauszufinden, was sie ermöglicht hat, um die Blackbox zu finden, die sie für immer in sich birgt. Nicht um sie zu beseitigen, sondern um sie zu sehen und sie für immer vor Augen zu haben. Um einer alten Fußspur zu folgen, ich bin wie ein Hund, der eine Fährte aufnimmt. Es muss hier einen Grund geben, der all das, was geschehen ist, rechtfertigt, einen Schlüssel zu diesen schrecklichen Ereignissen. Als ich auf der Insel gelandet bin, bin ich erschauert. Ich habe gespürt, wie sich meine Härchen buchstäblich auf der Haut aufgerichtet haben, auf dem Rücken, auf den Armen, auf den Schultern. Irgendetwas, irgendjemand erwartete mich. Irgendetwas, irgendjemand in einem Versteck in den schwarzen Felsen, in den Spalten, in den Zwischenräumen. Wie diese widerlichen Insekten, die aussehen wie Schaben und zu Tausenden am Ufer entlanglaufen und bei Ebbe auf Molen und Klippen sich bewegende Teppiche bilden. Zu Marys Zeiten gab es diese Insekten nicht – oder hatten wir sie nur nicht bemerkt? Dabei hasste Mary Insekten. Es waren die einzigen Lebewesen, die sie hasste. Ein Nachtfalter konnte sie in panische Angst versetzen, eine Bandassel bei ihr Übelkeit hervorrufen. Aber wir waren glücklich, und deshalb zeigten sich diese Insekten nicht. Eine Veränderung im Dasein genügt, und plötzlich wird etwas, das man bis dahin nicht beachtet hat, unglaublich sichtbar und überwältigt einen. Nur deshalb bin ich hier. Um mich zu erinnern, damit mir mein Leben als Verbrecher vor Augen tritt. Damit ich es in allen Einzelheiten sehen kann. Damit auch ich verschwinden kann.

June wartet auf mich. Sie will mir Fragen stellen. Manchmal möchte ich am liebsten brutal zu ihr sein. Ihr mit gehässigen Worten, mit Worten, die wehtun, Folgendes sagen: »Ich will Ihnen etwas sagen, meine Kleine. Ich habe im Gefängnis gesessen wegen Mittäterschaft bei der Vergewaltigung eines Mädchens, das etwa in Ihrem Alter war. Mehrere Typen haben die junge Frau am Boden gehalten und sie einer nach dem anderen vergewaltigt, und ich habe dabeigestanden und zugesehen, ohne etwas zu tun. Das war im Krieg, da war alles erlaubt. Dafür habe ich im Gefängnis gesessen, sehen Sie, hier, auf meinem linken Arm ist noch immer die tätowierte Häftlingsnummer, deshalb trage ich nur langärmlige Hemden und Anzugjacken.« Ich weiß, dass ich ihr das bald sage. Ich hasse ihre zuckersüßen Mienen und ihr kindliches Geplapper. Das sage ich ihr, damit sie Angst bekommt vor mir und begreift, dass ich rückfällig werden kann und sie zwischen den Felsen aufs Kreuz legen und mit ihr machen kann, was ich will, ihr den Mund zuhalten, um sie am Schreien zu hindern, sie an den Haaren auf den Boden drücken, mich mit den Fingern an ihre Mähne klammern und die Angst in ihrem Atem spüren kann! Wenn ich sie an der Küste treffe, staut sich noch die nächtliche Wut in mir, diese blinde Welle, die vom Meer kommt und die ganze Nacht flüsternd und murmelnd mit dem kalten Wind und dem Nebel verschmilzt, diese undurchdringliche Dunstglocke, die den Himmel bedeckt, den Mond und die Sterne verlöschen lässt! June sitzt in ihrem langen Kleid zwischen den Felsen, das offene Haar fällt ihr auf die Schultern, und sobald ich ankomme, wendet sie den Kopf, dann leuchtet die Sonne auf ihrer Haut und lässt ihre Augen glänzen. Und ich gehe auf sie zu, während auf meinen Schultern noch Fetzen von Träumen und Albträumen lasten, mit grauem Gesicht, grauem Haar, als käme ich gerade aus einem Aschebett.

»Na, Sie haben wohl nicht gut geschlafen?« Sie hat diesen fröhlichen Ton, den ich hasse. »Warum können alte Leute eigentlich nicht schlafen?« Sie hat die Antwort gefunden: »Weil sie tagsüber schlafen, sie machen zu gern mittags ein Nickerchen, deshalb können sie nachts nicht schlafen.« Sie hat recht. Heute ist nicht der Tag, an dem ich ihr von meinen Verbrechen erzähle.

ICH HABE GETRÄUMT, Mr Kyo sei mein Vater. Das habe ich nicht wegen seiner Hautfarbe und seines krausen Haars geträumt. Sondern weil ich den Eindruck habe, dass er sich so um mich kümmert, wie mein richtiger Papa das getan hätte. Seit einiger Zeit ist Jo sehr aggressiv geworden. Wenn ich aus der Schule komme, wartet er an der Straßenecke auf mich und macht sich einen Spaß daraus, mich zu quälen. Wenn es nur Schimpfworte und Beleidigungen sind, lasse ich ihn reden und gehe weiter. Aber jetzt packt er mich und tut so, als wolle er mich mit einem Hebelgriff um den Hals erwürgen, und dann klammert er sich an mein Haar und zwingt mich den Kopf zu senken, bis ich auf die Knie falle. Meine Augen füllen sich mit Tränen, aber ich setze mich zur Wehr. Diesen Gefallen gönne ich ihm nicht. Ich weiß nicht mehr wann, aber an irgendeinem Tag habe ich Mr Kyo davon erzählt. Er hat wortlos zugehört, ich habe erst geglaubt, diese Geschichten von Gören und Rotzbengeln seien ihm völlig egal. Doch als ich eines Tages gegen drei Uhr aus der Schule kam, war Jo da und hat mich wie gewöhnlich an den Haaren gezerrt. Und plötzlich kam Mr Kyo hinzu, überquerte mit schnellen Schritten die Straße, ging auf Jo zu, packte ihn seinerseits an den Haaren und zwang ihn vor mir in die Knie. Er hat Jo eine ganze Weile so festgehalten, während sich der Junge sträubte und sich zu befreien versuchte, aber Mr Kyo hat nicht nachgegeben. Er ist nicht sehr groß, wie ich schon gesagt habe, aber er hat sehr kräftige Arme und Hände. Ich bin ein paar Schritte zurückgewichen und habe die Szene betrachtet, und ich war stolz, weil mich jemand verteidigt hatte. Mr Kyo hatte einen seltsamen Gesichtsausdruck, einen Ausdruck, den ich noch nie zuvor gesehen hatte, eine Mischung aus Wut und Rohheit, mit funkelnden Augen in seinem dunklen Gesicht, wie zwei grüne Lichtstrahlen, die aber nicht kalt, sondern in diesem Augenblick sengend heiß und durchdringend waren. Und dann hörte ich, wie er sagte: »Tun Sie das nie wieder, hören Sie? Nie wieder!« Er sprach Englisch, Jo konnte das nicht verstehen, aber in seiner Stimme lag Schelte, ich hatte den Eindruck, als grollte der Donner, und der Junge zitterte, als er das hörte. Aber ich hatte keine Angst. Mr Kyo war so stark, so schön, ich hatte den Eindruck, als sei er aus einer anderen Welt oder aus den Tiefen des Himmels gekommen, um mir auf meiner Insel zu begegnen und mich aus meinem Unglück zu befreien. Als hätte ich ihn schon immer erwartet, seit meiner Kindheit, und als habe er meine Gebete erhört. Kein Engel und auch kein wohlwollender Geist, sondern eher ein Krieger, ein Kämpfer ohne Rüstung, ein Ritter ohne Pferd. Ich betrachtete ihn, und plötzlich ließ er den Jungen los, der schnell davonrannte. Mr Kyo hat sich nicht umgewandt, um ihn wegrennen zu sehen. Er ist noch einen Augenblick dageblieben, mit vor Wut dunkel gefärbtem Gesicht und den grünen Augen, die aussahen wie kleine Spiegel, ich konnte den Blick nicht abwenden. Dann ist er mit großen Schritten davongeeilt, und ich habe begriffen, dass ich ihm nicht folgen durfte.

Genauso ist das passiert. Ich habe es niemandem erzählt, vor allem nicht meiner Mutter. Aber ich habe begriffen, dass ich von jenem Tag an einen Freund hatte. Und sogar mehr als das, ich habe geträumt, er sei mein Vater, er sei auf diese Insel gekommen, um mich zu finden und mich eines Tages in weite Ferne mitzunehmen, in sein Land, nach Amerika.

Als ich wenig später Mr Kyo wiedersah, habe ich zu ihm gesagt: »Würden Sie eines Tages zu uns nach Hause kommen, um meine Mutter kennenzulernen?« Und dann: »Meine Mutter spricht gut Englisch.« Und anschließend habe ich sogleich Folgendes hinzugefügt, damit er nicht glaubt, ich hätte das nur aus Höflichkeit gesagt: »Natürlich nur, wenn Sie Lust dazu haben, es besteht keinerlei Verpflichtung.« Er hat weder Ja noch Nein gesagt, hat nicht auf die Frage geantwortet, und ich habe mich ein wenig geschämt, dass ich sie ihm gestellt hatte. Und daher habe ich ganz schnell über etwas anderes gesprochen, den Fischfang und die Muscheln, die meine Mutter an die Restaurants verkauft, als hätte ich mir gewünscht, er könne ihr Kunde werden und ihr Seeohren abkaufen.

Jedenfalls hat mich Jo nach dem, was neulich nach der Schule geschehen ist, nie wieder belästigt. Er brummt immer noch Schimpfworte vor sich hin, wenn ich an ihm vorbeigehe, und nennt mich eine dumme Kuh, aber er nimmt sich in Acht. Ich sehe, wie seine kleinen Augen mit einem lauernden Blick nach links und rechts schauen, um zu überprüfen, ob Mr Kyo nicht in der Nähe ist, sich hinter einem Mast oder im Schatten einer Tür versteckt hat. Oder im Laden der

Apothekerin, der sich ganz in der Nähe an der Kreuzung befindet.

Auch das habe ich vergessen zu sagen, in Mr Kyos Leben gibt es etwas Neues. Als wir eines Tages bei böigem Wind und stürmischem Meer die Felsen hinaufgeklettert sind, bin ich ausgerutscht und habe mir das Knie an einem spitzen Stein aufgeschürft. Es tat sehr weh, und die Wunde blutete stark. Mr Kyo hat mit seinem kleinen Anglermesser ein Stück von seinem Hemd abgeschnitten und daraus einen Verband angefertigt. Doch als er sah, wie sich das Stück Stoff rasch mit Blut tränkte, hat er gesagt: »Gehen Sie besser in die Apotheke, damit man Ihre Wunde desinfiziert und Ihnen einen richtigen Verband anlegt.« Dagegen ließ sich nichts einwenden. Ich konnte nicht mehr von Felsen zu Felsen springen, und daher hat er mich bis zur Straße getragen, und trotz meines schmerzenden Knies habe ich mich gefreut, dass er mich in den Armen hielt, er ist sehr stark, und ich habe seinen Brustkorb an meiner Seite gespürt. Dann sind wir ins Dorf gelaufen, und ich habe mich auf ihn gestützt und bin absichtlich gehumpelt, um mich beim Gehen eng an seinen Arm schmiegen zu können. Ich war noch nie bei der Apothekerin gewesen, sie ist neu auf unserer Insel. Sie ist hübsch, hat ein ziemlich weißes Gesicht mit Schatten unter den Augen, ihr Laden ist winzig und von der Straße durch einen weißen Stoffvorhang geschützt, den man hochheben muss, um einzutreten. Mr Kyo ist eine ganze Weile in der Apotheke geblieben, während die junge Frau meine Wunde mit Alkohol gereinigt, ein Salbepflaster daraufgelegt und schließlich das Knie mit einer Baumwollbinde verbunden hat. Es tat kaum noch weh, aber ich habe das Gesicht verzerrt und übertrieben laut gestöhnt, um mich interessant zu machen.

Ich habe sofort begriffen, dass Mr Kyo hingerissen war von dieser Frau. Es ist lächerlich, aber das hat mich in Wut versetzt. Ich mag es nicht, wenn sich Erwachsene wie Kinder verhalten. Vor allem wollte ich nicht, dass sich ein so wertvoller Mensch wie Mr Kyo von einer gewöhnlichen Frau wie dieser Apothekerin einwickeln lässt, auch wenn sie hübsch ist. Das erweckt bei mir den Eindruck, als würde er sich ihr angleichen, ich meine, als sei auch er ein gewöhnlicher Mensch, nicht würdig, mein Vater zu sein. Ein banaler Mensch, der Dinge sagt, von denen er nicht überzeugt ist, jemand, der lächelt und schwatzt. Mr Kyo ist das genaue Gegenteil davon, er ist stark, kann reden wie der Donner, und er kann mit seinen grünen Augen jemanden so ansehen, dass ihm angst und bange wird.

Aber als ich später noch einmal darüber nachdachte, begriff ich, dass er diese Frau wohl schon kannte, und dass er deshalb nach der Schule eingegriffen hat. Als Jo mich an den Haaren gezerrt hat, war Mr Kyo im Laden der Apothekerin und hatte nur ein paar Schritte zu tun brauchen, um mir zu Hilfe zu eilen. Ich hatte geglaubt, er sei aus dem Nichts aufgetaucht wie ein Schutzgeist, aber das lag wohl daran, dass er sich gerade mit dieser Frau unterhielt. Das hat mich geärgert, aber gleichzeitig habe ich das als beruhigend empfunden, ich hatte einen Schutzengel. Einen guten Geist. Die Apothekerin war letztlich gar nicht so wichtig, sie war nur eine hübsche junge Frau, die ein bisschen geschwätzig war. Eine gewöhnliche Frau.

Seit Mr Kyo und ich richtig befreundet sind, fühle ich

mich in seiner Gegenwart richtig frei. Was nicht heißen soll, dass ich ihm gegenüber einen familiären Ton anschlage oder ihn beim Vornamen nenne (auch wenn ich den Vornamen Philip sehr gern mag). Aber ich fühle mich frei genug, jederzeit über jedes beliebige Thema zu sprechen. Ich erfinde zum Beispiel Geschichten oder Anekdoten, um ihn zu zerstreuen oder um ihn zum Lachen zu bringen. Ich singe ihm alle Lieder vor, die ich kenne, alte Lieder auf Englisch, *Little Boy Blue, Mary Quite Contrary* oder *Old King Cole,* der nach seiner Suppenschale, seinem Löffel und seinen drei Geigern verlangt. Und auch Schlager, die ich im Radio gehört habe, von Elvis oder Nina Simone, oder die Melodien aus *The Sound of Music,* weil ich mir immer, wenn ich allein zu Hause bin, den Videofilm ansehe. Ich habe genau gemerkt, dass ihm das gefällt, sein Gesicht wird sanfter, seine Augen haben nicht mehr diesen glasharten Glanz, sie werden tränenfeucht. »Sie haben eine hübsche Stimme«, hat er eines Tages zu mir gesagt. »Sie könnten Sängerin werden, wenn Sie groß sind.« Bei diesem Kompliment klopfte mir das Herz und stieg mir Röte in die Wangen. »O ja, ich würde gern Sängerin sein«, habe ich gesagt. »Die einzige Gelegenheit für mich zu singen, ist in der Kirche, der Pastor spielt Klavier und ich singe Kirchenlieder.« Das schien ihn zu interessieren. »Dann könnte ich Ihnen ja an einem Sonntag mal zuhören.« Ich glaube, ich habe viel zu begeistert geschrien: »Ja, Sir. Bitte, bitte!« Deshalb hat sich seine Miene verfinstert, bevor er gesagt hat: »Mal sehen, vielleicht komme ich.« Ich glaube, ich habe mich ein bisschen dafür geschämt, dass ich so offen meine Freude gezeigt habe, aber ich habe wirklich geglaubt, er würde am folgenden Sonntag in die Kirche kommen. Falls er es getan hat, hat er sich gut versteckt, denn obwohl ich Ausschau nach ihm gehalten habe, konnte ich ihn nicht entdecken. Vielleicht mag er Kirchen nicht sonderlich, denn ich habe festgestellt, dass er jedes Mal, wenn ich die Kirche oder den Pastor erwähne, das Thema wechselt oder stumm bleibt wie die Fische, die wir angeln. Als ich einmal etwas über den Himmel und das Paradies zu ihm gesagt habe, hat er sogar höhnisch gelacht. »Das sind Märchen, die man Kindern erzählt. Den Himmel gibt es nicht.« Ich mag es nicht, wenn Mr Kyo so krampfhaft lacht, dann entblößt er seine hässlichen Zähne, besonders einen Zahn, der seitlich hervorsteht, ein spitzer Eckzahn, der aussieht wie der Fangzahn eines Hundes.

Ich möchte so gern in seinen Gedanken lesen, begreifen, warum er so stumm und finster ist und warum seine Augen diesen traurigen Schimmer haben. Wenn er wirklich mein Vater wäre, könnte ich viel über sein Leben erfahren, ihm Fragen stellen, ihn trösten, zum Lachen bringen. Ihn auf andere Gedanken kommen lassen. An seiner Geschichte teilhaben. Manchmal lässt er mich an den Tod denken. Ich denke daran, wie es in einiger Zeit sein wird, wenn er und meine Mutter nicht mehr da sein werden. Ich denke daran, dass ich dann allein sein und nie mehr jemanden wie ihm begegnen, nie wieder die Chance haben werde, von meinem Vater zu träumen.

Aber glücklicherweise dauert das nie allzu lange. Ich erfinde etwas, um ihn zu zerstreuen, ein Spiel, ein Rätsel. Eine hiesige Anekdote. Als wir an einem Sonntagnachmittag oben an der Felsküste inmitten von Kameliensträuchern saßen, habe ich ihm Folgendes erzählt:

Die Geschichte von der Kuh

Es war einmal eine Insel
Eine Insel, auf der es weder Tiere noch Vögel gab
Sondern nur Männer und Frauen
Die Leute langweilten sich und hatten immer weniger zu essen, nur Kartoffeln und Zwiebeln
Vor allem im Winter war es traurig, weil die Nächte lang sind
Es ist kalt und windig, mit viel Nebel und Regen
Eines Tages ist jemand auf der Insel eingetroffen
Ein seltsamer Besucher wie Sie
Niemand kannte seinen Namen
Es war ein sehr seltsamer Mann
Er war groß und stark, hatte einen langen Kopf und angsteinflößende gelbe Augen
Er trug einen langen Mantel und einen schwarzen Hut
Er redete nie mit jemandem und wenn er redete war seine Stimme laut und tief, sodass alle Angst hatten
Eines Nachts ist der Fremde verschwunden
In einer nebligen Nacht
In einer Nacht, in der man Angst hat, nach draußen zu gehen, weil man von den Klippen fallen kann
Und die Inselbewohner haben einen Schrei gehört
Es war die Stimme des Fremden
Die Stimme drang mal von hier mal von dort durch den Nebel
Und man hörte auch das Geräusch von Schritten auf den Gassen
Schlurfende Schritte, flop, flop

Und morgens löste sich der Nebel auf
Und da sahen die Leute inmitten der Felder eine Kuh
Eine schöne schwarze Kuh
Es war der Fremde, der sich in eine Kuh verwandelt hatte
Es war das erste Mal, dass sie auf dieser Insel eine Kuh sahen
Da hatten die Bewohner der Insel keine Angst mehr
Sie haben die Kuh um Milch gebeten und die Kinder bekamen Milch
Das ist alles
Und jedes Mal, wenn sich der Nebel über die Insel legt verschwindet jetzt jemand
Um am folgenden Morgen ist eine weitere Kuh dort
Deshalb müssen Sie sich vor dem Nebel in Acht nehmen denn Sie sind ein Fremder.

Mr Kyo nickte und sagte: »Sie haben Fantasie.«

Für kurze Zeit hatten sich seine grünen Augen ein bisschen gelb gefärbt, hatten dieselbe Farbe wie die Augen der Kühe.

ICH BIN ZUM ersten Mal in die Kirche gegangen. Was sie dort die Kirche nannten, war in Wirklichkeit nur das Erdgeschoss eines mehrstöckigen Wohnhauses in der Mitte des Dorfes. Man geht ein paar Stufen hinab und steht vor einer gepolsterten Flügeltür, und trotz der Polsterung hörte ich die Musik, die aus dem Inneren drang, eine Mischung aus Stimmenlärm und Klaviermusik. Als ich die Tür öffnete, hörte ich Junes Stimme. Sie stand auf einem kleinen Podest, umgeben von Kindern ihres Alters, aber sie überragte die anderen um Kopfeslänge. Rechts neben der Bühne saß der Pastor am Klavier, er spielte eine ziemlich langsame, melancholische, aber sehr rhythmische Melodie, und die Mädchen klatschten im Takt dazu in die Hände.

June sang auf Englisch *Nobody knows but Jesus,* ich kenne den Text. Sie hatte eine klare Stimme, aber nicht so hell wie die der Kinder, sondern eine laute, ziemlich tiefe Stimme, mich überlief ein Schauer. Ich bin auf der Türschwelle stehen geblieben, obwohl die Leute in der letzten Reihe zusammengerückt sind, um mir auf ihrer Bank Platz zu machen. Ich konnte nicht weitergehen. Irgendetwas hinderte mich daran, den Raum wirklich zu betreten, als hätte ich nicht das

Recht dazu. Als würde man mich plötzlich bitten hinauszugehen, weil man mich erkannt hatte und ich in dieser Kirche fehl am Platz war. Oder es lag an mir, ich konnte keinen Fuß vor den anderen setzen. Ich blieb an den Türrahmen gelehnt stehen und hinderte die Tür daran sich zu schließen, um die kühle Luft zu spüren, die von draußen hereindrang, und die warme Luft herauszulassen, die stark nach menschlichen Ausdünstungen roch, ein seltsamer Geruch nach Leder und Holz oder nach frischer Wäsche, ein süßlicher, intimer Geruch, der mich anwiderte.

Irgendwann endete der Gesang. June blieb auf dem Podium stehen, angestrahlt von einer starken Lampe. Im Licht zeichnete sich ihr Körper unter ihrem Kleid ab, ihre kleinen Brüste und die leichte Wölbung ihres Bauches. Das Licht glänzte auf ihrer Stirn, denn sie hatte ihr Haar zu einem straffen, dichten Knoten von rötlich-violetter Farbe zurückgekämmt. Sie lächelte nicht, ihr Gesicht wirkte ein wenig verschlossen, mit leicht verzogenen Lippen, eine Falte zog sich über ihren Hals, ihr gesenkter Blick schien auf einen unbestimmten Punkt inmitten der Anwesenden gerichtet zu sein. Der Pastor hielt eine kleine Ansprache, las Passagen aus einem Gebetbuch vor. Er war jung, machte aber einen selbstgefälligen, bornierten Eindruck auf mich, und die jungen Mädchen rings um ihn herum wirkten wie Heuschrecken. Nur June hob sich von dieser verschwommenen, heterogenen Versammlung ab, ihr Gesicht mit dem gesenkten Blick, ihr massiver Körper, ihre leicht gespreizten Beine und ihre Arme, die ohne Anmut herabhingen.

Und plötzlich entdeckte sie mich. Ihr Gesichtsausdruck veränderte sich nicht, kein Lächeln, aber ich sah, dass sich ihre Augen geöffnet hatten, spürte den Kontakt, der ihren

Blick mit meinem verband, als hörte ich ihr Herz an einem Faden schlagen. Sie lauschte nicht mehr den Worten des Kirchenmannes, sie kümmerte sich nicht mehr um die jungen Mädchen neben ihr und auch nicht mehr um die Gläubigen, die sie ansahen. Sie war mit diesem Faden ganz an mich gebunden, und nichts anderes zählte mehr. Und ich verspürte eine seltsame Erregung, die mir unbekannt war und die ich noch nie empfunden hatte. Ich spürte so etwas wie Schwindel, ein Gefühl von großer Heftigkeit. Ich war der Gebieter, wenn auch kein herrschsüchtiger, doch jemand, der jeden ihrer Gedanken leiten konnte, jede Geste und jeden Gedanken. Der Pastor gab mehrmals ein »hm-hm« von sich und wiederholte die ersten Töne des Kirchenlieds, ich weiß nicht mehr, was ich getan habe, ich glaube, ich habe die linke Hand ein wenig gehoben, wobei die Handfläche ihr zugewandt war, nicht um sie zu grüßen, sondern um ihr zu bedeuten, sie solle beginnen, und June begann zu singen. Vielleicht hat sie noch nie so gut gesungen, mit klarer, fester Stimme, und wiegte dabei die Hüften und die Schultern ein wenig, ich musste an Mary zurückdenken, in ihrem roten Kleid, wenn sie im Scheinwerferlicht stand. Der Pastor spielte mit übertriebener Begeisterung Klavier, und die grässlich mageren jungen Mädchen verrenkten die Glieder, während sie June ansahen, und die Gemeinde begann im Takt zu klatschen, und als das Lied zu Ende war, sogar Beifall zu klatschen, obwohl es verboten war, ein Gebet mit Applaus aufzunehmen, aber es war eben nicht nur ein Gebet. Dann ging ich langsam ein paar Schritte nach hinten, bis die gepolsterte Tür sich wieder schloss und den Faden des Blicks und den Schwall der Musik trennte.

Ich mühe mich ab, um mich nicht zu wandeln. Ich spüre die Gefahr, die mich umgibt. Ich spüre eine Verschwörung, einen geheimen Plan, um mir einen Zwang aufzuerlegen, meine Freiheit zu beschränken. Um mich daran zu hindern, mich frei zu bewegen, um mir die Ausgänge zu versperren. Ich will nicht vergessen, wer ich bin, und auch nicht, weshalb ich hergekommen bin. Ich will nicht, dass man mich mit schönen Worten, mit Hymnen einschläfert, ich will nicht, dass man mir gute Absichten unterstellt. Ich bin kein netter Mensch. Ich bin ein Menschenfresser, so ist das. Das hat Mary früher zu mir gesagt. Sie sagte, dass ich nur existiere, um die anderen zu fressen, um sie zu verführen und sie zu fressen.

Ich bin hergekommen, um zu sehen. Um zu sehen, wenn sich das Meer öffnet und seine Abgründe zeigt, seine Spalten, sein Bett aus schwarzen, sich bewegenden Algen. Um auf dem Grund des Grabens die Ertrunkenen mit ausgefressenen Augen zu betrachten, die Rinnen, in denen sich das weiße Mehl der Knochen ablagert.

Der Zufall hat einen Engel, ein unschuldiges, witziges junges Mädchen meinen Weg kreuzen lassen. Zum ersten Mal seit langer Zeit bin ich einem menschlichen Wesen begegnet.

Im Gefängnis, in dieser Besserungsanstalt, habe ich alle möglichen Männer und Frauen gesehen, zumeist durchaus gewöhnliche Menschen, die weder schlechter noch hässlicher waren als andere. Und jetzt, da ich nichts mehr erwarte … Aber ich will sie nicht. Nicht mehr. Es ist zu spät. Ich will der bleiben, der ich bin, Philip Kyo, ein gescheiterter Journalist, ein Möchtegern-Schriftsteller, der trotz allem in der Falle seiner niederen Triebe gefangen bleibt, für ein Verbrechen verurteilt, das er nicht begangen hat. Ohne Hoffnung auf Besserung.

Der Staatsanwalt hat im Verlauf des Prozesses über mich gesprochen, er hat gesagt, ich sei ein kaltes Ungeheuer. »Er hat nicht an dem Verbrechen teilgenommen, meine Damen und Herren. Nein, nein, Sie können ihm glauben, da das Opfer das persönlich bezeugt hat. Er hat nichts getan. Er hat nur zugesehen. Und als das Opfer, diese arme unschuldige Frau, den Blick auf ihn gerichtet hat, um ihn stumm zu bitten, anzuflehen, ihr zu helfen, hat er sich nicht gerührt. Er hat nur zugesehen. Das ist alles. Er hat keinerlei Reue, keinerlei Entrüstung empfunden. Er hat zugesehen. Bedeutet zusehen etwa, nicht anwesend sein? Hat er etwas anderes getan? Hat es ihn erregt, hat er etwas gesagt, um die Vergewaltiger aufzustacheln? Er weigert sich, darüber zu sprechen, meine Damen und Herren, er hat sich hinter hartnäckigem Schweigen verschanzt, um nicht auf Fragen antworten zu müssen, um jede Verantwortung abzulehnen, um nicht der Wahrheit ins Auge sehen zu müssen. Aber selbst wenn er nicht auf Fragen antwortet, haben die Zeiger des Polygrafen an seiner Stelle eine Antwort erteilt, und sie klagen ihn an. Sehen Sie, auf die Fragen, die man ihm nach seiner Verantwortung gestellt hat, auf diese Vergewaltigung durch andere, die er nicht nur als Augenzeuge, sondern als Handelnder miterlebt hat, hat der Lügendetektor einen Adrenalinschub, eine Beschleunigung des Herzrhythmus und einen signifikanten Schweißausbruch registriert. Ein Schuldbekenntnis, meine Damen und Herren Geschworene. Ein Schuldeingeständnis.«

Die Türen haben sich hinter mir geschlossen. Sechs Jahre lang habe ich das Zufallen von Türen, das Rasseln von Schlüsseln und Riegeln gehört. Sechs Jahre lang war ich von Mauern umgeben, in Stille eingeschlossen. Die Zellen. Die Flure.

Die Zimmer in der psychiatrischen Klinik, die Abteilung für gefährliche Patienten. Als ich nach all den Jahren entlassen wurde, kannte ich die Welt nicht mehr. Mit Mary habe ich einen Ort gesucht, an dem ich mich verstecken konnte. Ich, um meiner Vergangenheit zu entfliehen, sie, um sich nach einer verlorenen Liebe in Sicherheit zu bringen. Damals war noch alles möglich. Wir waren jung, hatten davon gesprochen, ein Kind zu bekommen. Und eines Tages ist sie ins Meer gegangen, weil sie betrunken war, und ist nicht wiedergekommen.

Ich war aufs Festland gefahren, um Geld bei der Bank abzuheben oder um einen Brief abzusenden, ich weiß es nicht mehr. Ich habe morgens gegen acht die erste Fähre genommen. An jenem Nachmittag ist Mary ins Meer gegangen. Sie war eine gute Schwimmerin. Das Meer war nicht stürmisch. Nur eine leichte Dünung, Windsee, wie man das nennt. Vermutlich die Springflut vom Ende des Sommers. Mary hat ihre Kleider auf den Felsen gelassen, ihren halblangen Schwimmanzug aus Gummi übergestreift, ihr langes Haar festgesteckt, die getönte Brille aufgesetzt und ist der Sonne entgegengeschwommen.

Warum bin ich hierher zurückgekehrt? All das ist vor so langer Zeit geschehen, in einem anderen Leben. Ich habe gearbeitet wie jeder andere. Mit dem Journalismus war es für mich vorbei. Um zu überleben, habe ich Sprachkurse in einem Institut in Manila erteilt. Ich bin Börsenmakler gewesen, Exporteur von lyophilisierten Nahrungsmitteln, Großhändler von Tongranulat für Katzenstreu, ich habe sogar eine Bar im südlichen Teil der Philippinen geführt, an einem Strand, der von japanischen und kanadischen Touristen besucht wurde. Ich bin mit vielen Frauen zusammen gewesen, meistens mit Prostituierten, ich habe mir in Thailand einen Tripper geholt, habe Filzläuse gehabt, eine Weile habe ich sogar geglaubt, ich hätte Aids, doch das Ergebnis der Blutprobe war negativ. Normalerweise hätte ich mindestens zwanzig Mal sterben müssen, aber ich bin immer noch da. Schon seit einer Ewigkeit habe ich keine Familie mehr oder etwas, was ihr ähneln könnte. Als ich zum letzten Mal etwas von meinem Bruder gehört habe, lebte er auf Neuseeland und war mit einer Engländerin verheiratet. Als ich im Gefängnis war, hat mich niemand besucht. Niemand sucht mich. Vermutlich fehle ich niemandem.

Vielleicht bin ich auf diese Insel zurückgekehrt, um zu sterben. Ich habe nicht wirklich darüber nachgedacht, weil es mir im Grunde egal ist, ob ich hier oder anderswo sterbe. Wie dem auch sei, man wohnt seinem eigenen Tod nicht bei, das stammt nicht von mir. June hat mir diese Frage gestellt, als wir uns auf dem Hafendamm getroffen haben, um zu angeln, und ihre Frage ist mir im Gedächtnis geblieben. Eine lange Rundreise, die an diesem Ufer begonnen hat und schließlich hier wieder endet. Etwas, was ich nicht geplant habe – ich mache schon seit Langem keine Zukunftspläne mehr. Etwas, das sich mir aufgedrängt hat. Es gibt keinen anderen Ausweg. Es gibt keine andere Erklärung für meine Rückkehr auf diese verfluchte Insel.

Da von Mary, deren Körper ich geliebt habe und der mir Lust verschafft hat, nichts übrig geblieben ist, kein Bild, keine greifbare Erinnerung. Das Meer hat alles verschlungen, ihren Körper und ihren Geist von der Erdoberfläche beseitigt. Sie existiert nicht mehr, folglich hat sie nie existiert. Ich kann noch so sehr in meinem Gedächtnis forschen, Wege entlanglaufen, mich auf Felsen setzen, ich erkenne nichts wieder. Daher muss auch ich sterben. June hat recht, ich muss den Ort für meinen Tod finden, aber ich habe nicht die geringste Lust zu ertrinken. Ich weiß, was das bedeutet, wir haben bei unseren Operationen eine gewisse Anzahl von Menschen ertränkt, auch das habe ich mitangesehen. Um sie zum Reden zu bringen. Ich war der Protokollant, ich sah zu und notierte ein paar Brocken in mein Heft. Die Körper, die mit gefesselten Hand- und Fußgelenken in Wasserbecken gestürzt wurden, die vor Angst verzerrten Gesichter, der röchelnde Atem. Die Schreie. Ich sah zu und schrieb. Sie redeten immer, auch wenn die anderen behaupteten, sie sängen! Nein, ertrinken ist nichts für mich. Dann schon besser auf eine Felswand klettern und hinabspringen. Der Aufprall aufs Meer, das ebenso hart und schwarz ist wie eine Eisenplatte. Mein zerschmetterter Körper, der von der Strömung fortgeschwemmt wird, mein zerstückelter Körper in den Tiefen. Daher bin ich mehrmals auf die Felswand gestiegen, die der aufgehenden Sonne gegenüberliegt. Der Gedanke, im Angesicht der aufgehenden Sonne zu sterben, gefällt mir. Das kommt mir logisch, sinnvoll vor. Ebenso wie Punkt zwölf Uhr zu sterben. Wenn die Sonne für den Bruchteil einer Sekunde unbeweglich im Zenit stehen bleibt und das Ende der Welt erwägt, ehe sie wieder träge dem Horizont entgegensinkt, im feurigen Prunk der Dämmerung.

Ungewollt begebe ich mich jeden Tag zu unserer Verabredung. Ist das nicht absurd? Eine Verabredung mit einem jungen Mädchen. Wenn man das wirklich eine Verabredung nennen will, denn wir legen nie etwas fest, sagen vor allem nicht auf Wiedersehen, nie bis morgen, nichts Vorhergesehenes. Mit jener seltsamen Selbstsicherheit für jemandem in ihrem Alter, nimmt sie die Sache in die Hand: »Es ist unnötig, auf Wiedersehen zu sagen, schließlich befinden wir uns auf einer Insel, wo sollten wir uns schon verstecken?«

Nachmittags gehe ich mit meiner Angelausrüstung zum Hafendamm und lasse mich auf den Wellenbrechern nieder, zuckerhutförmigen Betonkegeln, auf denen sich Pfahlwürmer angesiedelt haben. Ich bereite die Angelhaken vor. Ich habe die Lektion gelernt, weiß jetzt, wie man eine Krabbe vom Kopf bis zum Schwanz auf den Haken spießt. Bei steigender Flut werfe ich die Angelschnur aus und warte. Inzwischen habe ich etwas Übung und fange ein paar Fische, Grundeln, Seebarben und ab und zu eine verirrte Makrele. Ich bin allein auf dem Damm. Das Wasser dort ist nicht sehr fischreich wegen des Fährverkehrs. Manchmal taucht ein Touristenpaar auf, das sich ebenfalls dorthin verirrt hat, der Mann fotografiert die Frau, es kommt auch mal vor, dass sie mich bitten, ein Foto von den beiden zu machen.

Da ist June. Sie kommt geräuschlos an, wie eine Katze. Sie setzt sich neben mich auf die Wellenbrecher, und dann verharren wir eine lange Weile, ohne etwas zu sagen. Sie hat auch beschlossen, dass wir nie guten Tag zueinander sagen, damit die Zeit ohne Unterbrechung weitergeht. Sie knüpft an das an, was sie am Vortag erzählt hat und nicht hat zu Ende bringen können. Oder sie beginnt eine neue Geschichte, damit die Zeit nicht existiert, als wäre nur eine Stunde vergangen, seit sie gestern fortgegangen ist, sie lebt nur in der Gegenwart.

»In meinem Traum sehe ich ein seltsames Wesen auf dem Meeresboden, ein dickes schlafendes Mädchen, eine unförmige junge Frau ... Sie schläft auf dem Meeresboden und ich schwimme unter Wasser auf sie zu, und da merke ich, dass ihre Augen offen sind, große blaue Augen wie die eines toten Fisches, sie blickt mich an und ich versuche ihr zu entkommen, ich schwimme rückwärts, aber das Meer schiebt mich wieder auf sie zu, sie streckt die Arme aus, ihr Körper fängt an sich zu bewegen, ihre Haut zittert wie Gelee, das ist grässlich ...«

Ihre Träume verbinden die Tage miteinander. Sie lebt nur für ihre Träume. »Erzählen Sie mir Ihre Träume, Sir.« Aber ich träume nicht. Ich könnte ihr nur von dieser Frau erzählen, die ich geliebt habe und die ins Meer gegangen und nie wieder aufgetaucht ist. Als ich mich entschloss, ihr diese Geschichte zu erzählen, schrie sie: »Das ist sie, Sir, diese dicke junge Frau habe ich auf dem Meeresgrund liegen sehen!« Ich sagte in sarkastischem Ton: »Aber die Frau, von der ich gesprochen habe, war nicht dick und sie hatte keine blauen Augen.« Doch June beharrt darauf: »Doch sie ist es, ich bin mir sicher, außerdem hat sie sich verändern können, alle Leute verändern sich, wenn sie älter werden!« Ich weiß nicht, warum diese Geschichte sie verwirrt. June begnügt sich nicht mit dem äußeren Schein. Sie hat eine Falte zwischen den Augenbrauen, die ihr Gesicht verfinstert, und plötzlich wirkt sie nicht mehr wie ein Kind. »Was ist los, meine Kleine? Warum sind Sie plötzlich so traurig?« Sie wendet das Gesicht ab, um ihre Tränen zu verbergen, aber ich sehe, wie ihre Schultern von Schluchzern geschüttelt werden. »Warum weinen Sie?« Ich lege ihr den Arm um den Oberkörper, drücke sie an mich, spüre ihren Körper, berühre ihre runden Schultern. Sie hat die Hände mit umgedrehten Handflächen gehoben, um ihr Gesicht dahinter zu verbergen. Sie sagt: »Weil Sie bald sterben, Sie gehen davon und ich muss allein mit den Leuten hierbleiben, die ich hasse.« Ich versuche sie zu beschwichtigen: »Aber Sie haben doch Ihre Mutter, und die hassen Sie nicht.« Sie hört nicht zu. Tränen rinnen ihr noch immer aus den Augen, kleben ihr das Haar auf den Mund. Sie drückt mit den Fäusten auf ihre Augenlider, um ihre Augen daran zu hindern überzulaufen. »Ihr Blick ist so traurig, Sir«, stößt sie hervor. »Ihr Blick sagt mir, dass Sie bald sterben oder weit weggehen.«

In diesem Augenblick fühle ich mich wie neugeboren, es kommt mir vor, als seien mir all die Jahre, in denen ich nicht gelebt habe, verziehen, als seien sie vom Wind weggefegt worden. Dank der Tränen eines dreizehnjährigen Mädchens. Ich drücke June noch stärker an mich, vergesse, wer ich bin, wer sie ist, sie noch ein Kind, und ich ein alter Mann. Ich drücke sie so fest an mich, dass ihre Knochen knacken. »Aua, aua!« Sie hat nicht aufgeschrien, sondern hat das mit leiser Stimme gesagt, und ich drücke ihr einen Kuss auf die Stirn, kurz vor dem Ansatz ihrer wilden Mähne, ich drücke ihr einen Kuss auf die Wange, ganz nah an den Wangen, um ihr nasses Haar zu spüren, um ihre Tränen zu kosten, die das Elixier meiner Jugend sind.

UND PLÖTZLICH, OHNE dass ich den Wunsch danach geäußert hätte, haben wir begonnen, über Gott zu sprechen. Mr Kyo glaubt nicht an ihn, das steht fest. Er will nicht einmal seinen Namen aussprechen. Er sagt: »Warum sollte es so etwas geben? Warum sollten die Erde, die Tiere und die Menschen, das Meer und all das nicht genügen?«

Ich habe keine Antwort darauf, ich kenne das Leben nicht. »Aber spüren Sie denn nicht im Inneren irgendetwas anderes? Ich spüre so etwas, wie eine kleine warme Kugel im Inneren, hier, über dem Bauchnabel, spüren Sie das nicht? Noch ehe er die Zeit hatte, spöttisch zu lachen, habe ich seine Hand ergriffen und sie auf meinen Bauch gedrückt, genau an dieser Stelle. »Schließen Sie die Augen, Sir. Schließen Sie die Augen, dann spüren Sie die warme Kugel.« Das hat er getan, er hat die Augen geschlossen und sich nicht mehr gerührt, und ich habe die Wärme gespürt, die von meinem Bauch in seine Handfläche floss und wieder zurückströmte. Ich war mir sicher, dass er Gott entdecken würde. Ich war so glücklich darüber, dass er sein finsteres Gesicht, seine Verzweiflung verlieren würde. Ich war derart stolz darauf, dass ich ihm dieses Geschenk gemacht hatte. Jetzt kann er es nicht mehr vergessen. Selbst wenn wir uns entzweien sollten, wird er sich immer an diesen Augenblick erinnern, als er den warmen Strom gespürt hat, der bis zu ihm gedrungen ist, bis in sein Herz.

Er war gerührt, glaube ich. Er hat die Hand zurückgezogen, aber er hat sie nicht geschlossen, sondern sie auf seine Knie gelegt, als enthalte sie noch die Wärme meines Bauchs.

»June, ich glaube nur an das, was ich sehe, so bin ich nun mal.« Sein Gesicht war noch immer verschlossen, seine Augen unsichtbar. »Vielleicht bin ich zu alt, um mich zu ändern.« Ich habe wieder seine Hand ergriffen, doch nur um sie zu drücken. »Aber Sie haben es gespürt, nicht wahr? Sie haben es in sich gespürt, oder?« Er hat nicht geantwortet. Er konnte es nicht sagen.

»Ich habe gespürt, was Sie in sich haben, aber ich glaube an nichts anderes als an Sie, June. Ich habe es Ihnen schon gesagt, ich bin alt und störrisch, versuchen Sie nicht, mich dazu zu bringen, etwas zu sagen, was ich nicht sagen kann.« Er sprach mit leiser Stimme stockend weiter. »Aber Sie ... Sie sind ein gutes Mädchen ... Sie sind glaubwürdig ... Ich glaube Ihnen, wenn Sie das sagen ... Ich glaube, dass Sie solche Dinge kennen ... Sie sind auserwählt, das ist es, auserwählt für solche Dinge.« Er stand mir so nah, noch nie hatte mir jemand so nah gestanden, nicht einmal meine Mutter oder Pastor David. Wie neulich auf der Türschwelle hätte ein Schritt genügt. Aber zugleich wusste ich, dass er diesen Schritt nicht machen würde, dass er nicht durch die Tür kommen würde. Dann sagte er es: »Ich bin auf der schlechten Seite der Welt, June. Ich werde nie auf derselben Seite sein wie Sie.«

Ich rede mit leiser Stimme auf ihn ein, ohne ihn anzusehen. Vielleicht tue ich das, damit er mich begreift, oder um mich besser daran erinnern zu können. »Das habe ich noch niemandem gesagt, niemand anderem als Ihnen, Sir. Aber Sie dürfen es nie weitersagen und sich nicht über mich lustig machen, versprechen Sie mir das?« Er nickt. Vielleicht denkt er, dass ich ein paar zärtliche Worte zu ihm sagen werde, wie Kinder sie manchmal erfinden, um alte Leute zu hätscheln.

»Das ist in unserer Kirche passiert, nach dem Gesang, ich bin allein geblieben, alle waren weggegangen, sogar Mama, ich hatte im Chor gesungen und saß auf meinem Stuhl, mir war kalt, ich war traurig und fühlte mich allein, und auf einmal war es da, in meinem Bauch, ich habe diese Wärme gespürt, die immer stärker wurde und in meinen Körper drang, ich habe diese warme Kugel gespürt und gefühlt, wie ich schwebte, ich habe die Augen geschlossen und nur noch diese Wärme in meinem Inneren gespürt, und da hatte ich keine Angst mehr, ich war nicht mehr allein, da war eine Stimme, die in mir sprach, in meinem Geist, sie sagte nichts, was ich verstehen konnte, es waren nicht die Worte, die wir jeden Tag verwenden, es war eine Stimme, die nur zu mir sprach, zu mir allein.«

Ich schließe die Augen, und dann kommt es mir vor, als hörte ich sie noch, dort am Meeresufer. Es ist eine Stimme, die weder tief noch hoch ist, eine Stimme, wie das Summen von Fliegen oder von Bienen. Ich wünschte mir, Mr Kyo könnte diese Stimme hören, denn wenn er sie hören könnte, würde er nicht mehr derselbe sein. Hört er sie? Rede ich? Ich presse seine Hand auf meinen Bauch, seine breite, starke Hand, die Stimme muss durch seine langen Finger dringen, durch seine offene Hand, seine Hand muss die Stimme hören, die vibrierende Worte murmelt, langsame, schwere

Worte, Worte, die nicht enden. Er ist der Einzige, der mein Geheimnis kennt, das habe ich nie jemandem erzählt, nicht einmal Mama, auch dem Pastor nicht. Aber Mr Kyo ist kurz davor, er braucht nur einen Schritt zu tun, und alles wird sich ändern. Einen Augenblick lang habe ich den Eindruck, als habe er mich gehört, doch dann zieht er seine Hand zurück, rückt zur Seite. Er hat Angst davor, was die Leute denken könnten, wenn sie uns sähen, seine Hand, die auf dem Bauch eines dreizehnjährigen Mädchens liegt. Er ist zurückgewichen, sein Gesicht hat sich verfinstert, und der Glanz in seinen Augen ist erloschen. Er sagt: »Ich kann nicht, June. Ich bin kein guter Mensch. Ich kann nicht der sein, den Sie erwarten, ich bin ein Mann wie alle anderen.« Er ist zurückgewichen, lehnt sich an einen Felsen. Das Licht der Dämmerung ist wie ein Nebel, der sich über sein Gesicht legt. Nachts sind die Menschen nicht mehr sie selbst, das habe ich schon vor langer Zeit begriffen, seit sich dieser Typ bei uns eingenistet hat und meine Mutter und er sich zärtliche Worte zuflüstern. »Sie werden Ihr eigenes Leben führen, Sie werden diese Insel verlassen und die Welt erkunden. Dann werden Sie mich vergessen, alles vergessen und jemand anders sein, June.« Seine Worte tun mir weh. Seine Worte durchbohren mich und dringen stechend in mein Herz. Warum hat er nicht auf mich gehört? »Warum glauben Sie mir nicht? Ich ...« Doch die Tränen hindern mich am Sprechen. In einer Aufwallung versucht er mich in die Arme zu nehmen, aber ich will nicht mehr. Das ist für immer vorbei. Ich brauche seine Liebkosungen nicht. Ich bin kein kleines Mädchen, das sein Spielzeug zerbrochen hat, ich bin keine verliebte Frau, die im Stich gelassen worden ist. Dafür braucht er nur zu seiner Apothekerin zu gehen. Es ging um etwas ganz anderes, und er hat nichts begriffen. Ich bin fortgerannt, dem Haus meiner Mutter entgegen. Ich rannte den Hang hinauf zum oberen Teil der Insel und hätte am liebsten geschrien: »Ich hasse Sie!« Ich wäre am liebsten gestorben. Die Hunde bellten in den Häusern, es war Abend, die Lichter brannten, ein paar Autos fuhren langsam vorbei.

Wir haben eine Nacht gemeinsam verbracht. Aber glauben Sie nur nicht, wir wären ein Liebespaar oder so etwas. Ich habe die Gelegenheit genutzt, dass meine Mutter mit ihrem Freund beschäftigt war, bin durchs Fenster nach draußen geklettert und über die Felder zum Strand gerannt, wo Mr Kyo sein kleines Militärzelt aufgeschlagen hat. Wenn kein Wind weht und das Meer ruhig ist, schläft er dort, um dem Rauschen der Wellen zu lauschen. Er wusste nicht, dass ich kommen würde, aber er wirkte nicht überrascht, als ich vor dem Eingang seines Zeltes stand. Ich weiß nicht, ob er etwas getrunken hatte, aber er schien erfreut zu sein und lächelte: »Kommen Sie herein, Sie wollen doch wohl nicht draußen bleiben.« Im Zelt ist nur sehr wenig Platz und das Dach ist sehr niedrig. An den Seitenwänden sind alle möglichen Taschen aus Moskitonetzstoff angenäht. Wenn man auf dem Boden sitzt, geht ein leichter Luftstrom durch das Zelt und man hört alle Geräusche, die das Meer hervorbringt. Das Stoffdach bewegte sich leicht im Wind auf und ab. Es war eine sternklare Nacht und das Mondlicht erhellte sanft das Innere des Zelts. Das war gut, denn ich hatte keine Lust zu reden. Wir blieben dort sitzen, um zu horchen und das Meer zu betrachten, während die Zipfel des offenen Eingangs ein wenig im Wind flatterten. Ich hörte, wie mein Herz langsam, ganz langsam in meinem Brustkorb schlug. Ich hörte auch seinen Atem, ein tiefes Rasseln, das auf und ab ging wie die Bewegung der Wellen. Das war gut, denn ich hatte keine Lust mich zu rühren. Ich wünschte mir, es würde immer so bleiben, bis zum Morgen. Nur horchen und die Nacht, das Meer, den Wind, den Geruch von Sand und Algen spüren, die Schläge meines Herzens und Mr Kyos Atem, bis zum Schluss, bis zum Morgen. Ich wollte nicht schlafen. Irgendwann ist Mr Kyo aus dem Zelt gekrochen und in die Dünen gegangen. Ich glaube, er ist zu den öffentlichen Toiletten gelaufen, um zu pinkeln. Als er zurückkam, war sein Gesicht vom Seewasser benetzt. Dann bin auch ich ans Ufer gelaufen, habe meine Schuhe ausgezogen und bin ein paar Schritte ins Meer gegangen, und er war neben mir. Ich habe gezögert, da hat er mich hochgehoben und ist mit mir durchs Wasser gelaufen. Ich habe gespürt, wie sich das Meer unter meinen Hosenbeinen erwärmte, unter meinem T-Shirt. Ihm reichte das Wasser bis an die Taille. Der Strand war fahl im Mondlicht, aber das Wasser war voller durchsichtiger Fische, die um uns herumschwammen.

Als wir wieder im Zelt waren, habe ich vor Kälte gezittert. Mr Kyo hat mir geholfen, mich auszuziehen, und hat mich abgerubbelt, um mich zu erwärmen. Ich erinnere mich, dass er mit seinen breiten Händen meinen Rücken und meine Schultern abgerieben hat. Irgendwann bin ich müde geworden, habe mich in ein Badehandtuch gehüllt, mich an ihn geschmiegt und die Arme um seinen Körper geschlungen. Ich habe nicht geschlafen, mich aber nicht mehr gerührt, mit offenen Augen verharrt, ohne auf etwas zu warten. Mehrere

Stunden sind verstrichen, der Mond hat sich hinter den Wolken verborgen, und das Meer ist fast bis an den Zelteingang gestiegen, sodass ich dessen Geruch gespürt habe. So etwas hatte ich noch nie erlebt. Ich bin in eine andere Epoche zurückgekehrt, eine Zeit, in der mein Vater und meine Mutter sich liebten. Ich glitt durch diese Zeit in den Armen dieses Mannes, der mich trug. Irgendwann habe ich ihm das Gesicht zugewandt, warum, weiß ich nicht. Mr Kyo hatte sich über mich gebeugt, sein dunkles Gesicht war nicht zu erkennen. Aber seine Augen funkelten hell, sie blickten mich an, verschlangen mich geradezu. Ich bin erschauert, vor Angst oder Zorn, ich weiß es nicht mehr, aber er hat mich fest in den Armen gehalten und ich habe mein Gesicht versteckt, um ihn nicht mehr zu sehen. Am frühen Morgen habe ich mich schnell angezogen und bin über die nebligen Felder gerannt, ohne haltzumachen.

Mr Kyo ist alt. Er braucht mich. Ich habe beschlossen, dass er von nun an der Mann meines Lebens sein wird. Ich weiß, was Sie mir entgegenhalten werden. Der Altersunterschied zwischen ihm und mir ist so groß, dass dieser Gedanke absurd, verrückt und unmöglich ist. Dieser Unterschied besteht tatsächlich, es sind genau fünfundvierzig Jahre. Aber wenn ich sage, dass er der Mann meines Lebens sein wird, heißt das nicht, dass das für immer so sein wird. Gibt es irgendetwas, das für immer da ist? Selbst die Bäume sind nicht für immer da. Selbst die Sterne. Unser Physiklehrer hat uns das gesagt: »Die Sterne, die ihr am Himmel seht, befinden sich in solcher Ferne, dass manche von ihnen tot sind, aber das Licht, das sie ausstrahlen, wird noch mehrere Millionen Jahre bis zur Erde vordringen.« Ich weiß genau, dass Mr Kyo sterben wird. Eines Tages, als er dabei war, das Meer und die Wellen zu betrachten, hat er im Vertrauen zu mir gesagt: »June, Sie dürfen mich nicht lieben, denn eigentlich bin ich ein Toter, der nur noch etwas Aufschub bekommen hat.« Da ich das nicht zu begreifen schien, hat er hinzugefügt: »Ich bin schon seit Langem tot, ich habe etwas Furchtbares getan, etwas nicht Wiedergutzumachendes. Alles, was ich sehe, erinnert mich an den Tod, verstehen Sie?« Ich habe erwidert: »Ich weiß nicht, warum Sie das sagen, das Leben ist ein Geschenk.« Er hat gesagt: »Sehen Sie doch das Meer an. Es scheint zu leben, es bewegt sich, ist voller Fische und Muscheln, Ihre Mama ist eine Seefrau, die jeden Tag nach Meeresfrüchten taucht, damit Sie nicht verhungern. Aber das Meer ist auch ein Abgrund, in dem alles verschwindet, alles dem Vergessen anheimfällt. Deshalb gehe ich jeden Tag ans Meer, um es zu betrachten, um nicht zu vergessen und mich daran zu erinnern, dass ich sterben und verschwinden muss.« Diese Worte habe ich behalten. Das ist die wahrste Lehre, die ich je gehört habe. Niemand sagt so etwas in der Schule oder in der Kirche. Die Erwachsenen erzählen unentwegt nur Lügen. Sie behaupten, sie seien sich dessen sicher, was sie sagen, aber sie lügen, sie haben keine Ahnung. Nur Mr Kyo sagt die Wahrheit. Er versucht nicht das Leben zu beschönigen. Er versüßt nichts. Er ist bitter und stark wie Kaffee. Ich habe jetzt den Geschmack von Kaffee im Mund, diese Bitterkeit, und ich kann nicht mehr darauf verzichten. Mr Kyo hat ihn mir gegeben, in der Nacht, in der ich im Zelt an seiner Seite gelegen habe. Wenn ich aus der Schule komme, gehe ich jetzt nicht mehr mit den anderen Kindern in den Lebensmittelladen, um mir Lutscher oder

Eis am Stiel zu kaufen. Ich gehe ins Pizza-Café, das von einem jungen Mann geführt wird, der schwul ist, wie gesagt wird, aber das ist mir schnurz, er ist nett und schenkt mir eine Tasse schwarzen Kaffee ein, ohne mir Fragen zu stellen. Als ich das Mr Kyo erzählt habe, hat er mit einem leichten Lächeln gesagt: »Das ist doch kein Getränk für Kinder!« Ich habe ihm einen Stoß versetzt und erwidert: »Aber ich bin doch kein Kind mehr!« Ich habe ihm aber nicht meinen Entschluss mitgeteilt, dass er der Mann meines Lebens sei. Ich will nichts überstürzen, weil er sich leicht einschüchtern lässt. Vielleicht ist er ja scheu, oder er hat Angst davor, was die anderen sagen könnten. Nein, das glaube ich nicht. Klatsch, Gerüchte und Lästermäuler lassen Mr Kyo gleichgültig. Er ist mutig. Übrigens ist er Soldat gewesen. Er hat es mir zwar nicht gesagt, aber das habe ich mir selbst zusammengereimt. Das errät man an seiner Körperhaltung und seinem Gang. Immer kerzengerade, und auch an seinem Blick, an der Art, wie er jemanden plötzlich starr ansieht, ohne mit der Wimper zu zucken, als versuche er, dessen Gedanken zu erraten, oder als schätze er im Geist den Sinn unserer Worte ab. Daher haben die Leute Angst vor ihm, trauen ihm nicht. Auch mein Vater war Soldat, meine Mutter will nicht darüber sprechen, aber ich bin mir dessen sicher. Er war Soldat, hat meine Mutter kennengelernt, und sie haben sich ineinander verliebt. Er hat mich nicht im Stich gelassen, nein, das hat er nicht tun können, ihm ist irgendetwas zugestoßen und er ist tot, und das Schweigen hat ihn umschlossen.

Der einzige Mensch, zu dem Mr Kyo Kontakt hat, ist die Apothekerin, die, wie ich schon erwähnt habe, eine jener Frauen ist, die gern Männer fressen und sie zu ihren Sklaven machen, aber mit Mr Kyo wird sie das nicht tun können, da ich beschlossen habe, dass er mir gehört.

Die Apothekerin hat bestimmt gewisse Vorzüge (vor allem, wenn er Medikamente braucht), aber sie kann nicht so gut für Mr Kyo sorgen wie ich. Als wir übrigens an einem regnerischen Nachmittag am menschenleeren Strand – alle Touristen waren geflohen – im Zelt vor dem Unwetter Schutz gesucht hatten, wirkte er so düster und traurig, dass ich begonnen habe, ihn zu massieren, ohne ihn um Erlaubnis zu bitten. Ich kann sehr gut massieren. Seit ich klein war, habe ich es bei meiner Mutter geübt. Wenn sie abends vom Muscheltauchen zurückkommt, tut ihr alles weh, dann legt sie sich hin und sagt zu mir: »Komm, massier mich so kräftig wie du kannst, hier, da und da.« Mr Kyo war überrascht, aber er hat mich gewähren lassen. Er hat sein schwarzes Jackett ausgezogen, und ich habe ihm durch sein Hemd hindurch den Rücken massiert. Ich habe mich über ihm hingekniet und meine Finger fest über seine Muskeln, zu beiden Seiten seines Rückgrats und über seinen Nacken bis zum Haaransatz gleiten lassen. Wir waren im Schutz des Zeltes, es wurde allmählich dunkel. Ich glaube, dass Mr Kyo irgendwann eingeschlafen ist, weil er sich im Sand auf die Seite gedreht hat und ich gespürt habe, wie sein Atem ruhiger wurde. Ich hatte gedacht, ich hätte seine düsteren Gedanken, seine Gedanken an den Tod verscheuchen können, hätte sie durch die Massage seines Nackens und seines Schädels in meine Finger aufgenommen, um sie mit dem Wind fortwehen zu lassen, bis sie sich im Meer verlieren würden. Inzwischen war es Nacht, sie war mit weißem Dunst heraufgezogen, der den Himmel in zwei Teile teilte, am Horizont hatte das Sonnenlicht noch einen breiten hellen Flecken hinterlassen. Ich betrachtete durch den Zelteingang das Meer und den Himmel und dachte, ich könne immer bei Mr Kyo bleiben, zunächst würde ich seine Tochter sein, und später, wenn ich größer geworden wäre, würde ich seine Frau werden. Dieser Gedanke gefiel mir, auch wenn ich ihm diesen Vorsatz nicht sogleich ankündigen konnte. Ich habe mir ausgemalt, wie ich Mr Kyo weckte und ihm verkündete: »Also, Sir, ich habe beschlossen, Sie später zu heiraten.« Darüber musste ich lächeln, alles wurde auf einmal klar, es hat lange gedauert, bis ich das begriffen hatte. Dann habe ich ihn weiter massiert, aber etwas sanfter, um ihn nicht zu wecken.

Aber ganz so hat sich das nicht abgespielt. Als Mr Kyo sah, dass es draußen schon dunkel war, ist er aufgestanden, hat sein Jackett angezogen, seine Schirmmütze aufgesetzt und mich an der Hand hinter sich hergezogen, um möglichst schnell über die Felder ins Dorf zu gelangen. Er hat mich vor dem Haus meiner Mutter zurückgelassen und ist weggegangen, und ich war wütend, weil ich mir sicher war, dass er nicht in sein Hotel zurückkehren, sondern zur Apothekerin gehen würde, dieser alten Nutte. Und als ich unser Haus betrat, hat Brown, der Freund meiner Mutter, noch dazu gesagt: »Wo hast du dich so lange herumgetrieben?«, als habe er das Recht, mir Fragen zu stellen. Er wollte sich aufspielen, weil Mama inzwischen hinzugekommen war, sie kam aus dem Schlafzimmer gestürmt, schien wütend zu sein und schrie, und auch ich habe geschrien, ich könne tun, was ich wolle, und da hat sie mich geohrfeigt, es war das erste Mal. Ich habe mich derart geschämt, vor den Augen dieses Bastards geohrfeigt zu werden, dass ich in mein Zimmer gerannt bin, mich ins Bett gelegt und in meine Bettdecke gerollt habe. Mir brannte die

Wange, aber ich beschloss, dass ich nie wieder weinen würde. Ich hasste meine Mutter, ich hasste ihren Freund mit seinem wichtigtuerischen Gehabe, vor allem weil er es sich nicht verkneifen konnte, wenn Mama nicht da war, nach meinen Brüsten zu schielen.

Dann bin ich durchs Fenster nach draußen geklettert und durch die Dunkelheit gegangen. Als ich an Mamas Schlafzimmer vorbeikam, hörte ich erst ihre Stimme, dann die des Bastards, und schließlich das Schluchzen und das ganze Theater. Er musste versuchen, sie zu trösten, streichelte ihr das Haar, und wie das endete, das wusste ich nur zu genau, oder besser gesagt, mir wäre lieber gewesen, wenn ich es nicht wüsste, all diese Seufzer, und dieses »ahahahah« und das »röhröh« – das macht er mit seiner Nase, als schneuzte er sich mit zwei Fingern. Seit er sich bei uns eingenistet hat, habe ich mir angewöhnt, nachts durch die Dunkelheit zu wandern, ohne dass meine Mutter es merkt. Ich laufe die Pfade entlang, die durch die Kartoffelfelder führen, nie auf der Straße, weil man dort Betrunkenen begegnen kann oder dem Polizisten, der Streife fährt. Ich gehe bis ans Meer. In jener Nacht schien der Mond nicht, die Wolken am Himmel rissen bisweilen auf und schlossen sich dann wieder. Ich betrachtete die Sterne aus einer Felsspalte, ganz in der Nähe der Stelle, an der sich die Seefrauen entkleiden. Ich habe sogar einen Uferstreifen aus schwarzem Sand gefunden und mir dort eine kleine Mulde ausgehoben, um mich vor dem Wind zu schützen. Nach der Szene mit Mama klopfte mir das Herz zu stark. Ich wartete darauf, dass der Himmel mich beruhigte, normalerweise tut er das. Aber diesmal dauerte das sehr lange. Ich blickte den Sternen nach, wie sie nach hinten glitten, und die Erde nach unten fiel. Davon wurde mir schwindlig. Ich sagte mir, dass auch ich in dieser Nacht sterben könne, die Flut würde meinen Körper verschlingen, und dann würde man nichts von mir wiederfinden, nicht einmal einen Schuh!

Ich dachte an die Frau, von der Mr Kyo gesprochen hatte, deretwegen er hergekommen war, um nach ihren Spuren zu suchen. Mir schien, als habe sie mich aus den Tiefen meines Traums gerufen. Sie wollte, dass ich mich auf dem Meeresboden zu ihr gesellte. Ich dachte an die offenen Augen des dicken weißen Mädchens, an dessen Blick. Ich spürte, wie ich erschauerte, wie ein kalter, tödlicher Hauch über mich glitt. So etwas hatte ich noch nie zuvor empfunden. Ich konnte mich nicht mehr rühren, war an den Sand gefesselt wie Gulliver, mit Tausenden von Fäden, mit Algen, mit aus Haar gefertigten Seilen. Ich hörte die Schläge meines Herzens, spürte, wie der Gruselschauer mir von den Fußsohlen bis in die Haarwurzeln stieg. »Sir, Sir, warum sind Sie nicht da? ... Warum antworten Sie nicht? Ich bitte Sie ...« Ich stieß diese Worte jammernd hervor, hoffte, dass er sie hörte und dass er in seinem unvermeidlichen schwarzen Anzug inmitten der Felsen auftauchen würde.

Der Himmel bezog sich, es regnete ein bisschen, ich spürte, wie die kalten Tropfen aus meinem Haar rannen und meinen Nacken nässten. Aus dem Meer stieg ein dichter Nebel auf, der nur ganz leicht von den Scheinwerfern der Boote durchlöchert wurde, die Tintenfische fingen. Ich hörte die Stimmen der Fischer auf dem Wasser und ein Radio mit knisternder Musik. Irgendetwas drang durch Sand, Regentropfen und Meer in mich, irgendetwas Düsteres, Trauriges, das mein Herz erfüllte und alle Winkel meines Geistes ausfüllte, ich wusste nicht, was es war, irgendetwas, das jemand anderem gehörte, einer anderen, einem Schatten, einem Hauch, einem Dunstschwaden. »Ich bitte Sie … ich bitte Sie!« Ich wimmerte, wand mich im Sand, um diesem Schatten zu entkommen. Irgendwann habe ich geschrien, ich erinnere mich noch. Mitten in der Nacht, ein Schrei wie der eines Tieres, einer Kuh! »Ööhrrr, eeööhrrr!« Das ähnelte meiner Geschichte von dem Mann, der sich in eine Kuh verwandelt und jede Nacht über die Weiden irrt. Die Hunde antworteten mir, bellten heiser, auch sie hatten Angst. Ich schrie, dann wurde ich bewusstlos. Am frühen Morgen hat mich die alte Kando gefunden. Anscheinend war ich ganz kalt und weiß, und sie hat gedacht, ich sei am Strand ertrunken. Sie hat mir etwas Kartoffelschnaps aus ihrem Flachmann eingeflößt, und mir die Handflächen und die Wangen abgerieben, bis ich die Augen geöffnet habe. Sie hat auf mich eingeredet, aber ich verstehe ihren Dialekt nicht, außerdem fehlen ihr die vorderen Zähne. Die anderen Seefrauen sind eingetroffen, eine nach der anderen, mit ihren Kinderwagen und ihrer Tauchausrüstung. Ich glaube, sie haben erwägt, mich in einen der Kinderwagen zu setzen, um mich ins Dorf zurückzubringen, aber ich bin wieder zu mir gekommen, habe gesagt, dass er mir gut gehe und bin davongewankt. Meine Mutter, die schon benachrichtigt worden war, kam mir entgegen und stützte mich, doch ich bin größer als sie, und so sind wir eng umschlungen wie Verliebte nach Hause gegangen. Der Bastard ist weggegangen, etwas Besseres hätte er nicht tun können. Ich habe den ganzen Vormittag geschlafen, und am Nachmittag ist Mr Kyo gekommen. Es war das erste Mal, dass er zu uns nach Hause kam. Er trug seinen schwarzen dreiteiligen Anzug, und meine Mutter hat ihn mit einer gewissen Unterwürfigkeit empfangen, als sei er ein Professor oder ein Inspektor. Er hat sogar seine Visitenkarte hinterlassen, die meine Mutter auf den Tisch gelegt hat, später habe ich sie gelesen, es war seltsam, es schien der Name eines anderen Menschen zu sein:

PHILIP KYO
Schriftsteller und Journalist

Ich habe gedacht, ich könne sie später benutzen, um mich über ihn lustig zu machen oder sie beim Spiel verwenden: »Sie sind dran, ich bin dran.«

Meine Mutter hat auf zeremoniöse Art Tee und Gebäck gebracht, er hat an dem Tee genippt, das Gebäck aber nicht angerührt. Er war genauso wie immer, schweigsam und höflich. Er hat meiner Mutter Fragen nach dem Seeohrenfischen gestellt, interessierte ihn das wirklich oder hat er nur so getan? Ich mag es, wenn die Erwachsenen befangen sind und nicht wissen, was sie sagen sollen. Denn ich wusste genau, was meine Mutter ihn fragen wollte. Was seine Absichten seien, was er mit mir vorhabe und ob er sich um meine Zukunft kümmern wolle und so weiter. All diese Fragen, die sich Mütter in Bezug auf ihre Töchter stellen, und er hatte keine Lust zu antworten, außerdem hätte er sowieso nichts dazu sagen können, da er noch nicht weiß, dass wir das ganze Leben lang zusammenbleiben müssen, und selbstverständlich ist er nicht mein Vater, und er ist viel zu alt, um mein Mann zu sein.

Trotzdem hat meine Mutter ihn irgendwann gefragt, bis wann er auf unserer Insel bleiben wolle, und er hat kühl erwidert: »Nicht mehr lange. Ich spüre, dass es nicht von langer Dauer sein wird.« Er sagte diese Worte in gleichgültigem Ton, und das hat mir einen Stich ins Herz versetzt, ich glaube, ich bin blass geworden, bin aufgestanden und weggerannt, um mich in meinem Zimmer zu verbergen, ich schämte mich meiner Schwäche, meiner Feigheit. Und zugleich war es so etwas wie ein Verrat, denn vor nicht langer Zeit hatte Mr Kyo gesagt, er wolle hier sterben, doch all das war vergessen oder es waren nur leere Worte gewesen. Aber ich wollte ihm nicht zu erkennen geben, dass ich verletzt war, ich habe schon immer gehasst, meine Gefühle zu zeigen, vor allem wenn es Schwäche oder Feigheit ist. Meine Mutter hat sich noch eine ganze Weile mit Mr Kyo unterhalten, ich nehme an, sie hat ihn gebeten, er möge mich entschuldigen und keinen Anstoß daran nehmen, ich sei sehr erschöpft. Dann hat meine Mutter die Tür zu meinem Zimmer geöffnet und gesagt: »Der Herr Professor geht jetzt, willst du ihm nicht auf Wiedersehen sagen?« Für meine Mutter sind alle alten, eleganten Leute Professoren. Ich habe nicht geantwortet, und ehe er fortging, hat Mr Kyo gesagt: »Das macht nichts, stören Sie sie nicht.« Als wäre all das nur eine Frage der Höflichkeit. Meine Mutter hat ihn zur Tür begleitet, und ich habe gehört, wie sie mit betont fröhlicher Stimme, die gekünstelt wirkte, gesagt hat: »Vielen Dank, Herr Professor, vielen Dank, auf Wiedersehen.« Ich habe mir vorgestellt, dass er ihr Geld gegeben hat und dass sie sich deshalb mit dieser seltsam unterwürfigen Stimme bei ihm bedankt hat, die höher war als gewöhnlich und so ganz anders klang als an dem Tag, an dem sie mich geohrfeigt hatte.

Im ersten Augenblick habe ich nichts gesagt, aber eine Weile später habe ich ihr fest in die Augen gesehen und gefragt: »Hat er dir Geld gegeben?« Aber anstatt mir darauf zu antworten, hat sie übertrieben freundlich gesagt: »Wir haben viel Glück, Gott hat unsere Gebete erhört und dir diesen Professor gesandt.«

Ich habe begriffen, dass sie auf die Predigt von Pastor David anspielte. Er hatte am vergangenen Sonntag folgende Geschichte aus der Kriegszeit erzählt, als es nichts mehr zu essen gab und ein Fest oder eine Hochzeit gefeiert werden sollte, ich weiß nicht mehr was, und die Leute haben gebetet, und plötzlich klopfte es an die Kirchentür, und da wurden vom Hähnchengrill-Restaurant fünfzig Lunchpakete geliefert mit Hähnchen, Pommes frites, scharfer Paprikasoße und sogar Cola in Dosen, sodass jeder sich satt essen konnte, und da noch etwas übrig blieb, konnten sogar die Bettler verköstigt werden.

Ich habe zu meiner Mutter gesagt: »Wie viel hat er dir gegeben?« Sie hat auch diesmal nicht darauf geantwortet, sondern mir nur gesagt, ich solle seinen Rat befolgen und zur Schule gehen und anschließend auf die Universität, um in gesicherten Verhältnissen leben zu können. »Und wenn ich Seeohrentaucherin werden will?« Ich war drauf und dran zu schreien, aber Mama hat sich nicht auf einen Streit einlassen wollen. Ich war derart wütend, dass ich glaubte, ich würde diesen Mann nie wiedersehen.

Die Nacht legt sich über die Insel. Jeden Abend, Lache für Lache, Spalte für Spalte. Die Nacht steigt aus dem Meer auf, dunkel und kalt, verschmilzt mit der Wärme des Lebens. Es kommt mir vor, als habe sich alles verändert, als habe sich alles mit Schatten und Verschleiß beladen. Ich gehe jeden Tag nach der Schule ans Meer. Ich weiß nicht, was ich suche. Ich habe den Eindruck, als könne ich nichts mehr von den Erwachsenen lernen. Ich weiß, was sie mir sagen wollen, noch ehe sie den Mund auftun, ich lese es ihnen an den Augen ab. Eigennutz, nur Eigennutz. Geldgeschichten, Vermögensgeschichten, Sexgeschichten oder Besitzansprüche.

Es gibt ein Geheimnis im Meer, ein Geheimnis, das ich nicht entdecken soll, dessen Suche mich aber jeden Tag ein wenig mehr beschäftigt. Ich sehe die Spuren in den schwarzen Felsen, im Sand, ich höre die raunenden Stimmen. Ich halte mir die Ohren zu, um sie nicht zu hören, aber ihr Raunen dringt in mich, erfüllt meinen Schädel. Die Stimmen sagen: Komm, schließ dich uns an, komm in deine Welt, es ist jetzt die deine. Sie wiederholen unentwegt dasselbe, Welle für Welle sagen sie: Worauf wartest du? Auch der Wind verleiht ihnen seine Stimme. Nachts kann ich nicht schlafen. Ich klettere durchs Fenster, gehe über die Felder. Noch vor wenigen Wochen wäre ich vor Angst fast gestorben. Die kleinste Silhouette, der kleinste Busch hätte mich erschauern lassen. Aber jetzt habe ich keine Angst mehr. Jemand anders ist in mich eingedrungen. Jemand ist in meinem Körper geboren worden. Ich weiß nicht wer, ich weiß nicht wie. Nach und nach, ohne dass ich es gemerkt habe. Die anderen wissen nichts davon. In der Schule beschimpft mich Jo weiterhin, aber wenn ich ihn ansehe, wendet er den Blick ab. In einem Spiegel habe ich einen grünen Schimmer in meiner Iris entdeckt, einen kalten Glanz. Die schwarzen Punkte meiner Pupillen schwimmen in eisigem Wasser. Es hat die Farbe des Meeres im Winter. Deshalb hat Jo Angst vor meinem Blick. Wenn ich mich im Spiegel betrachte, klopft mein Herz schneller und heftiger, denn es sind nicht *meine* Augen.

Ich fühle mich alt, ich fühle mich schwerfällig und hässlich, ich kann nicht mehr rennen wie früher, ich kann nicht mehr über die Mauern der Felder springen. Und seit ich meine Regel habe, kommt es mir vor, als sei mein Bauch aufgebläht. Ich setze mich im Schulhof auf eine Bank in der Sonne und beobachte die Mädchen und Jungen, die hin und her rennen, sich im Spiel schubsen oder in den Ecken flirten. Ihre Stimmen sind hell. Sie stoßen Tierschreie aus. Meine Stimme dagegen ist tief geworden, sie kratzt in der Kehle. »Was hast du? Bist du krank?« Andy, der die Pausenaufsicht führt, und den ich eigentlich gern mag, fragt mich das, er ist groß und hager, gleicht einem Madenhacker. Er ist vor mir stehen geblieben, sein schlanker Körper nimmt mir die Sonne. Ich weiß nicht, was ich darauf antworten soll. Dann sage ich mit unfreundlicher Stimme: »Gehen Sie mir aus der Sonne.«

Wenn ich nach der Schule nach Hause komme, rede ich mit niemandem. Meine Mutter blickt mich mit seltsamem Ausdruck an, ich weiß nicht, ob sie wütend oder besorgt ist. Vielleicht befürchtet sie, dass ich mich in einen Mann verwandle! Mr Kyo ist anscheinend schon zweimal gekommen. Hat er über meine Zukunft gesprochen? Ich hätte sie fast gefragt: »Wie viel hat er dir für diesen Monat gegeben?«

Die einzigen Menschen, mit denen ich noch in Kontakt stehe, sind die Seefrauen. Vor allem mit der alten Kando. Ich gehe zur Hütte am Strand, setze mich auf den feuchten Zementsockel und warte, bis die Frauen aus dem Meer kommen. Letztlich glaube ich, dass sie mich akzeptiert haben, obwohl ich eine Fremde bin. Manchmal lassen sie mich mit ihnen tauchen. Ich schlüpfe in den Taucheranzug aus Gummi, der mir an Bauch und Hintern etwas zu weit ist, aber das macht nichts, ich lege den Bleigürtel an, streife die runde Taucherbrille über Augen und Nase und gleite ins kalte Wasser. Ich spüre sofort, wie ich von der Strömung erfasst werde und tauche mit den Frauen auf den Meeresboden. Mit bloßen Händen löse ich die Muscheln ab, sammle Seesterne und verstaue sie in einem kleinen Netzbeutel. Die Stille drückt auf meine Ohren, eine samtweiche Stille voller raunender Geräusche. Ich betrachte die schwarzen Strähnen der Algen, die sich in der Brandung bewegen, und die silbern blitzenden Fischschwärme. Ich denke an Mr Kyo, der stundenlang am Ufer sitzt und nichts fängt, das ist ulkig. Er müsste das auch einmal versuchen, ich stelle ihn mir vor, wie er in seinem dreiteiligen schwarzen Anzug mit Schirmmütze und Lackschuhen taucht! Ich lasse mich tragen, mit ausgebreiteten Armen und offenen Augen, ohne mich zu bewegen, ohne zu atmen. Ich habe gelernt, mehr als eine Minute unter Wasser zu bleiben, ohne an die Oberfläche zu schwimmen, und wenn ich den Kopf aus dem Wasser strecke, werfe ich den Kopf in den Nacken und stoße meinen Schrei aus, es ist mein eigener, niemand anders stößt denselben Schrei aus wie ich, *eeeaaarh-ya-aarh!* Die alten Frauen machen sich über mich lustig, sie sagen, ich schreie wie eine Kuh!

Ich gehe nicht mehr zur Schule. Wozu soll das gut sein? Dort sitzt man nur stundenlang herum, tut so, als höre man zu und schläft mit offenen Augen. Kinder, das sind nur Kinder. Selbst Jo mit all seinem Theater, seiner Miene eines Bösewichts und seinen erbärmlichen kleinen Beleidigungen. Als ich eines Tages aus der Schule kam, hat er mit einem Kieselstein nach mir geworfen. Ich habe mich umgewandt, um ihn anzublicken, und er hat mir zugeschrien: »Du kleine Nutte, geh doch zu deinem Amerikaner!« Ich bin auf ihn zugegangen, und er hat Angst bekommen, obwohl er einen Kopf größer ist als ich und sich noch vor Kurzem einen Spaß daraus gemacht hat, mir die Haare auszureißen und meinen Kopf bis an den Boden zu zerren, er hat Angst vor einem Mädchen, das ihm nicht einmal bis zur Schulter reicht und nur halb so viel wiegt wie er. Er ist zurückgewichen. Seinem hässlichen Hundegesicht war die Angst anzusehen. Da habe ich begriffen, dass ich nicht mehr die Gleiche war. Jetzt hatte ich das Gesicht von Mr Kyo, das Gesicht, wenn er in Wut gerät, unbeweglich, grau, kalt und mit Augen, die zu zwei wassergrünen Spalten geworden sind, Augen, die aussehen wie Glas, das vom Meer glatt geschliffen worden ist. Ich bin auf den Jungen zugegangen, und da ist er davongerannt, hat die Kurve gekratzt, und an jenem Tag habe ich beschlossen, nicht mehr zur Schule zu gehen und eine Seefrau zu werden.

Ich war stolz auf diesen Entschluss, und vor allem darauf, dass ich ein neues Gesicht hatte, und so bin ich schnurstracks nach Hause gegangen, aber meine Mutter war nicht da. Nur ihr Freund war dort, und ich habe ihn mit meinen Augen aus flüssigem Glas angesehen, aber er war wie gewöhnlich halb betrunken. Er hat zu mir gesagt: »Was machst du hier um die Mittagszeit? Hast du schon wieder die Schule geschwänzt?« Ich bin an ihm vorbeigegangen und habe ihn dabei sogar angerempelt, ohne ein Wort zu sagen. Ich fühlte mich stärker als er, hätte ihm sagen können, er solle sich um seinen eigenen Kram kümmern, um seine miesen Jobs, und in die Kneipen gehen, in denen er mit Säufern seines Kalibers Karten spielte.

Ich habe meine Schulsachen aufs Bett geworfen und mich umgezogen, eine neue schwarze Jeans und ein neues schwarzes Polohemd, habe mein Haar zu einem Knoten gebunden und bin ans Meer gegangen. Jetzt, da meine Kindheit hinter mir liegt, kann ich selbst wählen, was ich anziehen will, es ist eine Kluft, wie man sie in der Stadt trägt, ein wenig feierlich, Trauerkleidung gewissermaßen. Die Leute, denen ich begegne, erkennen mich nicht wieder, sie denken vermutlich, ich sei eine verspätete Touristin der Nachsaison, ein Mädchen aus der Hauptstadt, das von seiner Familie verstoßen worden ist wie meine Mutter nach meiner Geburt.

Mr Kyo habe ich nichts gesagt. Ich habe ihn an seinem üblichen Platz auf dem Hafendamm wiedergetroffen. Er hatte seine Angelausrüstung nicht mitgebracht. Er trug Kleider, die ich nicht kannte, eine Windjacke aus gelbem Wachstuch und eine alte Hose aus grobem Leinen, aber er hatte seine Lackschuhe anbehalten. Ich glaube, er kann nicht in Flipflops laufen. Er beobachtete die Leute, die von der Fähre an Land kamen, die Autokolonnen, die Motorroller. Als er mich sah, hat er gelächelt, es war das erste Mal, sein Gesicht erhellte sich mit einem breiten Lächeln.

»Ich war mir nicht sicher, ob Sie kommen würden«, sagte er. »Ich dachte, Sie wären mir böse ... Sind Sie mir nicht böse?«

Ich habe nicht darauf geantwortet. Bei seinem Anblick stieg mit einem Schlag aller Groll wieder in mir hoch, ich hätte mich fast übergeben. Wir sind eine ganze Weile an der Küste entlanggelaufen, bis an den Strand, an dem ich die Nacht verbracht hatte.

»Warum belügen Sie mich?«, fragte ich schließlich. Aber

ich wusste nicht, worin die Lüge bestand. Ich spürte wieder den Verrat in ihm, das tat mir im Herzen weh.

Mr Kyo sagte: »Ich belüge Sie nicht. Wenn ich Ihnen sage, dass Sie hübsch sind, dann ist das die Wahrheit.«

Er hörte nicht zu. Er machte sich über mich lustig. Hatte ich ihn etwa gebeten, mir Honig um den Mund zu schmieren?

»Sie lügen, Sie lügen, das weiß ich. Ich hatte gehofft, Sie seien mein Freund, und Sie haben mich belogen.«

Anstatt mit mir zu reden, hat er irgendwann begonnen, am Strand entlangzurennen, über den bei Ebbe verhärteten Sand. Er rannte fort, kam zurück, lief wieder weg, in Kreisbahnen wie ein junger Hund. Es war lächerlich, unerträglich. »Hören Sie auf, hören Sie auf, Sir, ich bitte Sie!« Ich hatte geschrien und die Arme ausgebreitet, um ihm den Weg zu versperren, aber er wich mir aus und rannte lachend wieder fort. Ich war so erschöpft, dass ich mich am Strand hinsetzte, oder genauer gesagt, mit hängenden Armen auf die Knie in den Sand sinken ließ. Da machte er halt, kniete sich hinter mich und schlang die Arme um mich. »Warum weinen Sie, June?« Sein Mund war ganz nah an meinem Ohr, ich spürte seinen warmen Atem durch mein Haar hindurch. Ein paar Spaziergänger liefen nicht weit von uns durch den Sand, Vögeln gleich. Ein älteres Ehepaar, Kinder. Der Lärm ihrer Stimmen drang gedämpft an mein Ohr, ein wenig unwirklich. Bei unserem Anblick haben sie sich vermutlich gesagt, ein großes Mädchen, das sich vom Papa in den Armen wiegen lässt.

»Ich weine nicht«, habe ich hervorgestoßen und dabei jede Silbe betont. »Ich weine nicht mehr, nur Kinder weinen.«

Er hat mich verständnislos angeblickt. Oder vielleicht hat

er doch begriffen, was ich meinte, und freute sich über diesen Wandel. Er hat sich neben mich in den Sand gesetzt und eine Partie Versetzspiel mit mir begonnen wie in der ersten Zeit unserer Bekanntschaft. Er verschob eine getrocknete Alge, einen schwarzen Kiesel, ein Stück Kork und hat mich gewinnen lassen wie gewöhnlich, und ich habe einen schneeweißen, glatten Vogelknochen auf den Sand gelegt, und es war klar, dass er mir den kleinen Knochen überlassen hatte, damit ich gewinne. Ein paar Sekunden lang habe ich mich wieder wie ein kleines Mädchen gefühlt, ein Kind, ein bisschen hilflos, den Tränen nahe, dem Lachen nahe.

Wir sind so schnell wir konnten im Wind am stürmischen, milchig grünen Meer entlanggerannt, es war bereits kalt, bald würde es Winter werden. In einer kleinen felsigen Bucht haben wir haltgemacht, und diesmal hat er mich massiert, aber dafür ist er nicht begabt, seine Hände sind zu stark und seine Gesten zu schnell, vermutlich weil er früher bei den Soldaten war, denn diese müssen ihr Gewehr ganz fest umklammern, damit es ihnen nicht aus der Hand gleitet, wenn sie schießen. »Warum tragen Sie jetzt schwarz?«, hat Mr Kyo gefragt. Ich habe ohne zu zögern erwidert: »Weil der Winter bald kommt, Sie fortgehen, und es im Herzen trauriger Kinder dann düster und kalt wird.« Darauf wusste er nichts zu entgegnen. Er hat sich ein wenig abseits im Sand zurückgelehnt. Er hat seine Schirmmütze abgenommen, und ich habe gesehen, dass er sich das Haar ganz kurz hatte schneiden lassen, nach militärischer Art.

Es war ziemlich seltsam, Mr Kyo sah mich an, und plötzlich hatte ich das Gefühl, er sei jemand anders. Als steckten in diesem Augenblick zwei unterschiedliche Menschen in ihm, der eine ruhig und stark, so wie ich ihn kannte, der andere dagegen war angsteinflößend und blickte mich wie durch die Löcher einer Maske an. Ich erschauerte, wich zurück, und er näherte sich mir, in seinen grünen Augen schimmerte ein unbekannter Glanz.

»Warum sehen Sie mich so an, Sir?«

Er antwortete nicht, und ich spürte, wie ich nach hinten schwamm, abgetrieben wurde, als würde ich gleich in Ohnmacht fallen. Mein Herz klopfte sehr schnell und heftig, ich spürte, wie mir Schweißtropfen den Rücken und die Brust hinabrannen.

»Jetzt möchte auch ich Ihnen eine Geschichte erzählen«, sagte er. »Ist es eine wahre Geschichte?«, fragte ich. Er dachte eine Weile nach und sagte dann: »Es ist eine erträumte Geschichte, und daher enthält sie noch etwas mehr Wahrheit als die Wirklichkeit.«

Ich wartete. Einen Augenblick lang war ich noch ein Kind, das nicht erwachsen werden will und sich an eine breite Männerbrust schmiegt, um sich vor der Welt und dem Wind zu schützen.

Die Schwärze der See umschlich uns, aber Mr Kyos Stimme war leicht, sie hielt die Nacht aus unserer Nähe fern, so wie der Wind den Nebel in Schranken hält.

»In meinem Traum bin ich einer Frau begegnet, der schönsten Frau, die man sich vorstellen kann. Sie war nicht nur schön, sondern konnte mit einer Engelsstimme singen. Sie kam vom Himmel oder aus dem Meer und besuchte die Erde, um die Menschen kennenzulernen. Sie reiste von Land zu Land, sang überall, auf Straßen, Plätzen, in Parks, und alle blieben stehen, um ihr zuzuhören. Das war zu ihrem Beruf geworden.

Eines Tages lernte sie einen Mann kennen. Dieser Mann liebte sie, aber nicht genug, um sie zu heiraten, und daher verließ er sie. Sie war untröstlich und beschloss, nicht länger auf der Erde zu bleiben.

Dann lernte sie einen anderen Mann kennen, aber sie konnte nicht mehr lieben wie beim ersten Mal. Um ihn auf die Probe zu stellen, bat sie ihn, sein Herz zu öffnen.

Er wollte nicht, er hatte Angst, sie könne die Abscheulichkeiten entdecken, die in seinem Herzen verborgen waren.

Aber eines Tages hat er es getan. Er hatte ein bisschen zu viel getrunken oder er hatte vergessen, wer er war.

Und als er sein Herz öffnete, war die Frau entsetzt. Das Herz war schwarz, von Würmern zerfressen, schon abgestorben.

Und da wollte die Frau aus dem Meer nicht mehr singen. Sie blieb, um es wortlos zu betrachten, und eines Tages kam ein Sturm, der Wind pfiff und die Gischt der Wellen wehte bis hoch oben auf die Steilküste.

Der Mann hat mit seiner Freundin in seinem Haus Schutz gesucht, und sie sind einen Großteil der Nacht wach geblieben, aber schließlich ist der Mann eingeschlafen. Und morgens, als er aufwachte, stellte er fest, dass er allein im Haus war.

Draußen hatte sich der Sturm gelegt, der Mann rief und rief, doch er erhielt keine Antwort.

Am Meeresufer fand er die sorgsam gefalteten Kleider seiner Freundin. Er wartete den ganzen Tag, die ganze Nacht und noch den darauffolgenden Tag. Aber die Frau kam nie zurück.

Sie war ins grenzenlose Meer zurückgekehrt.«

»Das ist eine traurige Geschichte«, sagte ich. »Ist das Ihre Geschichte?« Mr Kyo antwortete nicht darauf. »Das ist nur ein Traum«, sagte er schließlich. »Alle Träume sind traurig.«

»Glauben Sie, dass das Meer die Menschen frisst?« Ich war mir nicht einmal sicher, ob meine Frage einen Sinn hatte. Mr Kyo zögerte und sagte dann: »Das habe ich früher geglaubt. Deshalb bin ich hergekommen, um mich dessen zu vergewissern.«

»Und wissen Sie es jetzt?«

»Nein«, sagte Mr Kyo. »Ich habe nichts erfahren. Aber ich glaube, es ist besser zu vergessen. Ich glaube, dass die Erinnerungen uns nicht daran hindern dürfen, ein normales Leben zu führen.«

Was er sagte, erschien mir unerträglich. Es schnürte mir die Kehle zu, ich spürte Schweißtropfen auf meinem Rücken, in meinem Haar. Ich erstickte fast.

»Heißt das ...«

Ich konnte kein Wort mehr hervorbringen.

»Heißt das, dass Sie für immer fortgehen wollen?«

Mr Kyo lächelte ein wenig zufrieden. »Ich weiß nicht ... Ich habe Geschmack daran gefunden, hier zu leben.«

Er behauptete, es sei eine Frage der Höflichkeit, aber ich hasse Höflichkeit.

»Wenn ich weggehe, wird mir vieles fehlen. Sie, June. Ein Mann begegnet nicht alle Tage jemandem wie Ihnen.« Und um mir noch mehr wehzutun, fügte er hinzu: »Wer sonst sollte mir schon das Angeln beibringen?«

Er stand auf und ging auf das Dorf zu. Er war überhaupt nicht mehr steif und gestelzt. Er steckte die Hände in die Taschen seiner gelben Windjacke. Vielleicht pfiff er sogar. Er wandte sich halb um und sagte: »Also, kommen Sie jetzt?«

Ich saß im feuchten Sand. Es begann zu regnen. Ich spürte die kalten Tropfen, die mir prickelnd ins Gesicht schlugen. Aus dem Meer drang ein heftiger, scharfer Geruch herüber. Ich habe mit halb erstickter Stimme erwidert: »Nein, ich bleibe noch ein bisschen.« Er hat nicht geantwortet. Oder er hat mit der Miene von jemandem, dem das völlig egal ist, mit den Achseln gezuckt. Oder er hat auf Wiedersehen gesagt, und der Wind hat seine Worte verschluckt.

ICH LIEBE DIE Frauen. Ich liebe ihren Körper, ihre Haut, den Duft ihrer Haut, den Duft ihres Haars. Während der Jahre im Gefängnis habe ich unentwegt davon geträumt. Ich konnte nicht glauben, dass es vorbei sei, dass die Schmach mich zu einem Geächteten werden lasse, zu einem Mann, der dazu verdammt ist, ohne eine Frau zu leben. Eine Nacht der Gewalt in Hué. Die Soldaten ließen alles mitgehen, was sie fanden, Statuetten der Altäre, Geschirr, bestickte Kleider, Wanduhren, sogar gerahmte sepiafarbene Fotos und wie ein Balg gefaltete Gebetbücher. Geldbündel, Säcke mit Kupfermünzen. Ich betrat das Haus, eine bürgerliche Villa, erbaut zur Zeit der Franzosen, mit hohen Decken und einem quadratischen Innenhof, verziert mit einem Becken mit grünem Wasser, in dem Seerosenblätter schwammen. Die Soldaten waren vor mir ins Haus gedrungen. Ich kannte sie nicht. Ich war damals freier Fotograf und im Auftrag für United Press auf der Suche nach geeigneten Bildern. Ich hatte zuvor schon *Marines* fotografiert, die Radioapparate oder Wanduhren mitgehen ließen. Die Soldaten beachteten mich nicht, würdigten mich keines Blickes. Sie suchten irgendetwas, aber nichts, was sie hätten plündern können, sondern eine Frau, die sich im Haus versteckt hatte. Sie fanden sie in einem leeren Raum, vermutlich der ehemaligen Waschküche, weil dort noch ein Waschbecken aus Stein an der Wand befestigt war. Ich blieb auf der Türschwelle stehen und wartete, bis sich meine Augen ans Halbdunkel gewöhnt hatten, und dann sah ich sie. Sie hockte auf dem Boden, mit dem Rücken an der Wand, ihre Augen glänzten, sie hatte die Arme um die Knie geschlungen, als warte sie. In dem schmalen, kahlen Raum herrschte eine drückende, feuchte Hitze. Ich sah Schimmelstellen auf den Wänden, Spuren von herausgerissenen Möbeln, von Vorhängen. Spinnweben hingen wie graue Sterne an der Decke. Die Lampe war abgerissen worden und Leitungsdrähte hingen herab. Da war nur noch diese Frau, deren Alter sich aufgrund ihrer Angst kaum schätzen ließ, ihr schwarzes Haar war hastig zu einem Knoten gebunden, der sich seitlich geöffnet hatte. Die Soldaten hatten so breite Rücken, dass ich einen Fuß in den Raum setzen musste, um das Gesicht dieser Frau erkennen zu können, ihre Augen zu sehen. Sie hat mich, meine ich, nur ein einziges Mal angeblickt, und ich schwöre, dass sie mich nicht angefleht, nicht geschrien, nicht gebettelt hat, unsere Blicke sind sich nur begegnet, aber ihrer war schon leer, fern und ausdruckslos, ihre Pupillen nur noch schwarze Kugeln in der weißen Lederhaut. Dann verdrehte sie die Augen. In dem Raum breitete sich ein beißender Geruch aus, ein Geruch nach Schweiß und Angst, der Geruch von Gewalt.

Ich war auf diese Insel gekommen, um zu sterben. Eine Insel ist der ideale Ort, um zu sterben. Eine Insel oder eine Stadt. Aber ich habe diese Stadt nicht gefunden. Alle Städte waren für mich nur Erweiterungen des Gefängnisses, mit ihren Straßen wie Korridore, ihren gelben Laternen, ihren Plätzen mit

Wachtürmen, den Häuserfassaden mit geschlossenen Fenstern, den kümmerlichen Gärten, den Zementbänken, auf denen Penner dösen. Mit Mary bin ich gereist, habe ich gelernt, ein neues Leben zu führen. Sie sang und sie trank. Sie war für mich wie eine Atempause. Ihr Körper, ihr Gesicht, ihre Stimme. Sie sang für mich die Hymnen aus ihrer Kindheit, und wenn sie sang, wurde sie wieder zu diesem Kind, auch wenn der Pastor sie belästigte, ein Künstler und gemeiner Lump, vor dem sie geflohen ist, indem sie ihre Familie verließ. Sie sang für mich, stand aufrecht im Licht der Schlafzimmerlampe vor mir, und ich hörte ihr zu, ohne mich zu rühren. Und eines Tages ist sie verschwunden. Sie ist ins Meer gegangen und nie zurückgekommen.

Die Insel war ein geeigneter Ort, um zu sterben. Das war mir sofort klar gewesen, seit dem Tag unserer Ankunft. Mary wollte die Gräber oben auf den Hügeln sehen, einfache runde Erhebungen wie Maulwurfshügel. Eines Nachmittags waren wir plötzlich von Kolkraben umgeben. Sie kreisten zu Tausenden am weißen Himmel, dann ließen sie sich auf dem Friedhof nieder. Mary betrachtete sie fasziniert und voller Entsetzen. »Das sind die Seelen der Toten, die keine Grabstätte haben«, sagte sie. Ich versuchte ihr zu erklären, dass sie diesen Ort gewählt hatten, um ein ruhiges Plätzchen zu finden, aber sie hörte mir nicht zu. Sie sprach von den Menschen, die Unrecht erlitten hatten, all denen, die missbraucht und zerstört worden waren. Der Tod übte eine große Anziehungskraft auf sie aus. Hatte sie diese Insel als Zuflucht gewählt oder war ich es gewesen? Kaum hatte Mary sie vom Schiffsdeck gesehen, eine lange Landzunge, die in einem schwarzen Hügel endet, drückte sie mir die Hand. »Das ist sie, das ist die Insel, auf die ich gewartet habe.« Ich verstand nicht, was sie damit meinte, aber später ist das nur allzu deutlich geworden. Sie suchte einen Ort am Ende der Welt, eine Felseninsel, ein abgeschiedenes Fleckchen Erde, um sich ganz ihrer Verzweiflung hinzugeben. Sie brauchte diese Insel, nicht mich, um ihr Schicksal zu vollenden, das Schicksal, das sie sich vorgestellt hatte. Die Tatsache, dass ich ein Verbrecher und Bilderplünderer gewesen war, der wegen Mittäterschaft bei einer Vergewaltigung zu einer Gefängnisstrafe verurteilt worden ist, änderte für sie nichts. Das hat sie eines Tages lachend gesagt. In ihren Augen lag etwas Düsteres, vermutlich hatte sie bereits begonnen mich zu hassen: »Du Peiniger.« Ich hatte ihr nicht erzählt, was ich gesehen hatte, das Ertränken von Gefangenen, die Penthotalspritzen, die Elektroschocks. Aber sie hat es erraten, vermutlich können Opfer die Henker identifizieren.

Ich liebe den Körper von Frauen. Wenn ich ihre warme, weiche Haut berühre, ihre Brustwarzen streife, mit der Zungenspitze verborgene, verbotene, unbeschreibliche Empfindungen koste, spüre ich, wie in mir eine neue Kraft erwacht, in allen Muskeln, nicht nur in meinem Glied, im ganzen Körper, im Gehirn und sogar in jener Drüse, deren Namen ich nicht kenne, jenem Knoten am Hinterkopf, dort wo sich die Wirbelsäule mit dem Schädel verbindet. Ohne dieses Verlangen bin ich nichts. Mein Leben, mein Schreiben, die Jahre im Gefängnis haben mich nichts gelehrt. Aber eine Nacht, eine einzige Nacht neben dem Körper einer Frau schenkt mir tausend Jahre! Hier auf dieser Insel, in der Nähe des Todes, habe ich mehr denn je die Kraft des Verlangens gespürt.

Vielleicht war ich hergekommen, um hier zu sterben. Ich

weiß es nicht mehr. Um den Ort für den Übergang ins Nichts zu finden, doch das Leben hat wieder Besitz von mir ergriffen. In meinem Alter habe ich nicht mehr daran geglaubt. Ich habe nicht mehr auf ein Wunder gehofft.

Und dennoch schiebe ich jede Nacht, wenn sich der Wind erhebt und der Sturm durch die Zwischenräume von Türen und Fenstern pfeift, den weißen Vorhang zur Seite und sehe den unbekleideten Körper der Frau im Halbdunkel vor mir. Ich lege mich neben sie auf die Matratze, die auf dem nackten Boden liegt, inmitten von Fläschchen mit Kampferöl und Heilkräutern, ich betrachte ihre Haut im Licht der Kerze, die sie anzündet, um mir anzuzeigen, dass sie mich erwartet. Ich kenne ihren Namen nicht. Sie hat ihn mir am ersten Tag genannt, doch ich habe ihn vergessen. Ich habe einen Namen für sie erfunden. Sie weiß nichts über mich, und ich weiß nichts über sie. Ich weiß, dass sie verheiratet ist und dass sie Kinder hat. Das ist mir am Tag, an dem ich sie zum ersten Mal gesehen habe, an der Art und Weise klargeworden, wie sie Junes Knie verbunden hat. An den langsamen, mütterlichen Gesten, an dem freundlichen Lächeln. Das ist mir egal, denn nicht das suche ich bei ihr. Wir wechseln so gut wie keine Worte. Wir schlafen miteinander, mehrmals, in allen Stellungen. Anschließend ruhe ich mich neben ihr aus, lausche dem Geräusch des Winds auf dem Wellblechdach. Ich schlafe ein wenig, dann stehe ich lautlos auf und kehre in mein Hotel zurück. Ein Tag, ein weiterer Tag ...

ICH HABE GESEHEN, was ich nicht hätte sehen sollen. Am Sonntag gegen Abend bin ich vom Meer zurückgekommen. Der Himmel war verhangen, das Wetter regnerisch, mit Windböen und starkem Seegang, die Seefrauen waren nicht auf Muschelfang, die Touristen schon früh mit der Nachmittagsfähre zurückgefahren. Ich bin eine Weile über die Mole gestrolcht, in der Hoffnung, Mr Kyo noch ein letztes Mal in seiner neuen kanariengelben Wachstuchjacke zu sehen. Die Hafenangestellten saßen in der kleinen Schenke, sie rauchten und leerten Bierflaschen, die Fenster waren stark beschlagen. Die Hunde schliefen zusammengerollt auf aufeinandergestapelten Kisten, um die Feuchtigkeit des Bodens nicht zu spüren. Die Läden im Dorf waren geschlossen, sogar der *Pizza Parlor,* obwohl an der Tür ein Schild mit der Aufschrift hing: Ich komme in einer Stunde wieder. Aber es war klar, dass er nicht vor dem nächsten Morgen aufmachen werde. Das hat mich geärgert, weil ich keinen Kaffee trinken konnte, denn in den Hafenkneipen hätte man mich nicht bedient. Außerdem hätten sich die Gäste über mich lustig gemacht, sie bleiben gern unter Männern und hätten es nie geduldet, dass ihnen ein Mädchen zuschaut, wenn sie betrunken sind. Ich konnte auch nicht nach Hause gehen, weil Mama sonntags mit ihrem *boyfriend* fernsieht, entweder Spielshows oder schmalzige *telenovelas.* Und so bin ich in Richtung Apotheke gegangen, warum, weiß ich auch nicht. Meine Schritte haben mich dorthin geführt, ohne dass es mir bewusst war, ich glaube, es war instinktiv, als liefe ich einen Hang hinab.

Der Laden war geschlossen, der weiße Vorhang schlug im Wind gegen die Tür, aber ich habe einen Lichtschimmer im Hinterzimmer gesehen und bin lautlos ums Haus gegangen, bis ans Fenster. Ich habe flüsternde Stimmen gehört, leises Getuschel, und habe versucht herauszufinden, wer da sprach. Durch die Zwischenräume der Latten des Rollvorhangs habe ich ein flackerndes Licht gesehen, keine Glühbirne, sondern ein gelbes Licht wie von einer Kerze. In diesem Raum lagert die Apothekerin ihre Kartons mit Medikamenten, Shampoos und Lotionen. Die erste Tür war nicht verschlossen, es war ein mit Fliegengitter bespannter leichter Rahmen, der im Sommer, wenn es heiß ist, verhindert, dass Insekten ins Haus kommen. Sie quietschte leicht, als ich sie öffnete, aber das Quietschen wurde vom Geräusch des Windes auf dem Wellblechdach übertönt. Ich hatte den Eindruck, etwas Verbotenes zu tun, und wagte mich kaum zu rühren. Ich habe nicht versucht, die zweite Tür zu öffnen. Hinter dieser Tür waren die Stimmen zu hören, und dort befand sich auch die Kerze.

Ich verharrte eine Weile regungslos und presste nur das Ohr an die Tür, ohne zu wissen, was ich tun sollte. Weggehen, zurück in die Dunkelheit und den Regen? Mein Herz klopfte rasend schnell, ich spürte, wie sich in meinem Magen ein Knoten bildete. So etwas hatte ich schon seit Langem nicht mehr getan, beim letzten Mal war ich noch ganz klein gewesen und hatte darauf gewartet, dass Mama vom Muschelfang zurückkam. Damals herrschte das gleiche stürmische, regnerische Wetter, und auch dieses Prasseln von fließendem Wasser war draußen zu hören, und da hatte ich mir vorgestellt, dass die Meeresungeheuer Mama an den Haaren zerrten, um sie mit sich in die Tiefe zu ziehen. Und nun stand ich hier in einem Hintereingang, den ich nicht hätte betreten dürfen, und lauschte den Geräuschen, die durch die Tür an mein Ohr drangen, es waren tatsächlich Seufzer und leise Schreie, leises Gelächter, aber nicht im Fernsehen, nein, sie waren real. Ich habe mich hingekniet und mein Auge ans Schlüsselloch gepresst. Zunächst habe ich nichts erkennen können, weil man im ersten Moment geblendet wird, wenn man durch ein so kleines Loch schaut, und weil sich die Ränder des Lochs wie das Augenlid eines Vogels bewegen, seitlich und von oben nach unten. Das Innere des Anbaus wurde von einer Kerze erhellt, die auf einem Teller stand. Im zitternden Licht habe ich etwas Seltsames gesehen, das ich nicht sogleich einordnen konnte, auch wenn mir sofort klar war, dass ich Mr Kyo und die Apothekerin vor mir hatte. Ich wollte zurückweichen und fortlaufen, aber ich konnte nicht, mein Auge blieb an das Schlüsselloch gepresst und ich musste einfach hinsehen. Ich habe Mr Kyo nicht wirklich wiedererkannt, weil er mit ausgestreckten Beinen auf dem Rücken lag, es war das erste Mal, dass ich seine Beine sah, kräftig, muskulös, mit dunkler, von gekräuselten Härchen bedeckter Haut, und seine Füße, die sehr groß wirkten, mit rosafarbener Sohle und weit gespreizten Zehen. Und über ihm die alte Schlampe, ganz nackt, auch sie lag auf dem Rücken und bildete mit Mr Kyos Beinen einen rechten Winkel. Nur hatte sie die Beine fest auf den Boden gestemmt und den Unterkörper angehoben, ihr Kopf war nach hinten zurückgesunken, das dunkle Haar auf dem Fliesenboden ausgebreitet und ihre mageren Arme seitlich ausgestreckt, ich sah die weiße Haut ihres Bauches und ihrer Hüften, die Halbkreise ihrer Rippen, ihre schweren, ein wenig auf beide Seiten gerutschten Brüste, und ihren langen Hals mit dem sichtbaren Adamsapfel, wie bei einem Mann, aber ihr Geschlechtsteil war eindeutig das einer Frau, gewölbt, mit einem Büschel schwarzer Haare, die aufgerichtet waren wie ein Hahnenkamm! Ich sah all das ganz deutlich, trotz des Halbdunkels, ich bemerkte jede Einzelheit, jeden Schatten, jede Hautfalte. Ich sah nicht mehr mir bekannte Menschen, sondern nur einen Mann mit einer Frau. Gemeinsam glichen sie einer Kreatur, die es auf der Erde nicht gibt, so etwas wie eine Krebsspinne mit acht Beinen, schwarz-weiß, stellenweise behaart, fast ohne Kopf, die sich langsam, ganz langsam auf der Stelle bewegte, ohne vom Fleck zu kommen, sich mit ausgebreiteten Armen um die eigene Achse drehte, gleitend und drehend, die Füße auf den Fliesenboden gestemmt, schwer atmend, flüsternd, schwer atmend, stöhnend ... Und ich presste wieder mein Auge ans Schlüsselloch! Und die Kreatur bewegte sich die ganze Zeit, langsam und schlaff, ich sah, wie ihr Fleisch an den Schenkeln zitterte, ihr Bauch sich aufblähte und wieder abflachte, durchbohrt von einem schwarzen Loch, das sich öffnete und wieder in Falten legte, wie die Brüste zurückglitten, der Hals sich straffte, mit dem Auf und Ab des Adamsapfels, und sie stöhnte leise, murmelte etwas mit tiefer Stimme, doppelter Stimme, aber es waren keine Worte, die sie von sich gab, sondern nur brummende, räuspernde Laute, wie Atemgeräusche eines Tiers, der nächtliche Aufschrei einer Kuh, das Hecheln eines rennenden Hundes, das Knacken einer Muschel, die sich bei Ebbe schließt, das tödliche Knirschen eines Messers, wenn es in den Kopf eines Fisches dringt. Und mein Auge presste sich noch näher an das Schlüsselloch! Und ich begriff nicht, was ich sah! Wer waren diese Leute, wem gehörten diese Beine, diese Arme, dieses schwarze Haar, das über die Fliesen glitt, diese Stimmen, von wem kamen diese Seufzer, diese flüsternden Laute? Von wem? Ich weiß nicht, wie ich mich davongestohlen habe. Rückwärts, auf allen vieren, noch immer geblendet vom Licht der Kerze, die ihre Bilderflut durch das Schlüsselloch zwängte. Ein paar Sekunden lang bin ich mit ausgebreiteten Armen völlig blind die windigen Straßen entlanggelaufen.

IN EINER FELSMULDE habe ich früher auf meine Mutter gewartet, als sie beschlossen hatte, eine Seefrau zu sein, ich erinnere mich noch genau. Der Wind wehte über meinen Kopf hinweg, die Wellen prallten gegen die Riffe, ich konnte sie im Licht des anbrechenden Tages kaum erkennen. Graue Wülste, die friedlich näher kamen, ich habe oft an gewichtige Tiere gedacht, an Herden von Kühen, die im gleichen Schritt gingen, und wenn die scharfen Felsen ihnen die Beine abschlugen, brachen sie brüllend und schäumend zusammen. Meine Mutter hatte diese Stelle gewählt, weil sie wenig besucht war, und da sie eine Anfängerin in diesem Beruf war, wagte sie nicht an den ruhigeren Stellen zu tauchen, in der Bucht im Norden oder in der Nähe der Mole. Hier hat sie zum ersten Mal die Delfine gesehen, Schatten, die sie streiften und mit ihrer breiten Nase Algen auf dem Meeresgrund abtasteten, während sie auf der Suche nach Seeohren Steine hochhob. Sie behauptet sogar, ein Delfin habe sie anfangs begleitet, um ihr die Schlupfwinkel der kostbaren Muscheln zu zeigen. Als sie später beschloss, gemeinsam mit den anderen zu tauchen, hat sie ihn nie wiedergesehen.

Der Sturm ist jetzt unser Dauergast. Der Wind bläst ohne

schwächer zu werden aus dem Osten, bringt Wolken mit sich, vertreibt sie, holt neue, und andere steigen am Horizont auf. Die Seefrauen haben eine Ruhepause eingelegt und warten auf Windstille. Im Radio wird von einem Orkan gesprochen, einem Ungeheuer, das das Festland und die Inseln verschlingen kann. Ich habe geträumt, es sei das Ende der Welt. Alles sei verschwunden, nur meine Mutter und ich hätten überlebt und trieben auf einem Holzfloß, einer großen, irgendwo herausgerissenen Tür, auf der Suche nach einer neuen Insel. In meinem Traum war das nicht diese schwarze Insel, auf der wir leben, sondern ein von Kokospalmen gesäumter weißer Sandstrand mit einem wolkenlosen, sanften Himmel. Aber so einen Ort gibt es natürlich nicht.

Anscheinend hat Mr Philip Kyo *Happy Day* verlassen, ich habe ihn nicht wiedergesehen. Er ist bei uns vorbeigekommen, um mir auf Wiedersehen zu sagen, und hat nur einen Brief hinterlassen, in dem er mir viel Glück für mein weiteres Leben wünscht. Ich habe den Brief gelesen, ihn dann zusammengeknüllt und weggeworfen. Was bedeuten schon Worte, wenn man sich nie wiedersieht? Ich hasse Höflichkeit und gute Manieren. Ich hasse politische Reden und Moralpredigten. In der Kirche hat Pastor David die Geschichte von Jona vorgelesen, vermutlich hat er gedacht, es sei der geeignete Moment, da sich ja der Orkan näherte. Auch wenn ich nicht daran glaube, haben mir manche Passagen, von seiner schönen tiefen Stimme getragen, gut gefallen:

Ich rief zu dem Herrn in meiner Angst,
und er antwortete mir;
ich schrie aus dem Bauche der Hölle,

und du hörtest meine Stimme.
Du warfest mich in die Tiefe mitten im Meer,
dass die Fluten mich umgaben;
alle deine Wogen und Wellen gingen über mich.

Kurz nach Tagesanbruch kleide ich mich langsam zum Tauchen um. Ich ziehe Jeans, Pullover und Sneakers aus, lege sie ordentlich gefaltet an eine relativ trockene Stelle unter einen Felsvorsprung und beschwere alles mit einem Stein, damit der Wind nichts fortweht. Ich schlüpfe in meinen Taucheranzug aus schwarzem Gummi, er ist mir an Schultern und Bauch etwas zu weit, aber ich bin größer als Mama, und so legen sich Ärmel und Beine straff auf meine Haut. Ich spüre sofort, wie die Wärme meines Blutes im Inneren des Anzugs zirkuliert, das gibt mir die nötige Energie, um weiterzumachen. Ich befestige den Bleigürtel. Mamas Füßlinge sind zu klein, daher ziehe ich es vor, barfuß zu bleiben, auch wenn die Felsen am Ufer scharfe Kanten haben. Ich setze die Tauchermaske auf. Ich brauche keine Badekappe. Ich habe sowieso viel zu dichtes Haar, außerdem mag ich die Vorstellung, dass es mich wie Algen umwallt.

Ich gehe ins Meer, und sofort werde ich von den Wellen erfasst. Ich hebe die Füße von den klebrigen Felsen und gleite an der Wasseroberfläche der aufgehenden Sonne entgegen. Ich spüre, wie mich eine Woge des Glücks durchläuft, jetzt breche ich auf, jetzt schwimme ich ans Ende der Welt. Ich werde die Frau treffen, von der Mr Kyo mir erzählt hat, ich bin sicher, dass sie mich erwartet und mich wiedererkennt. Die Wellen rollen langsam und kräftig heran, ich muss tauchen, um die Stelle zu überwinden, an der sie sich an der Felswand brechen. Aber das Meer ist leicht, mit Sternen übersät, es gleitet dahin und zieht mich mit heftiger Strömung fort, es glättet meinen schwarzen Körper, glättet mein Gesicht und mein Haar, es umgibt mich mit seiner wohlwollenden Gegenwart. Es ist nicht sanft, sondern bitter und scharf, es gibt dunkle Täler, Geheimnisse und Schmerzen preis und lässt sie dann wieder in tiefe Stille versinken. Ich möchte endlich das dicke, schneeweiße Mädchen aus meinem Traum sehen, das auf einem Algenteppich auf dem Meeresgrund liegt, spüren, wie sein durchsichtiger Blick auf mir ruht, sein wasserblauer Blick. Die Regenwolken ziehen dicht über das Meer, lassen hier und dort eine Handvoll Tropfen fallen, ich werfe den Kopf in den Nacken und öffne den Mund, um das köstliche Wasser zu trinken, ich lasse mich einen Augenblick treiben, bin ein Stück Holz, das von den Wellen geschaukelt wird. Der Bleigürtel zieht mich in die Tiefe, ich tauche langsam dem Seegras entgegen, das von der Strömung hin und her bewegt wird. Das Sonnenlicht erfüllt nach und nach das Meer, erhellt Gegenstände, die glänzen wie Gold, weiße Felsen, Korallen. Ich drehe mich mit ausgebreiteten Armen um die eigene Achse, fliege unter dem von der Wasseroberfläche gebrochenen Himmel.

Ein Schatten gleitet vorüber, ein fahler Schatten, und mein Herz erbebt vor Freude, denn ich habe den Delfin wiedererkannt, von dem die Seefrauen erzählen, Kandos Delfin. Es ist derselbe, der vor sehr langer Zeit meine Mutter in Empfang genommen hat, als sie auf dieser Insel eingetroffen ist. Er nähert sich, gleitet dahin, dreht und wendet sich, sein Auge sieht mich an, eine glänzende Kugel inmitten seiner faltigen Lider. Ungewollt bereitet es mir Vergnügen, weil ich plötzlich die Anwort auf die Frage habe, die ich der alten Kando gestellt hatte: die Farbe seiner Augen ist schwarz. Der Delfin gleitet direkt hinter mir her. Er hält inne, verharrt auf der Stelle, sein Maul ist dem Himmel entgegengewandt. Sein Körper in Schräglage, im Licht. Er wartet auf mich. Er will auch mir den Schlupfwinkel der Seeohren inmitten der Steine zeigen. Als ich an die Oberfläche schwimme, um Luft zu holen, ist er schon da, neben mir, mit hechelndem Atem, und ich stoße einen Schrei aus, heule meinen Namen in der Sprache der Seefrauen, in der Sprache der Delfine, *eeeaaarh-yaaarh!,* das ist von nun an mein Name, dieser und kein anderer. Inzwischen ist es ganz hell geworden, die Regenwände sind der Sonne gewichen, die Gischt funkelt an der Küste, die Insel liegt schon in der Ferne wie ein großes schwarzes Schiff, ich weiß, dass ich nicht dorthin zurückkehre, ich weiß, dass ich all die Leute nie wiedersehe, diese winzigen Wesen aus dem Dorf, der Schule, aus den Cafés, diese schwachen Leute, diese Tiere mit schlaffen Körpern, die sich in Hinterzimmern paaren, ich trauere meiner Mutter nach, aber ich muss fort, sie wird das verstehen, sie wird nie aufhören, mich zu lieben.

Ich suche das Weite, will in den Tiefen das Mädchen wiederfinden, das auf dem Meeresgrund liegt, will seine offenen Augen wiedersehen, mich zu all denen gesellen, die verschwunden sind, all denen, die verlassen worden sind. Ich werde tauchen, halte den Atem an und gleite langsam nach unten, vom Gewicht meines Gürtels hinabgezogen, ich sehe den farbigen Meeresgrund, die grünen, braunen, roten Algen, lange wogende Bänder, Seesterne, die im schwarzen Sand leuchten, gestreifte Fische, durchsichtige Tintenfische. Ich will für immer einschlafen, dem Tod mit offenen Augen begegnen. Ich werde mich verändern, zu einer Ertrunkenen werden, einer anderen, Philip Kyo will das, er hat mir seine Vergangenheit gegeben, er hat mein Herz mit Verlangen und Bitterkeit erfüllt, er hat sich in mir befreit, mich mit seinem Schicksal erfüllt. Und ich tauche immer tiefer mit dem Kopf im Nacken, im weißen Tageslicht, in der Stille voller Geflüster. Ich strecke meine Arme seitlich aus, öffne die Hände, gleite auf dem Rücken hinab. Dann spüre ich eine Haut, die mich berührt, eine weiche, graue Haut, die warm und vertraut ist, mich einhüllt und trägt, eine ganz sanfte und sehr kräftige Haut, einen glatten Körper, der mich umfängt und mich dem Tageslicht, der Sonne entgegenführt, und als ich den Kopf aus dem Wasser strecke, höre ich seinen heiseren, schrillen Schrei, den Schrei meiner Mutter, da werfe auch ich den Kopf in den Nacken und stoße einen Schrei aus, öffne den Mund, erbreche Seewasser und schreie meinen Namen, meinen einzigen Namen. *Eeeaaarh-yaaarh!*

»MEIN FREUND GEHT fort.« Sie schreit nicht, macht mir keine Szene. Sie sitzt nur im Hinterzimmer, in dem wir uns geliebt haben, auf dem Boden.

Es ist Abend. In den anderen Nächten hat alles um diese Zeit begonnen, wenn der Himmel noch hell war und die Dunkelheit ihre Verstecke verlässt und sich in den Häusern ausbreitet. Ich habe ihr nichts erklären müssen, sie ist schon auf dem Laufenden. Das ist der Vorteil, auf einer Insel zu sein, alles spricht sich sehr schnell herum.

Sie hat keine Duftkerzen angezündet. Nur die nackte, an zwei Drähten hängende Glühbirne, an der sich Nachtfalter stoßen und die Flügel verbrennen. Wir sagen nichts. Was sollten wir uns schon sagen? Im Übrigen haben wir kaum je miteinander gesprochen. Nur kleine Bemerkungen gemacht, spaßige Worte, honigsüße Worte als Liebkosungen, und vielleicht Worte, um unsere Laster zu erforschen. Oder leise Schreie, stöhnende Laute, hechelnde Laute und Zungenschläge. Es ist, als habe sie keinen Namen. Wenn wir beide keine Namen füreinander haben, heißt das etwa, dass es uns nicht gegeben hat? Die Frau aus Hué hatte auch keinen Namen. Die Soldaten, die sie vergewaltigt haben, waren keine

Männer, sondern Kriegsmaschinen. Ich betrachtete diese Frau, die in diesem kleinen, mit Kartons überfülltem Raum auf dem Boden hockt, und habe den Eindruck, die Zeit habe sich um dreißig Jahre zurückgespult und ich stände wieder auf der Türschwelle zu diesem dunklen Raum, in dem sich ein Verbrechen vorbereitete.

Ich kann mich nicht zu ihr setzen. Ich kann nichts anderes tun, als stehen zu bleiben und sie zu betrachten, und sie blickt mich nicht an, sie hat den Kopf der Wand zugedreht. Das Leben ist bitter. Das Leben kennt keine Großzügigkeit, bis auf wenige Ausnahmen, wenn du wie durch ein Wunder jemandem begegnest, ohne auf diese Begegnung vorbereitet zu sein, einem Engel, einer Botin des Paradieses, einer Nähe zu Gott.

Sie hier in ihrem Apothekerladen voller Gläser und Shampooflaschen ist niemandes Botin und ohne Botschaft, sie kennt das Paradies nicht. Sie ist nie im offenen Meer geschwommen, um einem Delfin zu begegnen, sie hat nie den Meeresarm durchschwommen. Sie ist eine Frau wie jede andere, nicht besser nicht schlechter. Sie ist ein Körper, ich habe ihre Haut gern gemocht, den Geruch ihrer Haut, irgendetwas Herbes, Dringendes, wenn die Lust in ihr aufstieg und ich auf ihren schneller werdenden Atem, das Fauchen in ihrer Kehle horchte, auf die Herzschläge in ihren Halsadern, wenn der Schweiß uns aneinanderklebte und in dem Augenblick, da wir uns voneinander lösten, ein saugendes Geräusch machte. Da ich fortgehen muss, reiße ich mich von ihrem Körper los, ziehe mich zurück, und ich spüre die Leere, die den kleinen Raum erfüllt, die Leere, die Kälte, weil jede andere Empfindung nur eine Illusion sein kann. Nichts verhindert den Tod, das Verbrechen, die Einsamkeit. Ich gehe jetzt.

Sie hat mein linkes Bein umklammert. Ich stehe halb der Tür zugewandt, und sie hat mir einen Kuss aufs Bein gedrückt, eine kindliche Geste, die mich einen Augenblick innehalten lässt. Sie sagt kein Wort. Ich sehe ihr schwarzes Haar, in dem ein paar silbrige Fäden glitzern, ihre Schultern, ihre zur Seite gewandten Beine, die ein wenig massiv sind, aber schöne runde Knie haben. Ich beuge mich hinab, löse ihre Hände, einen Finger nach dem anderen, so wie man ein Seil entflicht. Ich rede sanft auf sie ein, erkläre ihr aber nichts, das ist unnötig, da sie weiß, weshalb ich hergekommen bin. Es ist das Ende meines hiesigen Lebens, unseres nächtlichen Lebens hinter ihrem Laden, für sie wird die Zeit weitergehen ohne mich, ohne Erinnerungen, wozu schon? Sie gehört dieser Insel an, sie gehört zu diesen Steinen und diesen Süßkartoffelfeldern, sie gehört zu diesem Volk von Seeohrentaucherinnen, selbst die Kormorane sind ihr wichtiger. Ihre Hände gleiten nach hinten, sie hat sich hingesetzt, wendet der Tür den Rücken zu, als ich den Raum verlasse und in die dunkle Nacht hinausgehe.

Vom Deck der Fähre betrachte ich das Ufer der Insel, die sich entfernt. Es wird schon Nacht, eine Winternacht zwischen Sturm und ruhiger Langeweile. Wann bin ich auf der Insel eingetroffen? Vor dreißig Jahren war alles anders. Damals glaubte ich, ich könne ein neues Leben beginnen. Aber nichts hat gerettet werden können.

Der Inhaber des *Happy Day* hat mir kaum eine andere Wahl gelassen: »Gehen Sie jetzt fort, sonst nimmt sich die Polizei Ihrer an.« Wie es scheint, steckt man Ehebrecher hier ins Gefängnis. Aber ich weiß nur zu gut, dass das nicht der eigentliche Grund für meine Ausweisung ist. Nach und nach haben sich die einzelnen Dinge zu einem Ganzen zusammengefügt. Ich habe mich nicht in Acht genommen, die Vergangenheit ist wieder an die Oberfläche gekommen, niemand hatte es vergessen. Der Prozess vor dem Standgericht, das Gefängnis, das Umherirren. Mary, und jetzt June, das zum Bösen verführte Kind. Es scheint, als sei ich verflucht.

Ich wollte June vor meiner Abreise wiedersehen. Von den Seefrauen, die ihre Muscheln ans Restaurant des Hotels verkaufen, habe ich erfahren, dass die Kleine fast ertrunken wäre. Sie ist in letzter Minute von den Taucherinnen gerettet worden, die von Junes Mutter benachrichtigt worden waren. Als sie die Kleine ans Ufer zogen, hatte sie schon aufgehört zu atmen, aber Junes Mutter hat das Erforderliche getan, sie hat ihr ihren Atem in den Mund gehaucht, und June ist wieder zum Leben erweckt worden.

Als ich bei ihr vorsprechen wollte, stand ich vor verschlossener Tür. Ich habe angeklopft, und nach einer Weile habe ich die Stimme von Junes Mutter gehört, die durch die Tür hindurch zu mir sagte: »Gehen Sie fort, Sir. Bitte gehen Sie fort.« Ich habe keinen weiteren Versuch gemacht. Auf der Straße bin ich dem seltsamen Typen begegnet, der bei Junes Mutter wohnt, ich kenne seinen Namen nicht, er hat mich mit seinen Aasfresseraugen angeblickt und einen Bogen um mich gemacht. Der Sturm, der die Insel heimgesucht hat, hat all meinen Groll weggefegt. Ich fühle mich erleichtert. Beim Packen meiner Reisetasche habe ich mich sogar dabei überrascht, wie ich vor mich hin pfiff. Eine Melodie, die Mary gesungen hatte, als sie durch die Bars von Bangkok zog.

Ich habe June einen Brief geschrieben, in ein Schulheft. Ich wollte ihr sagen, was sie mir alles gegeben hat, was ich alles von ihr gelernt habe. Ich wollte ihr auch sagen, dass Bitterkeit ein kostbares Geschenk ist, das dem Leben Würze verleiht. Aber ich war mir nicht sicher, ob sie das verstehen würde, außerdem wusste ich nicht, wie ich ihr das Heft zukommen lassen konnte, und daher habe ich es behalten. Vielleicht finde ich eines Tages einen Weg, es ihr zu geben. An einem anderen Ort. In einem anderen Leben.

Ich habe mich bei niemandem verabschiedet. Ich habe meine Hotelrechnung beglichen, der Besitzer hat die Banknoten in die Tasche gesteckt, nachdem er sie mit der Fingerfertigkeit eines Pokerspielers gezählt hat. Dann hat er die Wohnungstür hinter sich geschlossen und sich wieder vor den Fernseher gesetzt, um sich das Baseballspiel weiter anzusehen.

»Oh happy days, oh happy days …«, ich glaube das habe ich unhörbar gesummt, während ich im Sprühregen zur Mole ging. Entgegen aller Wahrscheinlichkeit habe ich mir einen Augenblick lang vorgestellt, dass June auf dem Anleger auf mich warten würde. Ich habe geglaubt, ihre Silhouette unter den Passagieren wiederzuerkennen, die vor dem Landungssteg Schlange standen. Aber als ich näher kam, stellte ich fest, dass dort anstelle eines Kindes mit offenem Haar eine kleine rundliche Alte mit rotem Gesicht stand, die mir mit zahnlosem Mund zulächelte.

Ich gehe fort, ohne es zu bedauern. Ich nehme weder meine Angel noch meine Sonntagsanglerausrüstung mit. Ich brauche sie nicht mehr. Nie mehr werde ich meinen Überdruss an der Welt betäuben müssen, ich bin frei. Zweifellos nicht mehr ganz jung, nicht mehr sehr rüstig, aber bereit, einen Platz einzunehmen, egal welchen Platz. Es ist genau wie beim Versetzspiel. Du verrückst einen Kiesel, der Gegner schlägt dir eine Alge vor, eine Kormoranfeder, eine Austernschale. Und du hast mit einem Schlag, einem einzigen, den glatten, schweren, schwarzen Stein gefunden, der dich den Sieg davontragen lässt.

ICH BIN AUF dem Weg der Besserung. Zumindest hat der Doktor das gesagt, nachdem er festgestellt hat, dass das Fieber zurückgegangen ist. 38,2° heute Morgen. Meine Kopfschmerzen lassen allmählich nach, und der herbe Geschmack im Mund wird mir immer vertrauter. Ein wenig wie der Geschmack von schwarzem Kaffee, nach dem ich verlange, und nun hat meine Mutter nichts mehr dagegen einzuwenden. Anscheinend bin ich jetzt groß. Die Blutungen haben wieder eingesetzt, meine Mutter war darüber sehr erleichtert. Ich nehme an, dass sie eine Weile geglaubt hat, ich erwarte ein Kind. Und damit kennt sie sich schließlich aus, sie war achtzehn, als sie mit mir schwanger wurde! Der alte Sack ist endlich weg, meine Mutter hat ihn aus dem Haus gejagt, als die Seefrauen mich auf ihrer Motorschubkarre bis vor unsere Haustür gebracht haben. Anscheinend ist er hinzugekommen, als man mich auszog, und ich soll wütend geworden sein und geschrien haben, er sei pervers und pädophil. Mama und ich sind seit dem Tag, an dem ich fast ertrunken bin, von morgens bis abends zusammengeblieben. Sie geht nur aus dem Haus, um etwas zu essen zu kaufen, getrockneten Fisch und Dosen mit Corned Beef. Wegen des Sturms findet man in den Läden nicht mehr alles, was man möchte. Einige Dinge fehlen sogar ganz, wie etwa Zahnpasta. Aber das ist nicht schlimm, man kann sich die Zähne genauso gut mit Natron putzen.

Wir haben jeden Tag miteinander geredet. Wir haben miteinander geredet, wie wir es seit meiner Kindheit nicht mehr getan hatten. Mama ist sehr hübsch, nicht dunkelhäutig und kraushaarig wie ich, sie hat ganz weiße Haut und glattes, graumeliertes Haar. Sie bittet mich darum, ihr die weißen Haare auszuzupfen, aber ich weigere mich, ich will nicht, dass irgendetwas von ihr verloren geht, dass sie sich verändert.

Zum ersten Mal spricht sie wirklich mit mir über meinen Vater. »Er war groß und stark wie du«, sagt sie. Aber sie hat mir seinen Namen nie genannt. Sie lacht ein bisschen, behauptet, sie habe ihn vergessen.

»Warum ist er weggegangen? Warum hat er dich verlassen?«

Sie zögerte zunächst, ehe sie schließlich sagte: »So sind die Männer nun mal. Sie gehen fort. Sie bleiben nicht.«

Ich bin ein bisschen wütend geworden, habe mich aufgerichtet und geschrien: »Das ist nicht wahr! Du willst es mir nur nicht eingestehen, er ist doch nicht weggegangen, ohne ein Wort zu sagen!«

Mama bemüht sich vor allem, mich zu beruhigen. »Selbstverständlich hat es Gründe gegeben, wir waren nicht verheiratet, als ich ihm gesagt habe, dass ich dich erwarte, wollte ich, dass wir sofort heiraten, aber er erwiderte, er könne nicht, es sei nicht der rechte Moment. Ich war naiv, habe geglaubt, er sage die Wahrheit. Und er hat unterdessen seine Versetzung beantragt und die Militärbasis verlassen, aber ich wusste nichts davon. Eines Tages habe ich angerufen, und man hat mir gesagt, er sei nicht mehr da.« Mama lachte ein wenig gezwungen. Mit der Zeit wird alles ulkig. »Ich habe gefragt, wo er sei, aber man hat mir seine Adresse nicht geben wollen, angeblich ist das bei den Militärs ein Geheimnis. Er ist fortgegangen, ohne eine Adresse zu hinterlassen. Man hat mir geraten, ihm zu schreiben, die Armee werde den Brief weiterleiten. Ich habe viele Briefe geschrieben. Ich habe sogar dein Foto beigelegt, kurz nach deiner Geburt, er hat nie geantwortet. Vielleicht ist er tot, aber selbst das dürfen die Militärs einem nicht mitteilen.«

Ich höre ihrer Geschichte zu und beginne dabei ein wenig zu zittern. Auch Mr Kyo ist fortgegangen, ohne eine Adresse zu hinterlassen. Jetzt begreife ich, was meine Mutter durchgemacht hat, wie sehr sie mich geliebt haben muss, um zu akzeptieren, mich zu behalten, während ihre ganze Familie ihr sagte, sie solle mich ins Waisenhaus geben und mich vergessen, um einen richtigen Ehemann zu finden und eine richtige Familie zu gründen.

»Entschuldige, Mama«, habe ich geflüstert. Sie schlingt die Arme um mich und drückt ihr Gesicht in meine Mähne, die noch krauser ist als sonst, wegen all des Seewassers, das sie geschluckt hat. Ich will ihr in die Augen blicken, aber sie drückt mich noch stärker an sich, damit ich nicht sehe, wie sich ihr Gesicht verzerrt.

»Warum ...« Sie hat Mühe, ein Wort hervorzubringen. »Ich will nicht, dass du stirbst, ich liebe dich zu sehr.« Sie flüstert mir diese Worte ins Haar, und das bringt mich zum Lachen, denn das hat sie noch nie getan. Im Gegenteil, bisher hat sie immer gesagt, ich hätte zu dichtes Haar, ich solle ein Glätteisen benutzen, um meinem Vater nicht zu ähneln. »Ich wollte nicht sterben«, habe ich gesagt. Das stimmt, das wollte ich nicht. »Ich wollte nur weit wegschwimmen im Meer, bis auf die andere Seite des Ozeans, bis nach Amerika.« Ich kann ihr nichts vom Reiz der Tiefen erzählen, von der Farbe, vom Geruch, von den tiefen Tälern, den Sternen an der Oberfläche, wenn man den Kopf in den Nacken wirft. Im Übrigen kennt sie das nur zu gut, sie ist eine Seefrau, und um ihr zu gleichen, bin ich ins Wasser gegangen. Ich kann ihr nicht von dem dicken Mädchen mit glasigen Augen erzählen, das auf einem Algenbett auf dem Meeresgrund schläft. Ich weiß, dass die Erwachsenen nicht daran glauben. Sogar Mr Kyo hat es nicht geglaubt, und deshalb hat er mich verlassen. Dabei hat er die Wahrheit auf mich übertragen, sie war eine zu schwere Last für ihn allein, und so hat er mir eines Nachts im Zelt seinen Geist und die Bosheit seines Herzens eingeflößt, und jetzt tanzt er auf den Straßen, verführt Frauen und legt sie in Hinterzimmern aufs Kreuz, er hat keine Lust mehr zu sterben, er ist frei. Aber ich will an all das nicht mehr denken, jetzt bin ich alt genug, ich muss selbst für mich sorgen. Ich drücke Mama fester an mich und sage ihr ins Ohr: »Ich bin dem großen grauen Delfin begegnet.« Mama dürfte mir das glauben, denn das wunderbare Tier hat sich ihr einmal genähert. »Er war die ganze Zeit bei mir, als ich im Wasser war, er hat mir geholfen.« Mamas Schweigen zeigt mir an, dass sie aufgehört hat zu weinen. Ich mag es nicht, wenn Erwachsene sich selbst bemitleiden, davon wird mir übel. »Er hat mich gerettet.« Ich habe diese Worte etwas lauter gesagt, denn das lässt sich nicht infrage stellen. Ich weiß, was sie mir am liebsten sagen würde, nein, nein, du irrst dich, mein Schatz, den grauen Delfin gibt es nicht, das ist eine Legende, die Seefrauen sind getaucht und haben dich aus dem Wasser geholt. Mama glaubt vermutlich, dass ich verrückt geworden bin und dass man Verrückten nicht widersprechen, sie nicht aus ihrem Wahn erwecken darf. Man muss sie sanft gewähren lassen und sie dann wieder auflesen wie welke Blätter, die einen Bach hinabgleiten.

Aber ich weiß, was ich gesehen habe. Ich weiß, dass ich diese samtweiche, warme Haut berührt habe, und der Delfin hat mich auf seine Schultern genommen, so wie er es mit seinem Jungen getan hätte, und hat mich bis an die Meeresoberfläche geleitet und gemeinsam mit mir einen Schrei ausgestoßen. Das werde ich nie vergessen. Mama ist ganz klein und ergeben, jetzt wiege *ich* sie in meinen Armen. »Es ist vorbei, nie wieder gehe ich ins Meer, es ist vorbei.« Ich flüstere ihr das ganz leise zu, so wie man mit einem Kind reden würde. Ich weiß, was das bedeutet: Ich muss gegen den Mund aus den Tiefen ankämpfen und mich mit der Bitternis des Daseins auf dem Festland zufriedengeben. Ich muss das Mädchen vom Meeresgrund vergessen, seine blassen Augen und seinen Körper, der sich hin und her bewegt. Das Meer gehört den Fischen. Das Meer bringt Muscheln und Tintenfische hervor, Seeohren und Algen. Gott gibt uns das Recht, unsere Nahrung daraus zu schöpfen. Ich erinnere mich an den alten Jona in der Legende, die Pastor David uns vorgelesen hat, er hat die Abgründe des Meeres kennengelernt, die Brandung, die die Tore der Erde verriegelt, und dann ist er aus seinem Grab zurückgekehrt. Deshalb habe ich die Pflicht, für meine Mutter zu sorgen, bis an ihr Lebensende. Jetzt nehme ich sie in die

Arme, verberge mein Gesicht in ihrem langen, feinen Haar. Ich spüre ihren hageren, empfindlichen Körper, der eher einem Männerkörper als dem einer Frau gleicht. Der Körper eines Heranwachsenden. Ich denke daran, dass sie mich in diesem schmalen Bauch getragen, mit diesen kleinen Brüsten gestillt hat.

»Du brauchst nicht mehr ins Meer zurückzukehren«, sage ich ihr. Mama versteift ein wenig den Rücken, da drücke ich sie noch fester an mich und sage ihr noch einmal ins Ohr: »Du brauchst nie wieder zum Tauchen ins Meer zu gehen, ich bleibe bei dir und sorge für dich, wenn du eines Tages alt bist.« Dann meldet sich meine sarkastische Ader mit dem Geschmack von schwarzem Kaffee, den ich so gern mag, wieder zu Wort, und ich verzichte auf den respektvollen Ton, den ich im Allgemeinen ihr gegenüber anschlage: »Selbst wenn du das Bett nässt und ich dir Windeln anlegen muss, selbst wenn ich dich füttern muss wie ein Baby.« Ihre Schultern schütteln sich leicht, ich glaube, ich habe es geschafft, sie zum Lachen zu bringen.

Und so sind wir fortgegangen. Am frühen Morgen, bei Wind und Regen. Anscheinend hat es genauso geregnet, als Mama zum ersten Mal diese Insel betreten hat, mit mir als Säugling in einer Wolldecke, festgebunden auf ihrem Rücken.

Tanklaster, Personenwagen und Motorräder fahren auf die Fähre und lassen die morschen Bretter der Zufahrtsrampe knarren. Der Dieselmotor dröhnt, die Metallwände des Schiffes vibrieren. Mama und ich sitzen in Begleitung einer Handvoll verschlafener Insulaner und einiger durchnässter Touristen im Passagierraum auf dem Boden. Es ist heiß in dem Raum, die Bullaugen sind beschlagen. Es herrscht ein seltsamer Geruch nach Dieselöl und Essensdünsten, der Übelkeit hervorruft. Als das Schiff ablegt und sich um die eigene Achse dreht, um aufs offene Meer zuzusteuern, rühre ich mich nicht. Ich habe keine Lust, die schwarze Insel zu betrachten, die in die Ferne gleitet. Ich weiß, dass ich sie nie wiedersehen werde.

EINE FRAU OHNE IDENTITÄT

ICH BIN BEIM Anblick des Meeres erschauert.

Ich erinnere mich noch, Takoradi, der große weiße Strand, die Wellen, die sich langsam brechen, das Rauschen des Meeres, der Geruch des Meeres. Bibi und ich, unsere Strohhüte, die Schatten auf unsere Gesichter werfen, und die blendende Gischt in der Sonne.

Ich habe Angst. Ich habe das zu der Frau gesagt, die ich für meine Mutter hielt, und sie hat sich ein bisschen über mich lustig gemacht. Du fürchtest dich vor allem. Das stimmt nicht, ich fürchtete mich nicht vor allem. Ich fürchtete mich vor der Dunkelheit, ich fürchtete mich vor nächtlichen Geräuschen, vor den Silhouetten, die nachts auftauchten. Ich schlief allein in einer kleinen Kammer in der Nähe der Treppe. Auf einer Matratze, die auf dem nackten Boden lag.

Ich fürchtete mich nicht wirklich. Es war eher die Einsamkeit, der Eindruck großer Einsamkeit. Meine Eltern wohnten im ersten Stock. Mein Vater hatte sich kurz vor unserem Umzug in dieses Haus am Meer wiederverheiratet. Ich habe keine genaue Erinnerung mehr daran, aber sie erwartete wohl ein Kind. Bibi war in ihrem Bauch, und als sie zur Welt kam, wurde ich fünf.

Am Strand von Takoradi, mein Vater und seine Frau mit Bibi in ihrem Bauch, und ich. Wir waren ein paar Punkte auf einer riesigen Fläche aus weißem Sand, mit seitlich geneigten Kokospalmen und dem grünen Meer. Ich erinnere mich an nichts anderes als an dieses Erschauern mitten in meinem Körper, in der Nähe des Herzens. Irgendetwas, das sich bewegte, das zitterte wie ein Nerv.

MIT ACHT JAHREN erfuhr ich, dass ich keine Mama hatte. Zu diesem Zeitpunkt lebten wir in einer großen Villa am Meer. Das Leben war leicht. Mein Vater verdiente viel Geld mit dem Kauf und Verkauf von Autos. Wir waren gut gekleidet, trugen Markenschuhe, hatten Handtaschen und Spielzeug. Bibis Mutter arbeitete nicht, aber sie hatte ein Depot für den Vertrieb von Parfums und Schönheitscremes, sie war eine Aveda-Frau, wie man damals sagte, mein Vater wandelte das im Spott in Vileda ab. Ich nannte sie seit einiger Zeit schon nicht mehr Mama, entweder instinktiv oder weil sie mir zu verstehen gegeben hatte, dass sie keinen Wert darauf legte. Wie ich sie nannte? Ich sagte ganz einfach »sie« oder die meiste Zeit »Madame Badou«. Schließlich war das ihr Name.

Bibi und ich gingen in die Klosterschule der *Religieuses de la Nativité,* ein Chauffeur brachte uns jeden Morgen mit einem der neuen Wagen hin, einem Mercedes, einem Audi oder dem Chrysler-Geländewagen. Die Schule wurde von vielen Söhnen und Töchtern reicher Leute, afrikanischer Minister und des libanesischen oder amerikanischen Botschafters besucht. All das hätte lange so weitergehen können. Der einzige Schatten, der das Bild trübte, waren die Streitereien der Eltern. Bibi war zu klein, um das zu merken, aber mir machte das anfangs Angst. Wenn das Geschrei begann, zogen sich meine Zehen in den Latschen zusammen und ich hielt mir die Ohren zu, um es nicht zu hören. In der Folge habe ich gelernt, die Stereoanlage auf volle Lautstärke aufzudrehen, mit Rockmusik, Jazz oder Hits von Fela. Ich suchte in Bibis Zimmer Zuflucht. Normalerweise hatte ich nicht das Recht, die Nacht bei Bibi zu verbringen, aber wenn das Geschrei begann, wusste ich, dass mich niemand holen würde. »Warum schreien sie nur?«, fragte Bibi. Ich erwiderte: »Sie bellen.« Das war mir eingefallen, um etwas Witziges zu sagen, aber Bibi begriff den Scherz nicht. »Warum bellen Papa und Mama?« »Weil sie zu Hunden werden!« Sie bellten tatsächlich wie Hunde, die sich balgen, Papa mit tiefer Stimme und seine Frau in schrillen, abgehackten Tönen. Ich wusste nicht genau, weshalb sie sich prügelten, ich glaube, weil Papa in der Stadt eine andere Frau hatte, und das versetzte seine Frau in Wut. Ich sagte zu Bibi: »Mach dir nichts draus, sie sind keine Hunde, sie streiten sich, das ist alles.« Manchmal flogen Gegenstände durch die Luft, Teller segelten durchs Fenster und landeten im Garten, Gläser, die zerbrachen, Nippsachen. Wenn es vorüber war, half ich der Hausangestellten, die Scherben aufzusammeln. Ich schämte mich. Manche Gegenstände waren nur gesprungen oder angeschlagen, ich gab sie ihr und sagte: »Hier, Salma, behalt sie. Sie wollen sie sowieso nicht mehr haben!« Ich glaube, ich habe schon sehr früh einen Sinn für Humor entwickelt, dafür danke ich ihnen.

Später habe ich gelernt, zerbrechliche Dinge in Sicherheit zu bringen, die hübschen chinesischen Vasen, die mit Ilex verzierten Dessertteller, die Stielgläser und die Nippsachen. Sobald der Streit begann und ich merkte, dass es eine schlimme Wendung nehmen würde, und das war fast immer der Fall, schloss ich den Schrank ab, in dem die spitzen Messer waren, und versteckte die Schere im Zimmer meiner Schwester unter ihrer Matratze, weil ich mir sicher war, dass niemand sie dort suchen würde. Salma machte sich über mich lustig und sagte: »Lass sein, sie bringen sich bestimmt nicht um!«

Aber einmal war ich nicht schnell genug gewesen. Es war ein Sonntag, ein sehr heißer Tag, über dem Meer näherte sich ein Gewitter. Ich war im Garten, lag schaukelnd in der Hängematte und spielte mit Zaza, Madame Badous kleiner Hündin. Ich hörte das Geschrei im ersten Stock, und als ich die Tür öffnete, hatte Madame Badou Papa gerade eine Schere in die Brust gestoßen, sein weißes Hemd tränkte sich mit Blut. Sie war kurz vor einem Nervenzusammenbruch, stand schreiend und gestikulierend vor ihrem Mann, der mit ausgebreiteten Armen reglos vor ihr stand, die Schere steckte noch immer fest in seiner Brust. Mit tragischer, ein wenig lächerlicher Stimme, die mich aber im ersten Augenblick nicht zum Lachen gebracht hat, sagte er immer wieder: »Du hast mich umgebracht. Esther, du hast mich umgebracht!« Selbstverständlich ist er nicht gestorben. Ich habe ihm gesagt, er solle sich in einen Sessel setzen, und dann habe ich ihm ohne fremde Hilfe die Schere aus der Brust gezogen. Die Spitze steckte in der vierten Rippe, die Wunde blutete stark, aber es war nicht schlimm. Dr. Kijmann ist gekommen und hat sie mit zwei Stichen genäht. Papas Darstellung zufolge war er gestolpert und auf den Tisch gestürzt, auf dem die Schere für Näharbeiten lag. Dr. Kijmann hat nichts darauf erwidert, sondern nur zu Madame Badou gesagt: »Passen Sie beim nächsten Mal besser auf, das hätte ernste Folgen haben können.« Er hatte bestimmt etwas geahnt. Zumeist kam er her, um Madame Badous Prellungen zu verarzten. In diesem Haus fiel man oft hin.

Wenn ich an diese Zeit zurückdenke, habe ich den Eindruck, als habe es ein Vorher und ein Nachher gegeben. Vorher war ich ein Kind, wusste nichts vom Leben, kannte die Bosheit der Erwachsenen nicht. Nachher war ich eine Erwachsene und bin selbst boshaft geworden.

Ich versuche mich an die Zeit davor zu erinnern. Es ist ein wenig wie ein verschwommener Traum, der mich nicht loslässt, mir das Herz zusammenschnürt und mir Kopfschmerzen verursacht. Es ist sehr schön und sehr sanft. Die Nachmittage mit meiner Schwester Abigaïl. Wir sind im Garten und spielen mit den Tieren. Wir klettern auf die Bäume, um über die Mauer blicken zu können und die Fledermäuse zu sehen, die wie Trauben behaarter Früchte an den Ästen hängen. Ich mag Abigaïl gern, ich nenne sie nur Bibi, sie ist meine Puppe, ich vergnüge mich damit, ihr hübsches blondes Haar zu flechten. Eines Tages wäre sie im Swimmingpool fast ertrunken, ich habe sie an den Haaren aus dem Wasser gezogen. Und als mir das endlich gelungen war, bewegte sie die Arme hin und her und bekam keine Luft mehr, da habe ich ihr in den Mund gehaucht und geschrien: »Bibi, ich will nicht, dass du *sterbst!*« Sie ist zu sich gekommen und hat gehustet. Aber noch lange danach hat sich Madame Badou über mich lustig gemacht, weil ich »sterbst« gesagt hatte.

Ich erinnere mich auch an ein Picknick im Wald. Das war in weiter Ferne, wir sind den ganzen Tag mit Papas Pick-up gefahren. Bibi und ich saßen mit der Hündin Zaza hinten auf der Pritsche, und Madame Badou mit Papa vorn. Sie war damals noch jung, trug Shorts und hatte hübsche, gebräunte Beine, die in der Sonne glänzten. Wir haben im Schatten von riesigen Bäumen unter einem Wasserfall gebadet, während rote Libellen über dem Fluss schwebten. Ich höre noch Bibis Lachen, wenn ich sie nass spritzte, und auch mein Lachen.

ALLES HAT SICH in wenigen Minuten abgespielt. Für mich ist an jenem Tag die Zeit stehen geblieben, in jenem Augenblick. Ich habe mir immer vorgestellt, dass es so sein müsse, wenn man stirbt. Man sagt manchmal, der Tod sei der einzige Moment, den man selbst nicht miterlebt. Ich weiß nicht, ob das stimmt, aber diesen Augenblick habe ich erlebt und erlebe ihn immer wieder, auch wenn es nicht wirklich der Tod ist. Ich kenne ihn in allen Einzelheiten.

Unser Haus besteht aus dem Erdgeschoss und einem ersten Stock, unten befinden sich die Küche, die Vorratskammer, die Garage, die als Lagerraum für die Warenkartons benutzt wird, und ein Anbau, der als Zimmer für die Hausangestellte Salma dient. Oben befinden sich die Schlafzimmer, das von Monsieur und Madame Badou, das Esszimmer, und auf der anderen Seite Bibis Schlafzimmer und meine Kammer neben der Treppe. Wir haben zwei Badezimmer, im ersten Stock ein gekacheltes Bad mit einer großen Wanne und zwei Waschbecken, und im Erdgeschoss einen Duschraum mit Zementboden, in dem die Waschmaschine steht. Der Gärtner Yao wohnt in einer Hütte hinten im Garten, er zündet jeden Abend ein Feuer an, um das trockene Laub und den Hausmüll zu verbrennen. Dann ist da noch ein Käfig mit Wellensittichen, Yao spricht mit ihnen, er spricht auch mit seinem Hund – einem großen Tier mit fast kahlem Fell –, der immer angekettet ist, Madame Badou hat wohl Angst, er könne ihre Zaza fressen. Und dann ist da noch ein Affe, der ebenfalls eine Kette um den Leib trägt, und der die meiste Zeit in einem Baum verbringt. An den Affen erinnere ich mich noch gut, weil sein langer, roter Penis, spitz wie eine Möhre, ein Thema war, über das unablässig Witze gerissen wurden. Wir kamen ihm nie zu nahe, weil er bösartig war und Papa uns sagte, er könne die Tollwut auf uns übertragen.

Vor Yao hatten wir ein bisschen Angst, aber wir mochten ihn trotzdem gern. Er war sehr groß und hässlich, mit pockennarbigem Gesicht. Seine Hütte hinten im Garten diente ihm als Liebesnest mit den zahlreichen Frauen, die er in den Bars der Stadt auftat, zumindest erzählte Monsieur Badou das. Sie verbrachten eine Nacht mit ihm, und am nächsten Tag hörte man, wie die Frau ihn beschimpfte und verfluchte, weil er nur ein Säufer und Lügner sei, aber in der darauffolgenden Nacht hatte eine andere Frau sie ersetzt. Für mich und Bibi und ehrlich gesagt für alle, war Yao eine lebende Legende, wir konnten stundenlang über all diese Frauen reden, und wie er sie umgarnte. Ich hatte schließlich begriffen, dass das etwas mit Magie zu tun hatte, er hatte ein *juju,* das war alles. Aber leider haben wir sein Geheimnis nie erfahren, das hätte uns für unser zukünftiges Leben hilfreich sein können.

Ich ging früh hinunter in den Garten, sobald die Morgenröte die Bäume erhellte. Ich bin morgens nie gern lange im Bett geblieben. Bibi kann bis mittags schlafen. Sogar wenn Sonnenstrahlen in ihr Zimmer dringen, rollt sie sich in ihr Bettlaken, um ihre Augen zu verhüllen.

Ich setzte mich im Garten in den Schatten des Mangobaums und sah träumend den Ameisen zu, die zwischen den Wurzeln hin und her liefen. Oder ich zeichnete Pflanzen, Blüten und Samenkörner in ein Heft und klebte jeweils ein Exemplar davon neben die Zeichnung. Papa hatte mir Formol gegeben, mit denen ich die Blätter einstrich, bevor ich sie in eine kleine Plastiktüte legte, eine jener Plastiktüten, in denen Sandwiches verpackt werden, der Geruch war scharf, die Kinder in der Schule machten sich über mich lustig, aber es ist ein Geruch, den ich inzwischen gern mag. Es war ein bisschen der Geruch des Todes, es war der Geruch aus jener Zeit.

Sie reden. Ich höre ihre Stimmen durch das Fenster ihres Schlafzimmers, dessen Läden noch geschlossen sind. Ich habe einen sechsten Sinn für Streitereien, ich spüre, wenn so etwas bevorsteht, spitze die Ohren, um zu erraten, was folgt, um zu erkennen, woher die Gefahr droht. Ich habe zweifellos an die Teller gedacht, an die Schere in der Schublade der Kommode und an das Papiermesser auf Papas Schreibtisch. Ich spitze die Ohren, aber die Stimmen sind nicht schrill genug, der Ton nicht aggressiv, die beiden sprechen schnell, dann halten sie inne, und zwischen den einzelnen Worten höre ich eine von allen gewöhnlichen Geräuschen erfüllte Stille, den Lärm der Autos auf der Straße, eine Polizeisirene, das Dröhnen der Busse ohne Auspuff. Im Garten ist alles still, weil ihre Stimmen die Vögel haben verstummen lassen.

Abgesehen von ihren Stimmen liegt das Haus noch in tiefem Schlaf. Ich gehe leise die Treppe hinauf, auf allen vieren, damit die Holzstufen nicht knarren. Ich stehe vor ihrer Tür. Die Stimmen haben innegehalten, ich versuche zu erraten, was hinter der Tür vor sich geht. Mein Herz klopft sehr schnell und sehr heftig, ich habe den Eindruck, etwas Verbotenes zu tun. Ich habe Angst vor dieser plötzlichen Stille. Sind sie etwa tot, oder bereiten sie einen Angriff vor, die entscheidende Schlacht, bei der sie versuchen, sich gegenseitig umzubringen? Ich habe solche Momente der Stille nie gemocht. Die Stille ist die Schwärze, die Leere. Die Stille ist das Ende der Welt. Ich erinnere mich noch an den Tag, an dem Großmutter gestorben ist, damals war ich noch ganz klein. Ich habe ihr Schlafzimmer betreten, ohne irgendjemandem etwas zu sagen. Die Läden waren halb geschlossen, das Licht war grau, das Bettlaken bedeckte Großmutters Körper bis zum Kinn, und ihr Gesicht war ebenfalls grau, die geschlossenen Lider wirkten wie zwei dunkle Flecken, ihr Mund hatte keine Lippen mehr, sie waren aufs Zahnfleisch eingefallen, aber besonders hat mich die Stille in Panik versetzt, ich bin eine ganze Weile reglos stehen geblieben, alle Härchen auf meinen Armen hatten sich aufgerichtet, und ich habe mich richtig überwinden müssen, um mich von dem Anblick loszureißen und wegzugehen.

Jetzt werden die Stimmen wieder laut. Sie erzählen eine seltsame Geschichte. Ich habe das Ohr an die Tür gepresst und höre alles, was sie sagen. Meine Mutter, mein Vater, aber vor allem spricht meine Mutter. Ich verstehe plötzlich, dass sie von mir spricht. Wie ich das erraten habe? Ich glaube, ich hatte damit gerechnet, hatte diesen Augenblick erwartet. Im Traum ist das auch so, man weiß schon, was los ist, ehe man es erfährt. Oder in dem Augenblick, in dem man etwas begreift, sagt man sich, das ist es, das musste ja eines Tages so kommen, das wusste ich. Das habe ich schon immer gewusst.

Ich habe so oft daran gedacht, dass ich nicht mehr weiß, ob meine Erinnerungen mich nicht trügen. Ich habe diese Szene tausendmal erfunden, wie ich auf allen vieren die Treppe hinaufsteige, das Ohr an die Holztür presse und wie ich Worte höre, die kommen und gehen. Worte, die vernichtend sein können. Gewöhnliche Worte, alltägliche Worte, die an dir nagen und dir wehtun.

»Die kleine Rachel« (…) »Ohne Familie, ohne Mutter« (…) »Man muss es ihr sagen, das muss man, hörst du?« (…) »Du musst ihr die Wahrheit sagen, du musst ihr sagen, dass ich nicht ihre Mutter bin« (…) »Rachel ist nicht meine Tochter, wird es nie sein« (…) »Wir hätten sie weggeben sollen, es gibt genügend Menschen, die Kinder haben wollen« (…) »Rachel Namenlos, das sollten wir sagen, wenn wir von ihr sprechen, Rachel No-Name« (…) »Ein Findelkind, ein Straßenkind, das niemand haben will« (…) »Durch Zufall zur Welt gekommen, durch ein Missgeschick, das Kind von niemandem, hörst du, von niemandem?« (…) »Ich lasse nicht zu, dass sie Abigaïls Platz einnimmt« (…) »Ich will nicht mehr, dass sie mich Mama nennt« (…) »Mama, Mama, wenn sie das sagt, möchte ich mich am liebsten übergeben« (…) »Das musst du ihr sagen, jetzt sofort, du musst ihr die Wahrheit sagen« (…) »Gezeugt bei einer Zufallsbegegnung in einem Keller« (…) »Nicht etwa, um sie aus dem Haus zu jagen, nein, wir sind doch keine Ungeheuer« (…) »Wenn sie mich ansieht, würde ich sie am liebsten ohrfeigen« (…) »Sie fordert mich heraus, weißt du, ich bin sicher, dass sie alles weiß, man hat es ihr gesagt, aber sie tut so, als wisse sie nichts« (…) »Das sieht man ihren Augen an, sie schaut mich an, ohne den Blick zu senken, und zwar nur um mich herauszufordern, mich zu drängen: Nun sag es, nun sag schon, dass du nicht meine Mutter bist!« (…) »Ich kann sie nicht länger ertragen, ihre Boshaftigkeit, ihre giftige Art« (…) »Mir geht es um Abigaïl, ich will nicht, dass sie glaubt, ich will nicht, dass sie sich vorstellt …« (…) »Und dass sie den Platz meiner Tochter einnimmt, ihren Anteil fordert, sie, die Tochter einer Nutte« (…) »… einer in einem Keller vergewaltigten Nutte« (…) »Die kleine Rachel, die kleine Rachel, das ist nicht einmal ihr richtiger Name, sie müsste Judith oder Jézabel heißen, sie flößt mir Angst ein, ich sehe sie an und frage mich, was sie im Sinn hat« (…) »Ich halte es nicht mehr aus« (…) »Sie hasst mich, das sage ich dir, sie hasst mich, sie hasst uns, sie ist ein Teufel« (…) »Ja, ein Teufel, weißt du nicht, dass es Kinder des Teufels gibt?« (…) »Die kleine Rachel, die kleine Lilith, sie horcht an den Türen. sie spioniert uns nach« (…) »Ich habe Angst, nachts träume ich, dass sie mit einem Messer in unser Schlafzimmer kommt, sie versteckt Messer in ihrem Bett, das weißt du doch« (…) »Sie tut uns demnächst Rattengift in den Kaffee.«

Und so weiter.

Ich erinnere mich nicht mehr, ich weiß nicht mehr, was ich an jenem Tag getan habe. Ich bin nach draußen gerannt, in den Garten, um mich an der Stelle zu verstecken, an der ich gern allein bin, unter dem Mangobaum, und mir die Ohren zuzuhalten, um nicht mehr diese Worte zu hören, die unablässig in meinem Kopf widerhallen: »… ein Kind des Teufels … du musst ihr sagen … ein Findelkind, ein Straßenkind … Gezeugt bei einer Zufallsbegegnung in einem Keller …« Es kam mir vor, als hörte ich die Stimmen immer noch, als verfolgten sie mich bis in mein Versteck, ich hörte sie so deutlich, als hockte ich noch immer auf allen vieren vor ihrer Schlafzimmertür, Mamas Stimme (denn so nannte ich sie noch, sogar nachdem was sie gesagt hatte): »Rachel Namenlos, ein Kind ohne Mama.« Ich muss wohl unter dem Baum eingeschlafen sein, zusammengerollt zwischen den kräftigen Wurzeln, ohne mich vom Nieselregen stören zu lassen, der an jenem Morgen niederging, und auch nicht von den Spinnen und den roten Ameisen. Ich muss wohl lange geschlafen haben, bis Yao mich schließlich holte, und auch Bibi kam, sie hat die Gabe, immer im unpassendsten Moment mit unschuldiger Miene aufzutauchen, sie schmiegte sich seufzend an mich, stieß leise Schreie aus und fragte mit säuselnder Stimme: »Was machst du hier? Warum hast du dich versteckt? Warum schließt du die Augen, willst du nicht antworten? Mama sieht das bestimmt nicht gern!« Es war das erste Mal, dass ich jemanden hasste, das allererste Mal, mit einem Schlag war ich groß geworden, nie wieder würde ich ein Kind sein.

Ich habe beschlossen, nie darüber zu reden, aber nichts zu vergessen. Deshalb sage ich, dass ich mit einem Schlag groß geworden bin, als hätte ich einen Schluck von Alicens Wundertrank genommen. Wenn man ein Kind ist, denkt man nicht an die Zukunft. Die existiert dann nicht wirklich. Das sah ich nur zu gut an Bibi. Sie lebte wie ein kleines Tier. Sie hatte die Bedürfnisse eines kleinen Tiers. Wenn sie hungrig oder durstig war, jammerte sie: »Mami, bitte ein Bonbon! Mami, ich möchte ein Glas Saft!« Wenn sie müde war, ließ sie sich da, wo sie gerade war, niedersinken, aufs Sofa im Wohnzimmer, vor dem Fernseher, auf Papas oder Mamas Bett oder sogar mit der Nase in ihrem Suppenteller und schlief ein. Manchmal schlief sie mit offenem Mund auf dem Teppich, dann glich sie einem kleinen launenhaften Hund. Und Mama knurrte: »Sieh dir das mal an! Rachel, bring Bibi ins Bett, nun mal los, kümmer dich ein bisschen um deine kleine Schwester, lass sie nicht auf dem Boden liegen!« Ich musste sie dann auf die Beine stellen und ihr beim Laufen helfen, weil sie mit geschlossenen Augen und geschwollenem Mund taumelnd neben mir herstapfte, musste sie aufs Bett legen und das Moskitonetz rundherum feststopfen. Ich tat all das mechanisch, ohne Widerrede, das verstand sich von selbst, das war meine Aufgabe als Gegenleistung für Verpflegung und Unterbringung. Bibi klammerte sich an mich, schlang mir ihre kleinen Arme um den Hals, und ließ sich langsam nach hinten gleiten. Ich mochte es gern, wenn sie mir ausgeliefert war. Eines Tages habe ich mich bei dem Gedanken ertappt, sie zwischen zwei Kopfkissen zu ersticken. Das hatte ich in einem Stück von Shakespeare gelesen, in einem dicken Buch, das in der Bibliothek des Gymnasiums stand und das ich mit nach Hause genommen hatte. Ich erinnere mich noch ganz genau, wie ich Bibi ins Bett gebracht, ihr Moskitonetz festgestopft hatte und mir plötzlich sagte, dass es ganz einfach sei, sie zu töten. Es war nicht meine Schuld, ihre eigene Mutter hatte es ja gesagt, ich war ein Kind des Teufels.

Und da hatte ich den Wunsch, eine Fremde für sie zu sein. Ich habe es niemandem gesagt, habe es nicht in mein Tagebuch geschrieben, weil ich wusste, dass Madame Badou mein Tagebuch las, daher schrieb ich darin nur Banalitäten auf,

Verabredungen, Schulaufgaben oder Satzfetzen, die ich gelesen hatte, ohne den Namen des Autors zu nennen, damit sie glaubte, ich hätte sie erfunden und hätte Talent. Ich erinnere mich zum Beispiel an diesen Satz: *Ein gewisses Losgelöstsein von Zeit und Raum ist unerlässlich, um jene Atmosphäre der Unabhängigkeit zu schaffen, die für die bedeutsamste Arbeit erforderlich ist.* Er stammt von Bertrand Russell, aber ich habe seinen Namen nicht genannt.

Von diesem Augenblick an habe ich beschlossen, dass ich die Eltern nicht mehr beim Namen nennen würde. Fortan würden sie »er« und »sie« für mich sein, oder falls ich mich genauer ausdrücken musste, Monsieur und Madame Badou. Er, Derek, und sie, Chenaz, weil sie diese Vornamen liebte, seit sie sie in einer brasilianischen *telenovela* gehört hatte. Das habe ich beschlossen, und daran habe ich mich gehalten. Niemand hat etwas bemerkt, bis auf Bibi, die einmal zu mir gesagt hat: »Warum nennst du Mama Chenaz? So heißt sie doch gar nicht.« Ich habe mit einem leisen Lachen erwidert: »Das kannst du nicht verstehen, dafür bist du zu klein.«

Ich habe weiterhin so gelebt wie zuvor, als ich noch nichts wusste. Der einzige Unterschied war dieser Knoten tief in meinem Inneren, dieser Keil, der in meinem Herzen steckte. Ich habe nicht geweint, nicht mehr gelacht. Manchmal tat ich so, als sei ich traurig oder als sei ich glücklich. Wenn Feste im Hause gefeiert wurden, half ich Madame Badou, das Essen vorzubereiten, spülte das Geschirr, und da immer viele Gäste eingeladen waren, gab es Berge von Geschirr. Ich spülte alles mechanisch, ohne an etwas zu denken. In der Schule wurden meine Noten immer schlechter. Während des Unterrichts blieb ich reglos sitzen und hörte nicht zu. Ich träumte nicht einmal. Ich war wie ein Stück Holz, eine Art Pinocchio. Das Stimmengewirr der Schüler, das Gemurmel der Lehrer. Ich war durchsichtig geworden, hob mich kaum von den Stühlen und Tischen ab, wie ein leerer Stuhl, ein unbenutzter Tisch. Madame Badou schalt mich: »Warum bist du bloß so faul geworden in der Schule? Glaubst du vielleicht, wir zahlen das Schulgeld, damit du schläfst?« Ich hielt ihrem Blick stand. Mein leichtes Lächeln ging ihr auf die Nerven, ging allen auf die Nerven. Sie versuchte mir eine Ohrfeige zu geben, doch ich hatte gelernt, ihr auszuweichen. Mein Geist war zwar recht träge, erstarrt wie eisiges Wasser, mein Körper dagegen ungemein flink. Niemand holte mich ein, wenn ich rannte. Mit zwei Sätzen war ich im Garten oder auf der Straße. Ich konnte bis in die Baumwipfel klettern, ein richtiger Affe. Ich war sogar bereit zu beißen wie ein Affenweibchen. Madame Badou war es bald leid und gab auf. Ihr hübscher Mund zischte Drohungen und Schimpfworte: »Du Miststück! Du kleine Nutte, du wirst es nie zu etwas bringen, du kannst dir dein Geld höchstens auf der Straße verdienen!« Ich glaube, ich war neun, als sie das zum ersten Mal zu mir sagte. Ich habe schnell begriffen, dass das nichts zu bedeuten hatte. Letztlich brauchte sie mich mehr als ich sie, um Bibi zu versorgen, Einkäufe zu machen und vieles andere. Und Monsieur Badou, Derek mit Vornamen, mochte es nicht, wenn es zum Krach kam, dann schloss er sich in seinem Zimmer im ersten Stock ein und trank seinen Whisky, das stopfte ihm wohl die Ohren zu.

ALS DIE FAMILIE Badou eines Tages vor dem Ruin stand, habe ich mich nicht sonderlich gewundert. Diese Leute gaben auf nichts Acht. Für sie zählten nur die Streitereien, das Geschrei, die heftigen Auseinandersetzungen, und die Versöhnungen, die darauf folgten, die Tränen, die Entschuldigungen, die Trinkerschwüre. Ich habe all dem mit kühlem Blick zugesehen, hatte den Eindruck, ich sei im Zoo, bei den Affen. Er, Papa Badou, ein Orang-Utan, mit seinem dicken Kopf und seiner Schädelglatze, seinen behaarten Armen und Beinen, seinem Wanst. Sie, Esther alias Chenaz, die fünfzehn Jahre jünger ist als ihr Mann und lange behauptet hat, ich sei ihre kleine Schwester oder ihre Cousine. Seit ich wusste, dass sie nicht meine Mutter war, störte es mich nicht mehr, dass sie solche Lügengeschichten erfand, um jünger zu wirken. Ich habe geglaubt, sie hasse mich, doch eines Tages habe ich begriffen, dass sie eifersüchtig auf mich war, weil ich so jung war, nach und nach ihren Platz einnehmen, sie ihr Alter spüren lassen und ihr aufgrund meiner Kraft und Intelligenz überlegen sein würde. Und sie war eifersüchtig auf mich wegen Bibi. Ich mochte noch so gemein zu der Kleinen sein, mich über sie lustig machen, sie zum Weinen bringen, Bibi himmelte mich an. Ich war ihr Idol. Sie wollte mir alles nachmachen, die Art, wie ich sprach, wie ich ging, mich kleidete, frisierte. Ich hatte langes, glattes Haar, das ich zu einem dicken Zopf flocht, der mir bis in die Mitte des Rückens reichte. Bibi dagegen hatte feines, lockiges, fast blondes Haar. Sie befeuchtete es, um es zu glätten, sie versuchte es zu flechten, aber das hielt natürlich nicht, der Zopf ging auf, und die Schleife des Haarbands baumelte an einer Strähne, so wie etwas, das sich in einer Spinnwebe verfangen hat. Ich verspottete sie. Wenn wir zu Fuß von der Schule zurückkamen, lief ich absichtlich zu schnell, damit sie mir nicht folgen konnte. Oder ich versteckte mich in einem Eingang und sah zu, wie sie schluchzend im Kreis lief. Aber ich tat das nicht etwa, um mich zu amüsieren. Es war eher so etwas wie ein wissenschaftlicher Versuch. Ich wollte sehen, wie jemand anders reagiert, wenn er sich im Stich gelassen fühlt.

Und eines Tages stand der Umzug bevor. Auch das hat mich nicht überrascht. Monsieur und Madame Badou stritten sich immer heftiger, und wenn ich an ihrer Tür horchte, hörte ich Gesprächsfetzen, die vielsagend waren: mal »wir sind am Ende, damit werden wir nicht fertig«, dann »hast du auch an mich gedacht, als du all das getan hast?«, oder »du Lump, du gemeiner Schuft, du hast alles verloren, alles verdorben und dabei nur an dich gedacht, und meine Tochter, was soll aus meiner Tochter werden? Und deine Frau, hast du auch mal an deine Frau gedacht?« Ich hörte mit pochendem Herzen zu, aber ich kann nicht sagen, dass mich das beunruhigt hätte. Im Gegenteil, im Grunde tat mir das sogar gut, ein bisschen so, wie wenn man bei Zahnschmerzen ständig mit der Zunge an dem kranken Zahn herumlutscht. Oder wenn man an einer Wunde kratzt, um den Schmerz wieder wach werden zu lassen. Ich war ja niemand in dieser Familie, mich hatte man ja verraten. Man brauchte nur die Punkte zu zählen, ein Schlag hier, ein anderer dort, der Gegner wankt, haha!, bald wird er zu Boden stürzen, Monsieur Badou, und auch sie, Chenaz, mit ihrem süßen Gesicht, sie werden beide zu Boden stürzen. Bibi hatte offensichtlich etwas geahnt. Jetzt schmiegte sie sich an mich wie ein kleiner, verschüchterter Hund. Ich sagte schließlich zu ihr: »Tja, die Familie Badou ist erledigt!« Sie war groß genug, um das zu begreifen. Aber auch sie hatte in einem Traum gelebt, sie glaubte, dass ihr nichts passieren könne, dass sie immer ihr rosafarbenes Zimmer haben werde, ihre Bambi-Kopfkissen, ihre blöden Puppen, und die kleinen Umschläge mit Geldscheinen immer wenn die Fee einen Milchzahn mitgenommen hatte (es war nie die Rede von der kleinen Maus, die sie holte, weil Chenaz Mäuse hasste). Ich schlief seit einiger Zeit auf einem Teppich auf dem Boden, um mich auf schlechtere Zeiten vorzubereiten.

Dann musste eine Bestandsaufnahme gemacht werden. Die großen Autos waren schon seit Langem nicht mehr da, es blieb nur noch ein verrosteter VW-Combi. Im Haus stapelte sich eine Unmenge von Dingen, die aus den Läden und dem Lager stammten, Schuhkartons, Handtaschen, Stoffreste, Flaschen mit Alkohol, mit Kölnisch Wasser, Kosmetiktaschen, Keksdosen der Marke Marie, Kartons mit Seife, das eine oder andere Porzellanservice und sogar ein paar nicht aufgepumpte, säuberlich gefaltete Fußbälle. All der Ramsch, der nicht vom Gerichtsvollzieher gepfändet worden war und den Monsieur Badou vor der Beschlagnahme in der trügerischen

Hoffnung auf die Seite geschafft hatte, anderswo ein neues Leben zu beginnen! Ich muss schon sagen, es hatte etwas Ulkiges, inmitten all dieses Plunders zu leben, über Pakete und Kartons zu steigen, um auf die Toilette zu gehen. Etwa so, als würde man am Strand inmitten von Schiffswracks leben. Das ließ den Ruin in nicht ganz so tragischem Licht erscheinen.

Mehrere Wochen lang haben Bibi und ich die Händlerinnen gespielt. Tatsächlich kamen die Leute aus der Nachbarschaft oder Schuldner, um sich zu bedienen, und ich war von Monsieur Badou beauftragt worden, die Sachen zu verkaufen. Ich feilschte, ließ mich nicht von ihnen beeindrucken und nahm Banknoten in verschiedenen Währungen an: ghanaische Cedi, Franc CFA und sogar Dollar. Ich versteckte die eingerollten, von Gummibändern zusammengehaltenen Geldscheine zunächst in Bibis Bett, ehe wir dann jeden Abend die Abrechnung machten und die Einnahmen sehr zeremoniell Monsieur Badou brachten, wir waren seine richtigen Verkäuferinnen, seine Kassenführerinnen. Seltsamerweise ging in dieser Familie alles besser, seit wir ruiniert waren. Es gab keinen Streit mehr im Zimmer der Eltern, kein Geflenne. Ich schlief fortan unter dem Moskitonetz mit Bibi, im selben Bett, wie früher, als sie noch klein war und Angst vor der Dunkelheit hatte.

Anschließend ging alles drunter und drüber.

Ich erinnere mich noch an jenen Sommer, es regnete jeden Nachmittag. Ich begriff, dass die Abreise bevorstand, als sich die Besuche im Haus häuften: Freunde der Familie, entfernte Verwandte, eine Tante Alma, die als Missionarin in Kamerun tätig war, Vettern, die aus Frankreich eintrafen, alle möglichen Leute, die wir nie zuvor gesehen hatten. Und all diese Leute nahmen etwas mit, sogar der Gerichtsvollzieher, der zur Bestandsaufnahme gekommen war, durfte eine Sammlung silberner Teelöffel mitnehmen, die Chenaz gehörte. Die Schule war geschlossen, Bibi und ich liefen ihnen unablässig vor den Füßen herum, überwachten sie, mehrere Male haben wir uns an Möbel oder andere Gegenstände geklammert, damit sie nicht zu schnell aus dem Haus gebracht wurden. Bibi hat ihre Puppen mit Porzellanköpfen gerettet, die ihrer Großmutter gehört hatten, und ich habe ein Schachspiel ergattert, obwohl ich nicht Schach spiele, aber mir gefielen die Springer aus Ebenholz, und das Schachbrett mit Einlegearbeit, ich habe es unter Bibis Bett versteckt, damit Madame Badou es mir nicht wegnahm.

Und zu jener Zeit kamen die Gerüchte vom Krieg in der Elfenbeinküste auf, von den Rebellen, Gbagbo im Gefängnis, Christen gegen Muslime, anscheinend wurden die Ausländer in andere Länder evakuiert, nach Burkina Faso, nach Guinea und sogar nach Marokko, die französischen Gymnasien nahmen die ausländischen Kinder auf. Ich habe mir gesagt, dass wir wohl eines Tages unsere Koffer packen und uns davonstehlen müssten wie Diebe. Wie Bettler. Aber wohin sollten wir gehen? All diese afrikanischen Länder, das war nichts für uns. Nahm man in diesen Ländern Bettler auf?

Kurz vor den Ferien hatten wir in der Klosterschule darüber gesprochen. Die Mädchen, Wendy, Lizbeth, Françoise Gélin, Mireille Forester, Cécile, die Zwillinge Audrey und Alix Perl, Zohra Wengé, Dinah, Aïcha Ben Kassem, Melanie Chan Tam Chan und die Jungen aus dem internationalen Gymnasium Ramón, Simon d'Avrincourt und Jackie, der

Mulatte mit den hübschen hellen Augen, wir hatten uns gegenseitig das Versprechen gegeben, dass wir uns wiedersehen würden, egal was komme, und uns schreiben würden, auch wenn wir wussten, dass das eine Lüge war, dass wir uns vermutlich nie wiedersehen würden.

Wir haben mit Bibi einen Ausflug in den unteren Teil der Stadt gemacht, um die Bäume zu sehen und die Fledermäuse, die an den Ästen hingen. Das Wasser der Lagune war trübe vom Regen, auf den Straßen stauten sich Autos, Lastwagen und Handkarren. Es sah so aus, als zögen alle Leute um, vielleicht gab es bald Krieg, und alle Ausländer würden ans andere Ende der Welt gehen. Jackies Vater fuhr den Wagen, einen großen weißen Geländewagen mit dem Symbol der Vereinten Nationen, das auf die Tür gemalt war. Jackies Vater arbeitete im Büro, er würde bald in den Kongo zurückkehren. Ich mochte Jackie gern, kurz vor den Ferien hatte er mich zu seiner Geburtstagsparty eingeladen, wir haben heimlich auf dem Dach des Hauses gekifft, und dann haben wir uns geküsst, es war das erste Mal, dass ein Junge seine Zunge in meinen Mund steckte. Ich mochte ihn gern, weil auch er keine Mutter hatte, sie ist fortgegangen, als er sechs war, aber ich habe ihm nichts von mir erzählt. Ich glaube, in jenem Augenblick konnte ich es kaum erwarten, wegzugehen, Afrika zu verlassen, um ein neues Leben in Frankreich, in Belgien oder anderswo zu beginnen.

Im Oktober haben wir die Grenze überquert, dort erwartete uns der reinste Trubel, eine lange Schlange von Afrikanern um sechs Uhr morgens auf dem Flughafengelände von

Roissy, der Wind schon kalt, die Wolken, der Nieselregen, den man nicht hinabfallen sieht, die uniformierte Polizeibeamtin, die gähnend die Papiere kontrolliert, warum habe ich keinen Pass, sondern nur eine Geburtsurkunde auf Englisch, einen Impfpass und meine Zeugnisse der Klosterschule, eine Bescheinigung, die den Verlust meiner Papiere bestätigt und eine andere, die besagt, dass ich einen Pass beantragt habe, und Monsieur und Madame Badou mit ihren neuen französischen Pässen, und die Menge, die uns drängt, hereinwill und dann den langen Gang hinaufläuft, Bibi und ich mit unseren Rucksäcken voller Firlefanz und Erinnerungsfotos, und das Gepäck, das man hinter sich herziehen muss, das Taxi, das uns auf die Autobahn bringt, all die Autos mit noch eingeschalteten Scheinwerfern, die Scheibenwischer, die die Regentropfen verscheuchen. Bibi ist mit offenem Mund an meiner Schulter eingeschlafen, eine Strähne ihres blonden Haars klebt ihr an der Wange, wie früher, als sie noch ganz klein war.

DAS KULTURZENTRUM ANDRÉ Malraux, der Square Disney in Le Kremlin-Bicêtre, das war unsere neue Welt. Eine seltsame Stadt, halb an eine Anhöhe geschmiegt, Hochhäuser ringsumher, Straßen, die aussehen, als führten sie nirgendwohin, bis auf die Autobahn mit dem Rauschen eines Hochwasser führenden Flusses, und der große Friedhof auf der anderen Seite. Anfangs haben Bibi und ich uns die Nase zugehalten, wenn wir daran vorbeigingen, denn das haben wir früher getan, vor dem Friedhof an der Straße, die zur Schule in Takoradi führt. Und dann all diese Menschen, in der Metro, in den Bussen, zu Fuß auf den Straßen, all diese Menschen, die nie haltmachten. Sehr schnell haben wir begriffen, dass wir die Vergangenheit aus unserem Gedächtnis streichen mussten. Für mich war das einfach, weil ich schon seit Langem kein richtiges Dasein mehr führte. Alles, was unser früheres Leben anging, war mit Unwirklichkeit behaftet. Aber für Abigaïl (sie wollte nicht mehr, dass ich sie Bibi nannte) war das fast unüberwindbar. Wenn sie von der Realschule des 14. Juli zurückkam, schloss sie sich in ihrem Zimmer ein, mit ihren Puppen, ihren Fotos und den Modezeitschriften, die Chenaz von ihrer Arbeitsstelle mitbrachte, denn Madame

Badou hatte eine Anstellung als Sekretärin bei einem Zahnarzt, der zugleich ihr Liebhaber war, in der Rue Friant gefunden. Monsieur Badou lebte nicht mehr bei uns. Nach einem kurzen Aufenthalt in Paris war er nach Belgien gezogen, wo er als Faktotum in einem billigen Restaurant an der Nordsee arbeitete. Er hatte zwar versucht, Bibi bei sich aufzunehmen, aber Chenaz hatte sich geweigert, sie hatte einen Strich unter ihr gemeinsames Leben gezogen und sogar die Scheidung eingereicht. All das war für mich ziemlich unwichtig. Das waren Maschen und Macken der Erwachsenen, die nur ihre eigenen Interessen im Sinn hatten. Aber Bibi tat mir leid, weil ich deutlich sah, dass sie mit dieser Situation noch immer nicht zurechtkam. Ich blieb nach der Schule bei ihr, sah zu, wie sie in den Zeitschriften blätterte oder das Haar ihrer Puppen zu Zöpfen flocht, als sei sie noch immer zehn Jahre alt. Wir sprachen ein bisschen miteinander, taten so, als seien wir immer noch dort, in dem weißen Haus mit dem Garten und dem Affenweibchen Chuchi, der Hündin Zaza, dem Wolfshund und den Vögeln, und als müsse das immer so bleiben. Eines Tages würden wir aufwachen, und dann wäre alles wie zuvor.

Sie schlief in meinen Armen ein, ich streichelte ihr seidiges Haar. Flüsterte ihr Geschichten ins Ohr. Draußen war diese Stadt, die wir nicht kannten, waren diese Leute, die wir nicht kannten. Wir lebten in einem Traum, in dem noch alles möglich war. Man brauchte nur das Rollo hinabzulassen, den Fernseher einzuschalten und die Welt im Dunkel verschwinden zu lassen.

Doch nach und nach meldete sich die Welt bei uns. Mädchen, die nach der Schule anriefen, die Verabredungen mit den Jungen auf dem Square Disney oder im Kulturzentrum.

Wir blieben immer zusammen. Bibi war schneller gewachsen als ich, wir trugen beide immer die gleiche Kleidung, Jeans und ein schwarzes Kapuzenshirt, schwarze Turnschuhe, und wenn es wirklich kalt war, eine ärmellose Daunenjacke mit einem Kragen aus unechtem Pelz, wir sahen aus wie Gettokids oder besser gesagt wie Vogelscheuchen. Ich schminkte Bibi mit schwarzen Lidstiften und blauem Lidschatten, damit sie große runde Augen wie eine Eule hatte, sie sagte wie ein Waschbär, wegen ihrer dunklen Ringe. Wenn die Jungen uns zum Square Disney oder zum Kulturzentrum schleppten, weigerten wir uns, uns zu trennen. Ich wollte, dass sie die Hübscheste war, dass die Jungen sie ansahen. Im Laufe der Zeit war ich mager und sehr dunkelhäutig geworden, das einzig Gute war mein Haar, um unsichtbar zu werden, ließ ich es auf einer Seite über die Augen fallen, wie ein schwarzes Komma, das mein Gesicht halb verdeckte. Im Gegensatz zu mir hatte Bibi Busen und Hintern, die sie gern versteckt hätte, aber den Jungen gefiel das an ihr, und wenn sie Bibi ansahen, hatte ich den Eindruck durchsichtig zu sein. Aber ich machte mich oft über den einen oder anderen von ihnen lustig und sagte: »Du hältst dich wohl für intelligent, was?« Dann geriet er in Verwirrung und wurde aggressiv. »Du bist meiner Schwester meilenweit unterlegen, hast du verstanden?« Er zuckte mit den Achseln, Bibi lachte und drückte mir einen Kuss auf die Wange, um anzudeuten, dass wir unzertrennbar waren.

Trotz alledem kam es zwischen uns mindestens einmal am Tag zum Streit. Meistens aus belanglosem Anlass, etwa wenn ich ausging, ohne auf Bibi zu warten, oder im Gegenteil, wenn ich mich weigerte, sie zum Kulturzentrum zu begleiten. Was hatte ich schon mit Kultur am Hut? Was gingen uns diese beknackten Theaterstücke an, diese endlosen politischen Diskussionen oder diese völlig unrealistischen Zukunftspläne? Selbst die Rap- oder Discosänger, die dort auftraten, sagten uns nichts. Niemand von denen hatte etwas von den Sängern gehört, für die wir schwärmten, Fela Kuti, Femi, Fatoumata Diawara, Becca. Einmal habe ich eine Klassenkameradin, die ich gern mochte, weil irgendjemand in ihrer Familie Chinese oder so was war, auf meinem Walkman einen Song von Fatoumata mithören lassen, ein Stück mit Gitarren und Djembe und ihrer in die Tiefen tauchenden Stimme, die sich dreht und windet, aber sie wusste nichts Besseres zu sagen als: »Und so was magst du?« Ja, das mochte ich, aber wie sollte sie das schon begreifen?

Nach und nach musste ich mitansehen, wie Bibi mir entglitt. Ganz allmählich, im Laufe von Monaten, Jahren. Anstatt nach dem Gymnasium nach Hause zu kommen, begann sie, sich immer länger draußen herumzutreiben. Sie ging in Bars, trank Rotwein, ich merkte, dass sie eine Fahne hatte, und roch auch den Zigarettenrauch in ihrem Haar. An manchen Abenden arbeitete sie als Kellnerin, sie war noch keine siebzehn, aber aufgrund ihres Busens wirkte sie älter, während ich einem kränklichen Teenager glich, mit schmalen Hüften und ohne Brüste, bis auf meine dichte Mähne, die mir das Aussehen einer Verrückten verlieh.

Hinzu kamen noch die Geldgeschichten. Sie erhielt Überweisungen von Monsieur Badou und außerdem Geschenke von Madame Badous Angehörigen, aber das machte mich nicht eifersüchtig. Dennoch war die Geldfrage für uns nicht folgenlos, sie hatte eine Mauer errichtet, die uns trennte, ohne dass ich je verstanden habe, warum. Ich glaube, zu jenem Zeitpunkt war Bibi auf dem Laufenden. Jemand hatte sie informiert, was meine Mutter anging. Sie hat nie mit mir darüber gesprochen, bis auf ein- oder zweimal, als sie wütend war und zu mir gesagt hat: »Wer bist du eigentlich?« Als hätte man mich in einer Mülltonne gefunden oder unter einem Autowrack aufgelesen wie eine ausgesetzte Katze oder so etwas. Sie hat auch gesagt: »Du hast nicht das Recht, mir Vorschriften zu machen, ich bin dir nichts schuldig.« Das hat mir zutiefst wehgetan, ich wusste nicht, was ich darauf erwidern sollte. Doch dann habe ich mich an diesen Gedanken gewöhnt. Von da an kam ich ihr zuvor und sagte zu ihr: »Wir haben nichts miteinander zu tun, wir sind nicht wirklich Schwestern.« Und ich sagte: »Sag das Mama, diese Frau bedeutet mir nichts, sie ist für mich eine x-beliebige Frau. Eine Madame.« Und daher sagte ich jetzt: »Madame, Madame hat gesagt, Madame hat gebeten«, ich spielte das Hausmädchen. Sagte katzbuckelnd: »Madame, das Essen ist serviert.« Das ließ Madame Badou hysterisch werden.

Um meinen Lebensunterhalt zu bestreiten, nahm ich Jobs an. Bibi fand nie eine Arbeit, außer in den Bars. Ich dagegen kam ganz gut zurecht. Vermutlich weil ich wusste, dass ich auf niemanden zählen konnte und stets lügen musste. Ich war Verkäuferin in einer Parfümerie auf dem Flughafen Orly und hatte einen Ausweis, um den *Duty-free*-Bereich betreten zu können, und selbst dieses lächerliche Kärtchen machte Bibi eifersüchtig. Wenn ich eine Anzeige entdeckte, die mir gefiel, war ich als Erste da, um mich vorzustellen, und wurde prompt genommen. Aber der Job, bei dem ich wirklich Geld verdient habe, war eine Stelle als Aufseherin in einer Privatschule in der Nähe vom Park Monceau, einer polnischen Schule für Kinder reicher Eltern. Ich hatte in meiner Gruppe den Sohn von Polanski, die Tochter von Boltanski und weitere Kinder dieser Art, ausgesprochen reizend und total verzogen, aber mit Bibi hatte ich die nötige Erfahrung gewonnen. Ich wurde eingestellt, ohne etwas nachweisen zu müssen, ich hatte weder Papiere noch Empfehlungsschreiben, aber ich wusste genau, wie ich mich vorstellen, welche Geschichten ich erfinden und wie ich mich kleiden musste, wie ich zu reden und zu gehen hatte, ich glaube, ich hielt den reichen Leuten einen Spiegel vor, in dem sie das Bild entdeckten, das sie selbst von sich hatten.

Es war der reinste Trubel, ein Nichts voller Lärm und Bewegung. Das hätte immer so weitergehen können. Der Platz, die Straßen, die Metro, es war ein beliebiger Ort, ein Ort irgendwo. Madame Badou ist eines schönen Tages weggegangen, hat uns im Stich gelassen, um sich bei ihrem Zahnarzt einzunisten, dem berühmten Dr. Lartéguy, Spezialist für Implantate und Schönheitschirurgie. Sie lebte mit ihm in einer Wohnung in Paris, und Bibi hat sich zunächst geweigert, zu ihnen zu ziehen, und so zahlte der Doktor weiterhin die Miete für die Wohnung in Le Kremlin-Bicêtre.

Es war, als wollten wir nichts sehen, nichts begreifen. Als wollten wir vergessen, jenen Teil des Gehirns unempfindlich werden lassen, der die Erinnerungen erzeugt. Eines Tages habe ich alle Fotos aus Afrika, die Schulhefte, in das meine Klassenkameradinnen ein paar Worte oder kleine Gedichte geschrieben hatten, sowie die Kinokarten in die Mülltonne geworfen, und sogar die alten Videokassetten mit Bildern vom Schulfest bei den Ordensschwestern, auf dem Bibi in einem hautengen Kleid Songs von Billie Holiday und Aretha Franklin gesungen hatte. Bibi war schon seit mehreren Nächten nicht nach Hause gekommen, ich wurde von solcher Wut ergriffen, dass ich zitterte. Ich zerriss alle Papiere, zerbrach die CDs, habe mir dabei sogar den Zeigefinger aufgeritzt, sodass das Blut überall hinspritzte, aber niemand war da, bei dem ich mich hätte beklagen können, und so habe ich einfach die Haut mit einem Klebestreifen festgeklebt und mir einen Lappen um den Finger gewickelt.

Und dann ist Bibi zurückgekommen. Als sie klingelte, habe ich sie durch das Guckloch nicht wiedererkannt und gefragt: »Wer ist da?« Weil ihre Stimme nicht mehr ihren Namen auszusprechen vermochte, dabei war das ganz einfach, Bi-bi. Sie hat sogar Abigaïl gesagt, sie stand auf dem Treppenabsatz, lehnte sich an die Wand, und ich sah nur, dass sie blutete. Ihr Mund war geschwollen, voller Blut, ihre Augen schwarz umringt, als habe man sie mit Kohle bestäubt, aber es war keine Wimperntusche, sondern das kam von den Schlägen, die sie erhalten hatte, und das Haar klebte ihr an der Wange, von ihren Tränen oder vom Speichel. Ich habe ihr geholfen, bis zum Sofa zu gehen, sie hat sich hingelegt und das Gesicht unter den Händen versteckt, und ich habe ihre Finger zur Seite schieben müssen, einen nach dem anderen, um ihre Augen und ihren Mund zu säubern. Ich habe ihr keine Fragen gestellt, sie hatte sowieso zu viel getrunken, um reden zu können, sie roch nach Alkohol und Marihuana, und wenn sie die Augen öffnete, sah ich, wie ihre Pupillen zur Seite glitten, ohne den Blick auf mich richten zu können. Ich habe nicht die Polizei gerufen, weil ich mir sicher war, dass die Beamten Bibi, wenn sie sie in diesem Zustand sähen, ins Krankenhaus bringen würden, um sie auszuquetschen. Ich habe mich neben sie gesetzt und gewartet. Sie hat den ganzen Tag geschlafen, sogar am Nachmittag, nur einmal ist sie aufgestanden, um sich auf der Toilette zu übergeben.

An den darauffolgenden Tagen bin ich fast die ganze Zeit bei Bibi geblieben. Ich habe in der Schule angerufen, um zu sagen, ich sei krank, und habe alle Verabredungen abgesagt. Ich bin auf dem Boden neben dem Sofa sitzen geblieben und habe zugesehen, wie sie schlief, wie sie aß, habe ihr geholfen aufzustehen, sich anzuziehen. Sie hat nicht wirklich erzählt, was passiert ist. Ich glaube, sie erinnerte sich an nichts. Sie sei auf der Straße gefallen, sagte sie, und dabei habe sie sich einen Schneidezahn an der Bordsteinkante zertrümmert. Sie hatte blaue Flecken auf der Innenseite der Oberschenkel, ich habe mir gesagt, dass jemand ihr Drogen gegeben und sie vergewaltigt hatte, vermutlich der Pächter der Bar, in der sie arbeitete, ein Typ namens Perrone, und auch seine Kumpels, aber sie erinnerte sich nicht an deren Namen. Es war wie im Krieg. Bibi hatte mit mir in einem Land gelebt, in dem Krieg herrschte, wir waren fortgegangen, weil man sich furchtbare Geschichten erzählte, und hier in dieser zivilisierten Stadt mit all den schönen Häusern, den schmucken Grünanlagen und der Metro, hier, wo die Polizei alles überwacht, ist ihr das passiert, hier ist meine Schwester Bibi verprügelt und vergewaltigt worden, meine kleine Abigaïl, die so naiv und sanft ist und der ich früher Geschichten erzählt und ihr dabei das Haar gestreichelt habe. Hier ist das geschehen.

Madame Badou ist gekommen. Ich hatte sie angerufen, damit sie erfuhr, was geschehen war. Sie kreuzte in einer extravaganten Aufmachung bei uns auf, einer Hose mit Leopardenmuster und einem Anorak mit Pelzkragen. Sie ist an mir vorbeigegangen, ohne mich eines Blickes zu würdigen, hat ihrer Tochter einen Kuss auf die Wangen gedrückt und gesagt: »Mein Schatz, mein Liebling, was hat man dir angetan, vergib mir, ich hätte da sein müssen, mein Schatz, mein Herzchen, erzähl mir, was passiert ist.« Sie stotterte. Erst rief sie mich zum Zeugen an, dann machte sie mir Vorwürfe: »Warum hast du nichts unternommen? Sieh nur, in welchen Zustand du sie gebracht hast!« Ich habe nur kalt erwidert: »Meiner Ansicht nach sollten Sie sie zu sich nehmen, dies hier ist nicht der richtige Ort für sie.« Chenaz geriet in Wut und zischte: »Du Egoistin! Du hast sie ... du hast sie in diesem Zustand gesehen und hast nichts unternommen, du scherst dich einen Dreck um sie, um mich, um uns alle, du rächst dich!« Sie war verrückt. Das habe ich ihr gesagt. Bibi heulte, sie versuchte, mich in Schutz zu nehmen und dann ist sie in ihr Zimmer gegangen und hat sich eingeschlossen. Und ich habe meine Siebensachen gepackt und bin abgehauen.

ICH HABE HIER und dort gewohnt, in Bourg-la-Reine bei Freunden, bei einem Paar mit einem Baby und bei einer Arbeitskollegin am anderen Ende von Paris. Ich habe von niemandem mehr etwas gehört. Selbst wenn sie sich gegenseitig umgebracht hätten, hätte ich es nicht erfahren. Ich ging ab und zu ins Kulturzentrum, für die Proben. Es war kein richtiges Theaterstück, sondern ein Stück mit Tanz und arabischer Musik, Hakim King hatte das Textbuch geschrieben, eine Variation der *Zweihundertzweiten* Nacht aus *Tausendundeine Nacht,* die Geschichte von Budur, die sich für einen Mann ausgibt, in den sich die Tochter des Sultans der Ebenholzinsel verliebt. Ich spielte die Rolle von Budur, vielleicht weil ich einem Mann ähnelte, wenn ich mein Haar mit einem Turban verhüllte. Oder vielleicht wegen meines Namens, das hat Hakim beim ersten Mal gesagt, das nenne man Prädestination. Ich war mir nicht sicher, ob das Stück gut war oder nicht, liebte aber den dunklen Saal, die Bühne in hellem Licht und die Musik, die über mich glitt.

Wenn ich das Kulturzentrum verließ, mied ich den Platz und ging die Avenue de Verdun hinauf, um einen Bogen um die Wohnblocks zu machen. Eines Abends habe ich zu den

Fenstern hinaufgeschielt und gesehen, dass die Rollos hinabgelassen waren. Das Telefon blieb stumm, es war vermutlich gesperrt worden. Zuweilen empfand ich einen seltsamen Schmerz auf der rechten Seite und knickte zusammen, als hätte ich einen Fausthieb erhalten.

Ich habe sogar etwas getan, wozu ich mich nicht fähig geglaubt hätte. An einem Samstagabend bin ich in die Bar gegangen, in der Bibi früher gearbeitet hat. Ich wollte Perrone treffen. Ich hatte ihm nichts zu sagen, ich glaube, es war nur Wut, Leere und Wut. Ich habe mich an die Theke gesetzt und ein Bier getrunken. Die Spezialität von Perrones Bar bestand darin, dass die Mädchen Angebote bekamen, die der Barmann an sie weiterleitete, damit sie irgendwelche Typen in Zimmern im Kellergeschoss aufsuchten. Das war zwar illegal, aber jeder wusste das. Nach unserer Ankunft aus Afrika sind Bibi und ich in diese Bar gegangen und haben in Ruhe einen Schoppen getrunken, als uns der Kellner plötzlich einen Fünfziger gab und sagte, er warte auf unsere Antwort. Wir haben den Geldschein genommen und uns blitzschnell aus dem Staub gemacht. Aber nicht etwa, um das Geld zu stehlen, sondern um diesen arroganten Kerlen, die glauben, sie könnten alles mit ihrer Kohle kaufen, eine Lektion zu erteilen.

Es ist nichts passiert. Im Allgemeinen erregt Bibi die Aufmerksamkeit der Männer. Ich habe gewartet, aber niemand ist gekommen, um mir ein Angebot zu machen. Vielleicht hat Perrone die Typen gewarnt, dass ich da war. Was sollte ich schon tun? Ich hätte ihn aus Leibeskräften anschreien können, damit jeder es hörte: Du Schweinehund, du hast meine kleine Schwester vergewaltigt, du hast sie verprügelt und ihr einen Schneidezahn ausgeschlagen! Warum hat Bibi keine

Anzeige bei der Polizei erstattet? Warum hat sie das hingenommen, als wäre sie eine Niete, ein Waschlappen, ein sexuelles Spielzeug, ein Mädchen ohne Selbstachtung? Auch deshalb war ich aus der Wohnung ausgezogen, ich ertrug es nicht mehr, Bibi anzusehen, der Grund war nicht Chenaz, diese verrückte Zicke, sondern sie, weil sie einfach hinnahm, was man ihr angetan hatte, und vielleicht würde sie sogar eines Tages in diese Bar zurückkehren, mit Perrone ausgehen und seine Geliebte werden. Mir wurde allmählich übel. Die Musik dröhnte in meinem Kopf, dröhnte in meinem Bauch. Ich wollte ins Kellergeschoss hinabgehen, aber der Kellner hat mir den Weg zur Treppe versperrt. »Wo wollen Sie denn hin?« Ich habe mir vorgestellt, wie Bibi vor den Augen der Typen tanzte und trank, mir wurde schwindlig. Ich habe gefragt, wo die Toiletten seien, habe mir das Gesicht mit kaltem Wasser gewaschen und bin dann nach draußen auf die Straße gegangen. Die Leere, die Wut.

Eine Mauer war errichtet worden, die uns trennte. Über ein Jahr lang habe ich nichts von ihr gehört. Ich rief sie an, aber auf ihrem Handy meldete sich nur der Anrufbeantworter, und meine SMS blieben ohne Antwort. Ich wusste nichts mehr von ihr. Ich ging in die Rue Friant, um nach ihr auszuspähen. Später habe ich erfahren, dass Dr. Lartéguy sich in Neuilly niedergelassen hatte. Chenaz hat mir das gesagt. Ich habe geklingelt, sie hat mich auf der Türschwelle empfangen und mir mit ihrem Körper den Blick ins Hausinnere versperrt.

»Kann ich Bibi sprechen?«

»Sie ist nicht da. Was willst du von ihr?«

»Wann ist sie da?«

»Ich weiß es nicht, sie wohnt nicht mehr hier.«

»Geht's ihr gut? Hat sie einen Job?«

Chenaz hat schon immer kleine Augen gehabt. Zum ersten Mal stellte ich fest, dass sie vor Bosheit funkelten, vermutlich hatte sie nicht genug Zeit gehabt, um sich zu schminken, ihre zu kurzen Lider glichen den Haaren eines Besens.

»Hör zu, lass sie in Ruhe, sie will dich nicht mehr sehen.«

»Ich möchte, dass sie mir das selbst sagt.«

»Nach all dem, was passiert ist …«

»Was ist denn passiert? War das etwa meine Schuld?«

Ich hatte einen Schritt nach vorn gemacht, Chenaz fühlte sich bedroht und machte eine Bewegung, um die Tür zu schließen, doch ich habe unwillkürlich die Tür mit meiner Fußspitze blockiert.

»Hör auf damit, sonst rufe ich die Polizei.«

Es stieg eine solche Wut in mir auf, dass ich zitterte, aber seltsamerweise blieben meine Augen trocken, ich wollte nicht, dass diese grässliche Frau auch nur einen Moment den Eindruck haben könnte, es sei ihr gelungen, mich zu verletzen. Während ich die Treppen hinablief, ohne das Licht anzuzünden, hörte ich ihre schrille Stimme, die mir nachrief: »Hau ab, komm nicht wieder, Bibi und ich wollen dich nicht mehr sehen, hörst du? Komm nie wieder!«

Sie hatte alles. Sie hatte alles und ich nichts. Eine Mutter, einen Vater, Geld, ein Zimmer, Erinnerungen, die Kleider aus der Zeit, als sie noch klein war, ihre Schulhefte, in die sie ihre ersten Buchstaben gemalt hatte, sie konnte damals noch kein *r* schreiben, schrieb es umgekehrt, und das Einmaleins, die Rechenaufgaben, sie konnte nicht teilen und nicht abziehen.

Für mich dagegen hatte niemand etwas aus meiner Kindheit aufbewahrt. Ich hatte geglaubt, das sei normal, weil sie die Kleine war und ich sie beschützen müsse. Ich erinnere mich noch, eines Tages waren wir in Takoradi mit den Badous auf einem Fest, das im Garten einer Botschaft stattfand, es waren lauter Kinder mit ihren Eltern da, und irgendjemand hat Monsieur Badou gefragt, wer ich sei, und er hat geantwortet: »Sie? Sie ist die Tochter eines Freundes.« Warum habe ich damals nichts gesagt? Zu diesem Zeitpunkt kannte ich die Wahrheit über meine Geburt noch nicht. An dem Tag hätte ich alles begreifen müssen. »Die Tochter eines Freundes.« Er hätte auch sagen können: »Niemand, beachten Sie sie nicht.« Die Worte kamen mir wieder in den Sinn, sie kamen aus weiter Ferne, jenseits der Kindheit, ein Satz aus einem schlechten Traum, es kommt mir vor, als sei alles, was Chenaz anschließend sagte, nichts im Vergleich zu jenen Worten gewesen. »Kind des Teufels« war mir da noch lieber, wenigstens konnte ich darüber lachen.

Ich wollte alles in Vergessenheit geraten lassen. Wollte mich nicht mehr erinnern. Ich arbeitete, trank immer öfter ein Bier in der einen oder anderen Bar. Jetzt hatte ich einen Freund, es war der junge Mann, der behauptete, ein Künstler zu sein, Hakim King aus dem Kulturzentrum. Er war groß und hager, ich mochte seine Hände, seine sanfte Art, seine mandelförmigen Augen, seine matte Haut, er erinnerte mich an Jackie in Takoradi, den Mischling, der in mich verliebt war. Er spielte gut Gitarre, komponierte Lieder für die *Zweihundertzweite* Nacht.

TRINKEN HIESS FÜR mich, in einen sehr tiefen Brunnen zu fallen, weit weg von der Oberfläche der Erde. Unten, ganz unten, war der Boden mit weichem Gras bedeckt, aber in diesem Gras zu schlafen, hatte etwas zu Süßes, Ekelerregendes. Hakim nahm mich mit zu sich nach Hause, in seine Wohnung in der Nähe des Square Disney. Beim ersten Mal hat er mich ausgezogen und zugesehen, wie ich auf dem Bauch auf seinem Bett schlief, mit dem Mund auf der Matratze. Er hat mich nicht angerührt. Er sagte mir, ich hätte viel geschnarcht, und fügte hinzu: »Es ist schön, wenn du schnarchst, das erinnert mich an eine träumende Katze.« Ich fand das romantisch. Wenn er meinen Schlaf ausgenutzt hätte, um zu versuchen, Sex mit mir zu haben, hätte ich ihn nie wiedergesehen. Als ich aufwachte, spielte er leise Gitarre, ohne den Verstärker anzuschließen. Die gedämpften Töne plätscherten sanft dahin, es hörte sich fast an wie der Klang eines Balafons. Sein Zimmer befand sich im Souterrain und besaß nur ein kleines, staubbedecktes Gitterfenster, das zur Straße hinausging. Es roch darin nach Schweiß und Schimmel, ich konnte nicht lange dortbleiben. Ein anderes Mal haben wir miteinander geschlafen, oder beinah, denn ich war noch Jungfrau und er nicht sehr geschickt.

Die Zeit ist vergangen. Nach dem sengenden Sommer, den leeren Straßen. Den zugezogenen Vorhängen. Ich war wie in einer Höhle eingeschlossen, übrigens verbrachte ich viel Zeit vor dem Aquarium des Trocadéro. Ich hätte gern dort gearbeitet, aber Menschen ohne Papiere wurden dort nicht akzeptiert. »Wo sind Sie geboren?« »Äh, hier.« Die meisten wollten mir das nicht glauben. »Haben Sie einen Personalausweis, ein Familienbuch?« Ich hatte meinen Impfpass, meine Zeugnisse von der Klosterschule, aber aufgrund der Regenzeiten gingen diese Papiere allmählich in Fetzen. Was würde geschehen, falls ich kontrolliert würde? In welches Land würde man mich zurückschicken? Am liebsten nach Afrika. Einen Augenblick lang habe ich daran gedacht, mich für Bibi auszugeben. Ich hatte ihren alten Personalausweis behalten, aus der Zeit, als sie sechzehn war. Aber selbst da, auf dem unscharfen Foto, glichen wir uns überhaupt nicht, sie mit ihren blonden Locken und ihren hellen Augen und leicht herabhängenden Lidern, und ich, dunkelhäutig mit dichter Mähne und mandelförmigen Augen. »Du siehst aus wie eine Vietnamesin«, hat Hakim bei einer unserer ersten Begegnungen gesagt. »Das liegt daran, dass ich adoptiert worden bin«, erklärte ich. Und fügte dann hinzu: »Ich weiß nicht, wer meine Eltern sind. Vielleicht stammen sie ja aus Vietnam.«

In dem Gebäude mit den Aquarien ging es die meiste Zeit sehr ruhig zu, man sah nur das grünliche Licht der Becken, in denen die Muränen schwammen. Ich setzte mich auf eine Bank, betrachtete den Widerschein und die gleitenden Schatten. Das glich der Welt meiner Träume.

Ich reiste auf der Stelle. Alle meine Habseligkeiten befanden sich in meinem Rucksack. Tagsüber ging ich durch die Stadt, schon am frühen Morgen, wie die Touristen, und machte in den Parks halt. Es wimmelte von Menschen meines Schlags, jungen Leuten, Ausländern. Ab und zu sah ich Taschendiebe, Profis in der Kunst des Entwendens, ich erkannte sie schon von fern an ihrem schlängelnden Gang, dann machte ich mich davon. Ansonsten war ich eher unsichtbar. Am liebsten wäre mir gewesen, durch Mauern laufen zu können. Gegen fünfzehn Uhr war die Sonne sengend heiß. Die Straßen wirkten endlos, die Luft vibrierte über dem Asphalt. Wenn ich zu weit weg vom Aquarium war, suchte ich Schatten in einem Park, um etwas zu schlafen. Ich wusste, dass es tagsüber gefahrlos war. Ich wurde höchstens mal von einem Typen angesprochen, der auf der Suche nach einem Abenteuer war. *»You spik frenchie?« »Vats yur nem?«* Aber dann genügte es, nicht zu antworten. Oder wenn er nicht lockerließ, in einen Laden zu gehen. Im Allgemeinen gaben die Typen sehr bald auf.

Wenn ich nicht bei Hakim pennte, suchte ich mir eine Bleibe für die Nacht, bei den barmherzigen Schwestern oder in einem billigen Hotel in der Nähe eines Bahnhofs. Trotzdem schmolz das Geld, das ich in der polnischen Schule verdient hatte, schnell zusammen. Ich hatte mir ausgerechnet, dass es für drei Monate reichen würde. Oder für sechs, wenn ich mich stark einschränkte.

Ich kaufte mir keine Zigaretten mehr. Wenn ich Männer um die vierzig sah, sprach ich sie an: »Haben Sie vielleicht eine Zigarette für mich?« Das funktionierte auch bei alten Männern, die draußen auf einer Bank saßen, ich machte mich dann schnell mit meiner Zigarette davon, ehe sie die Zeit hatten, mir eine Moralpredigt zu halten. Am gefährlichsten waren die Bullen in Zivil. Sie waren leicht zu erkennen, weil sie im Allgemeinen zu zweit waren, wie ein Paar, aber man sah sofort, dass es kein Liebespaar war. Aus diesem Grund kaufte ich mir immer Metrokarten. Trotzdem bin ich einmal von einem Paar angehalten worden. Sie haben mich ausgefragt, er wollte mich schon gehen lassen, aber die Frau hat mir nicht geglaubt, und daher haben sie mich mit der Grünen Minna zur Polizeiwache gebracht. Dort hat ein Kommissar meine Papiere geprüft, und anscheinend waren meine Schulzeugnisse und meine alte Verlustanzeige nicht ausreichend. »Wo wohnen Sie?« Ich habe Monsieur Lartéguys Adresse angegeben und sie haben dort angerufen. Das Gespräch hat eine Weile gedauert, und dann ließen sie mich laufen und sagten: »Sie haben Glück, dass Landstreicherei seit ein paar Jahren nicht mehr als Delikt geahndet wird.« Trotzdem haben sie meine Fingerabdrücke genommen und meinen Namen und Vornamen in ein Register eingetragen. Ich fand das richtig ulkig, denn es war das erste Mal seit Langem, dass ich eine offizielle Existenz besaß.

Ich war ein Gespenst. Ich sage das, weil ich nicht besser beschreiben kann, worin mein Leben in dieser Stadt bestand, ich lief und lief, glitt an Mauern entlang, begegnete Menschen, die ich nie wiedersehen würde. Ohne Vergangenheit und ohne Zukunft, ohne Namen, ohne Ziel, ohne Erinnerung. Ich war ein Körper, ein Gesicht. Augen, Ohren. Die Realität trug mich auf den Wellen, bald hierhin, bald dorthin, je nachdem, wohin die Strömung mich trieb. In eine

Toreinfahrt, einen Supermarkt, den Innenhof eines Wohnhauses, eine Passage, eine Kirche. Wenn man ein Gespenst ist, entgeht man der Zeit, der verrinnenden Zeit. Auch das Wetter kann einem nichts anhaben. Regen, Sonne, dahinjagende Wolken, warmer Wind, kalter Wind. Und schon wieder Regen. In den Sonnenstrahlen tanzen Staubkörner und manchmal kleine Mücken. Überall ohrenbetäubender Lärm, lautes Gehupe, dröhnende Geräusche, Kindergeschrei aus einem leeren Park. Das leise, hohe Bimmeln der Straßenbahn, die in hohem Tempo quietschend den grünen Bahnkörper entlangfährt, der wie Rasen wirken soll, das flap-flap-flap eines Hubschraubers am Himmel. Spreche ich dann so, als hätte ich einen Kopfhörer auf? Ich habe meinen Walkman verloren, aber um ihn wiederzufinden, brauche ich nur meinen kleinen Finger ins Ohr zu stecken, und schon höre ich Aretha Franklin, Bessie Smith, Fatoumata, Becca. Ich höre Fela, der *I am not a gentleman* singt, und dabei jedes einzelne Wort hervorhebt.

Die einzigen Worte, die etwas bedeuten. Die anderen Worte sind tot. Was wird aus den Worten, wenn sie sterben? Leben sie am Himmel zwischen den Wolken weiter? Oder vielleicht in einer anderen Galaxie, etwa in der Nähe von Andromeda auf einem namenlosen Stern, den man nie sehen wird? Ein Gespenst zu sein, heißt nicht, keine Augen mehr zu haben. Im Gegenteil, ich sehe alles, bis in die kleinste Einzelheit. Jede Falte, jeden Riss, jede Spur auf der Kruste des Gehsteigs. Dort, den roten Streifen auf der Mauer. Dort, die Plakatfetzen, die abgerissenen Worte, die schwebenden Silben

BLE

Ond

PI

die Zahlen,

3077

nxot125Ibtac1212

die Daten

Relikte der Zeit, die fortan zu nichts mehr dienen.

Und all diese Straßennamen:

Patenne
Pasteur
Fontaine-du-But
Ruhmkorff
Valette
Ernestine
Antoine-Carême
Écouffes
Gribeauval
Belzunce
Valmy

die absurde Marschrouten angeben, als hätte ich überallhin gehen können, diese Passagen, diese Gänge, diese Boulevards auch nur ein einziges Mal in meinem Leben entlanglaufen können.

Ich ging mit einem Plan in der Hand durch die Stadt, einem Reiseführer, den ich anfangs am Seineufer gekauft hatte, um wie eine Touristin zu wirken und den Eindruck zu erwecken, ich besuche Museen, Denkmäler und die berühmten Cafés. Anschließend habe ich den Grund vergessen, ich zählte die Straßen auf, in die ich nicht gehen würde, las laut deren Namen.

Ich saß auf einer Bank unter der Pyramide, weil es dort relativ kühl war, wir waren Tausende, Männer, Frauen und Kinder, die mit leerem Blick und weichen Knien durch die Stadt liefen. Ich ersann komplizierte Marschrouten: von der Rue Brochant durch die Rue des Moines, an der Kirche Sainte-Marie vorbei, dann durch die Rue Legendre bis zur Rue Dulong, den Boulevard überqueren, durch die Rue de Berne, die Rue de Constantinople und die Rue de Rome bis zur Gare Saint-Lazare. Und dort ein bisschen warten, mich umsehen, horchen und eine Entscheidung treffen.

Irgendetwas in mir brannte. Die Sonne natürlich (aber es ist ja nicht so, als hätte es die in Afrika nicht gegeben). Abends, nachdem ich den ganzen Tag durch die Straßen und durch staubige Parks gegangen war, Esplanaden überquert hatte, Treppen hinaufgelaufen war, auf Steinbänken gewartet hatte, spürte ich das Brennen auf Gesicht, Armen und Beinen. Eine Art Fieber, das von anderswo kam und durch die Haut in mich drang. Wenn ich mich auf der Toilette eines Cafés wusch, sah ich im Spiegel mein sonnenverbranntes Gesicht, meine geröteten Augen. Ich wurde allmählich zu einem Scheusal. Die Frauen wichen mir aus. Andere musterten mich verstohlen. Einmal habe ich den Blick einer jungen Frau im

Spiegel erhascht. Mit einem Schlag ist meine Wut zum Ausbruch gekommen. Ich habe sie an den Schultern gepackt und geschrien: »Was willst du? Nun sag schon, was suchst du?« Sie hat sich befreit und ist fortgerannt, ich habe gehört, wie sie mit kreischender Stimme Schimpfworte ausstieß. Mir schwirrte der Kopf, es kam mir vor, als hörte ich Chenaz rufen: »Die ist total verrückt!« Oben im Café hielt mir der Kellner meinen Rucksack hin und sagte: »Ich will Sie hier nicht mehr sehen.« Ich brauchte nicht einmal meinen Kaffee zu bezahlen. Es war das erste Mal, dass mir das passierte, anschließend ist es fast zu einer Gewohnheit geworden. Café, Streit, Rauswurf. Aber auch das hat mein Selbstvertrauen verstärkt: Wenn die Leute Angst vor einem haben, bedeutet es, dass sie einen sehen. Dass man existiert.

Nach und nach habe ich mich der Rue Friant genähert, der Zahnarztpraxis von Monsieur Lartéguy. Ich habe viel Zeit im Jardin des Plantes verbracht, im Treibhaus. Der Sommer ging zu Ende, es regnete oft. Der Regen rann über die Scheiben des Treibhauses, ich fand den Geruch der afrikanischen Erde wieder, lauschte dem leisen Trommeln der Tropfen. Ich sog die feuchte Luft ein. All das überkam mich wie ein Erschauern, wie damals das Fieber, es war eine sanfte und zugleich schmerzhafte Empfindung. Ich war den Tränen nah. Ich flüsterte: »Bibi, wo bist du? Warum hast du mich im Stich gelassen?«

Vor vielen Jahren wäre sie fast am Fieber gestorben. Auf dem Rückweg von Grand-Bassam, auf der Straße am Meer. Der Regen ging mit ebenso schweren Tropfen nieder, von der Hitze waren unsere Haare nass. Der Wagen fuhr schwankend durch die Schlaglöcher, der Himmel war schwarz. An der Grenze mussten wir zwei Stunden warten, die Autopapiere waren nicht in Ordnung, ich hatte noch immer keinen Pass, Papa hat verhandelt und die Geldstrafe mit Rollen von Cedi-Scheinen bezahlt. Als wir zu Hause eintrafen, sagte Bibi kein Wort mehr und konnte sich nicht mehr auf den Beinen halten. Ich habe die ganze Nacht an ihrer Seite verbracht. Ich wollte beten, konnte aber nichts anderes tun, als immer wieder wie betäubt zu wiederholen: »Lieber Gott, lass sie nicht sterben.« Am folgenden Tag ist der Arzt gekommen und hat ihre eine Chloroquinspritze gegeben, aber das Fieber hat noch mehrere Tage angedauert. Er sagte, es bestehe die Gefahr, dass Bibi Krämpfe bekäme und anomal bliebe. Ich habe sie keine Sekunde aus den Augen gelassen, jedes Erschauern registriert, ich brachte ihr eisgekühlte Handtücher aus dem Kühlschrank, zwang sie, etwas zu trinken und half ihr, sich auf den Eimer zu setzen, um ihre Bedürfnisse zu verrichten. Später habe ich mir gesagt, dass ich in jenem Augenblick begonnen habe, mich von Bibi zu entfremden. Vielleicht wollte ich einfach nicht leiden, außerdem wusste ich, dass sie nicht meine Schwester war, mich früher oder später im Stich lassen und aufseiten der Badous stehen würde. Dass sie ihren eigenen Weg gehen würde, ohne Rücksicht auf mich. Und genau das ist geschehen.

Hakim hat mich bei sich aufgenommen. Er war verliebt, wollte mich zur Freundin haben. Oder besser gesagt, er wollte mein Liebhaber sein, das war das Wort, das er benutzte. Er wollte, dass wir ein gemeinsames Leben begännen, ein Erwachsenenleben. Er hatte seiner Familie den Rücken gekehrt, sein Vater war gewaltsam, daher hatte er seine Kindheit teils bei seiner Mutter, teils in Kinderheimen verbracht, er hatte Schlimmes hinter sich, war ausgerissen, hatte in besetzten Häusern gewohnt, Drogen genommen, sich Jugendbanden angeschlossen, die von Schwarzhandel und Einbrüchen lebten. Er war nur fünf Jahre älter als ich, aber er redete mit mir, als sei er mein großer Bruder. »Tu dies nicht, tu das nicht, du bist jemand Besseres als all diese Leute.« Ich hörte ihm zu, ging zu Schauspielkursen, zu Veranstaltungen. Er hatte mich gewählt für die *Zweihundertzweite* Nacht, sagte, ich sei begabt für die Schauspielerei.

Er hatte viele Freunde, alle glaubten, wir seien ein richtiges Paar. Aber nach ein paar Wochen empfand ich erneut die Leere und die Wut und machte mich wieder auf den Weg, mit Rucksack und bis über die Ohren hinabgezogener Mütze. Ich brauchte Stille, das heißt den Lärm der Straße, das Gedränge der Menge. Ich lief um Le Kremlin Bicêtre herum oder durch all die Straßen rings um Jussieu, den Jardin des Plantes oder die Gare d'Austerlitz, Rue Saint-Médard, Rue Ortolan, Rue Pestalozzi, Rue des Patriarches und auch durch das Viertel rings um Denfert-Rochereau, Rue de la Tombe-Issoire, Rue Alésia, Rue Broussais, Rue Cabanis oder rings ums Hôpital Sainte-Anne, Rue Pascal, Rue des Cordelières, Rue Broca, Rue Croulebarbe, Rue des Reculettes, Rue Boussingault und immer an dem einen oder anderen Tag oder eher eines Abends oder eines Morgens ging ich zur Rue Friand über die Avenue du Maine, die Rue de Châtillon, Rue Chantin, Rue Cain, Rue Carton, Rue de Coulmiers, aber warum beginnen all diese Namen eigentlich mit einem *C?* In dem von hässlichen Backsteingebäuden umgebenen Innenhof des

Hauses in der Rue Friant hatten sich die üblichen Clochards niedergelassen, junge Stadtreicher und alte Säufer, die in regelmäßigen Abständen vom Wachpersonal des benachbarten Supermarkts und von gehässigen Concierges weggejagt wurden, aber immer wieder an dieselbe Stelle zurückkamen, als hätten sie in den verschmutzten Durchgängen oder zwischen den großen Goldregen- und Oleanderkästen etwas vergessen. Das sanfte Sonnenlicht spiegelte sich auf den Glasfassaden wider, und unter diesen Fenstern befanden sich auch jene des Zahnarztes Lartéguy und seiner gebräunten Assistentin Esther, alias Chenaz Badou.

Ich gehörte zu den Nomaden: zu den Clochards, Bettlern, ausgehungerten Kindern, Taschendieben, Nutten, einsamen Greisen, alten Frauen mit verbundenem Bein wegen eines Krampfadergeschwürs, jungen depressiven Leuten, modernen Leibeigenen, Verbannten, Afrikanern im Exil, empfindsamen Seelen, Proselyten auf der Suche nach einem Marabut, Kartenlegern im Rentenalter, Selbstmordkandidaten, ängstlichen Mördern, von ihren Kindern im Stich gelassenen Müttern, verstoßenen Frauen, jungen Ausreißerinnen, schamhaften Exhibitionisten und vielen anderen. Und ich war diejenige, die keinen Namen hatte, kein Alter, keinen Geburtsort, ich wurde als ein Stück Abfall wie von einer Welle in diesen Hof gespült.

Ein alter Mauritier, der sogar im Sommer einen warmen, weiten Umhang trug, las sein Buch, dann rezitierte er Hadithe, zunächst auf Arabisch, dann ganz langsam in fehlerfreiem Französisch:

»Für jeden Knochen des Menschen obliegt eine Spende,

an jedem Tag, an dem die Sonne aufgeht. Zwischen zwei Menschen Gerechtigkeit zu schaffen, ist eine Spende. Und jemandem beim Besteigen seines Reittiers oder Aufladen seiner Ware zu helfen, ist eine Spende. Und das gute Wort ist eine Spende. Und jeder Schritt, den du zum Gebet gehst, ist eine Spende. Und das Entfernen schädlicher Dinge vom Weg ist eine Spende.«

Ich verstand nicht recht den Sinn seiner Worte, aber sie brachten mir Frieden.

Eines Tages hat er mich angeschaut und zu mir gesagt: »Bete Gott an, als würdest du Ihn sehen, und wenn du Ihn auch nicht siehst, so sieht Er dich doch.«

Aber ich suche nicht Gott, hätte ich am liebsten zu ihm gesagt, sondern meine Mutter. Diejenige, die mich geschaffen hat, mich mit ihrem Blut und ihrer Milch genährt hat, diejenige, die mich ausgetragen und auf die Welt gebracht hat. Was geht mich schon alles andere an? Ist es etwa meine Angelegenheit, dass es Kriege und Hungersnöte gibt, Verbrechen und Revolutionen? Es ist eher die deines Gottes, der alles sieht.

Hakim King spricht unablässig über dies und das in der Welt, er hört Radio, sieht fern und empört sich. Das Massaker unschuldiger Menschen in Beirut, in Dschenin, die Selbstmordattentate, die Bombenangriffe im Irak, in Gaza, in Afrika. Er kann in aller Ruhe darüber reden, in behaglicher Runde mit seinen Kumpels und seinen Assistenten in seiner Wohnung, schließlich hat er ein festes Einkommen als Sozialarbeiter im Kulturzentrum André Malraux und besitzt eine gewisse Autorität. Arbeitet in diesem blöden Theater. Er befindet sich auf der Sonnenseite. Und er hat noch immer seine

Mutter. Eines Tages hat er mich ihr vorgestellt, in einem Vorort von Melun, er hat an ihrer Wohnungstür geklopft, und sie hat uns geöffnet, eine kleine gebeugte, faltige alte Frau in einem bestickten Kaftan, mit blau tätowierten Händen und blau tätowierter Stirn. Sie sprach nur gebrochen Französisch, und er flocht in seine Sätze arabische Worte ein, sie servierte uns gezuckerten Tee und getrocknete Datteln, und als wir fortgingen, hat Hakim sie auf die Stirn geküßt.

Ich habe bei Dr. Lartéguy geklingelt. Ich hatte damit gerechnet, Chenaz zu sehen, aber stattdessen öffnete mir eine junge Frau. Sie ließ mich einen Fragebogen ausfüllen. Ich log nicht, fast alle Zähne taten mir weh. Ja, es war das erste Mal, dass ich zum Zahnarzt ging. Ich erfand einen Namen, Rebecca Kuti, ich war mir sicher, dass der Doktor noch nie etwas von Afrobeat gehört hatte. Als Adresse wollte ich erst Lagos, Nigeria, angeben, aber die junge Frau schüttelte den Kopf und sagte: »Haben Sie keine Adresse in Paris?« Und da habe ich Hakim Kings Adresse angegeben.

Die Untersuchung dauerte nicht lange. Der Doktor schaute mir in den Mund, zog seine Stoffmaske hinab, schob die Brille hoch, und fällte dann folgendes Urteil: »Mademoiselle, Ihre Zähne sind in einem solchen Zustand, dass es Monate dauern würde, um alles wieder instand zu setzen, Sie sollten besser eine andere Lösung in Betracht ziehen, die nicht so kostspielig ist.« Welche andere Lösung? »Alle kranken Zähne ziehen lassen und sie durch eine Zahnprothese ersetzen, die Kosten können von der Krankenkasse übernommen werden, falls Sie nicht selbst über die nötigen Mittel verfügen.« Ich wäre fast in Lachen ausgebrochen. Hätte er wohl seiner Adoptivtochter, der reizenden Kleinen, für deren Einschreibung an der medizinischen Fakultät er gesorgt hatte, dasselbe geraten, damit sie mit achtundzwanzig keine Zähne mehr hatte und stattdessen eine mit Metallklammern an den beiden letzten Backenzähnen befestigte Teilprothese trug? Der Doktor kritzelte auf ein mit einem Briefkopf versehenes Blatt Papier den Namen eines Zahnarztes, der im Krankenhaus arbeitete. Er lehnte es ab, sich meinen Besuch bezahlen zu lassen. Ihm war daran gelegen, mich möglichst schnell loszuwerden, damit ich mit meinem Rucksack und meiner Wollmütze wieder auf der Straße stand, und ich brauchte nicht an der Tür zu horchen, um zu hören, wie er am Telefon zu seiner Liebsten sagte, sie solle dafür sorgen, dass ich nie wieder in seine Praxis käme, um ihm seine Zeit zu stehlen.

ICH HABE GETRÄUMT, dass ich etwas in Brand setzte.

Ich weiß nicht was und nicht wie. Ich weiß nur, dass ich die wohltuende Wärme der Flammen spürte und den rötlichen Schein in der Dunkelheit sah.

Der Eingang zum Kellergeschoss des Kulturzentrums ist nie verschlossen. Ich stellte mir das Innere des schwarz gestrichenen Theaters vor, die Gänge, die an den Wänden hängenden Fotos, die Requisiten, die vollgekritzelten Toiletten. Das Feuer loderte sofort in den Kartons auf und griff dann auf ein großes schwarzes Laken über, das als Bühnenbild für die Prinzessin Budur diente. Ich atmete den Geruch von verbranntem Stoff und geschmolzenem Plastik ein. Ich tanzte vor den Flammen. Ich hörte das Knistern des Feuers wie damals, wenn der Gärtner in unserem Garten Palmwedel verbrannte. Einmal hatte eine der Palmen Feuer gefangen, und Bibi und ich sahen mit genüsslichem Entsetzen zu, wie die Ratten mit verzweifeltem Gepiepse auf dem Wipfel des Baumes hin und her rannten. Es war eine ungebändigte Freude angesichts der Flammen vor der anbrechenden Nacht, die Funken mischten sich unter die Sterne. Wir hörten Yao zu, der mit seiner tiefen Stimme leise vor sich hin sang, während er Palmwedel und Zweige getrockneter Datteln in die Feuersglut warf. Er kam uns wie ein Zauberer vor. Riesig groß, mit seinem von der Syphilis zerfressenen Gesicht und seinen Narben auf den Wangen, die blutrot aufleuchteten. Kurz darauf traf Papa ein, drehte den Wasserhahn auf, und es gelang ihm, das Feuer zu löschen. »Er ist verrückt, er darf auf keinen Fall hierbleiben.« Madame Badou war außer sich, aber Papa mochte Yao gern, vielleicht beneidete er ihn um all die Frauen, die er in seine Hütte mitnahm, und so ist Yao geblieben.

Die Flammen im Kellergeschoss verformen die Kartons und verwandeln die Plastikflaschen in glänzende Pfützen, es sind rote, grüne, orangefarbene Flammen. Ich sitze auf dem Boden, mit dem Rücken an der Wand, und summe leise Yaos Worte, aber nicht mit Worten, sondern eher hmm, mmm, woo, woo, hmmm! … Ich habe meinen Rucksack geöffnet und werfe Papiere ins Feuer, meine Schulzeugnisse, Briefe, Fotos und schließlich Hakim Kings Geschichte, die Blätter des Theaterskripts, ich werde nicht mehr die als Mann verkleidete Prinzessin Budur sein, kein Prinz wird mich mit halb entblößter Brust im Schlaf überraschen und ich werde die Ebenholzinsel nie kennenlernen. Ich werfe die von meinem Vater unterzeichnete Geburtsurkunde in die Flammen, die bescheinigt, dass der Name meiner Mutter unbekannt ist und ich also anonym geboren bin, all das geht im Raum mit den Mülltonnen in Rauch auf, ich muss eine andere werden.

Ich bin das Kind des Teufels. Sie hat das ja gesagt, Chenaz Badou, Derek Badous andere Frau, Abigaïl Badous Mutter. Deshalb liebe ich das Feuer. Die Flammen flackern in dem kleinen Kellerraum auf, schießen prasselnd in die Höhe, beleuchten die schmutzigen Wände mit einem schönen roten Schimmer. Die Plastikwände der Mülltonnen beginnen zu schmelzen, die flüssige Masse rinnt brodelnd über den Boden, ich habe noch nie einen Vulkanausbruch erlebt, aber so ähnlich muss das wohl aussehen. Ich bin das Kind einer Vergewaltigung, das Kind, das sich an die Gebärmutter der Frau geklammert hat, die sexuell genötigt wurde, das Kind einer Hündin, die ein Hund im Keller eines Hauses auf einer Matratze auf dem nackten Boden bei Kerzenlicht besprungen hat. Ich bin das Kind der Wut, der Eifersucht, des verzerrten Gesichts. Das Kind, das aus dem Bösen hervorgegangen ist, ich kenne die Liebe nicht, ich kenne nur den Hass.

Ich habe geglaubt, alles sei durch die Worte ausgelöst worden, die ich bei uns zu Hause in Takoradi gehört hatte, als ich in den ersten Stock geschlichen war, um an der Tür zu horchen und die Stimme dieser Frau zu hören, die immer wieder sagte, ich sei das Kind des Teufels. Ich hockte auf dem Boden, flüsterte ihr zu, flüsterte ihr wie im Theater die Worte zu, und sie sprach sie mir mit wehleidiger, schriller Stimme nach, wie die Worte, die Hakim mich im Theater nachsprechen ließ, ich bin Budur, als Mann verkleidet, um die Wüste zu durchqueren und zu dem Mann zu gelangen, den ich liebe und der mein Geliebter, mein Liebster sein wird.

Jetzt weiß ich alles. Es war nicht nötig gewesen, dass jemand es mir erzählte. Ich habe die einzelnen Elemente selbst zusammengefügt, die kleinen Papierschnipsel, auf denen der Satz steht, der meine Geschichte erzählt. Ich habe alles rekonstruiert, und jetzt liegt mein Leben wie ein offenes Buch vor mir. In Takoradi hat alles begonnen. Alles andere ist dummes Gerede, in Takoradi am langen Strand. Meine Mutter ist mit mir in ihrem Bauch am Meer entlanggegangen, ich habe das Rauschen der Wellen gehört. Noch trug ich nicht das Zeichen des Bösen, da ich ungeboren war. Ich schwamm in ihrem schmalen Bauch, und meine Mutter verfluchte mich, weil ich Druck auf ihre Blase, auf ihre Lungen ausübte. Sie übergab sich, verfluchte mich. Wenn sie mich durch den Mund hätte ausspeien können, wäre es eine Befreiung für sie gewesen. Ich war das Kind des Bösen. Aber ich lauschte in ihrem Bauch dem sanften Rauschen der Wellen, wäre am liebsten nicht auf die Welt gekommen, sondern für immer in dieser Meereshöhle geblieben, vor dem Tageslicht geschützt, vor Rache geschützt. Sie wollte mich nicht. Als ich dort in Afrika geboren wurde, hat sie mich im Stich gelassen. Sie wollte mir nicht ihre Milch geben, sie hat mich den Nonnen anvertraut, damit der Mann mich dort abholte. Es hat nie einen Brief gegeben, in dem mein Name stand. Nicht sie hat meinen Namen gewählt, sondern die afrikanische Schwester, die sich um mich kümmerte, mir das Fläschchen gab – mit Ziegenmilch, weil ich die Kuhmilch nicht vertrug. Es gab weder Dramen noch herzzerreißende Momente. Nur die Leere. Afrikanische Frauen kümmerten sich um mich, wiegten mich in den Armen. Und dann nahm mein Vater mich zu sich, aber so, als wäre ich ein Tier. Er ließ mich nicht im Konsulat registrieren, gab mir nicht seinen Namen. Und das hat gleichsam eine Spur auf mir hinterlassen, ein unsichtbares Mal auf meinem Gesicht, eine Falte in meinem Bauch. Lange habe ich geglaubt, dass diese Narbe, die ich auf dem Bauch habe, ein wenig oberhalb des Bauchnabels, das Zeichen einer Verbrennung sei, eines Unfalls in meiner Kindheit, als hätte ich einen Topf mit kochendem Wasser über mich gegossen. Eine Falte in meinem Herzen, und durch diese Öffnung ist der üble Wind hereingeweht. Der Hauch, der Chenaz diese Worte in den Mund gelegt hat, als ich auf allen vieren vor der Tür gehorcht habe.

Die prasselnden Flammen tanzen auf und ab, die Plastikmasse der Mülltonnen breitet sich auf dem Boden aus, der Rauch schnürt mir die Kehle zu, ich spüre, wie mir schwindlig wird, ich kann noch sprechen, mich drehen, murmelnde Worte ausstoßen wie der alte Yao, Worte, die die Körper sich krümmen lassen, sie quälen, sie bezwingen. Das Quieken der im Sterben liegenden Ratten in den alten Palmen.

ICH LIEGE IM Krankenhaus. Ich weiß nicht mehr, wie alles zu Ende gegangen ist. Hakim hat die Feuerwehr benachrichtigt, nachdem der Hausmeister des Kulturzentrums Alarm geschlagen hatte. Die Mülltonnen für Altpapier sind auf dem Boden geschmolzen wie riesige Kaugummis. Hakim hat zu mir gesagt: »Du hast ein richtiges Kunstwerk geschaffen, all dieses Gelb und Grün auf dem Beton!« Der Polizei gegenüber hat er versucht, mich zu decken: »Die arme Kleine, sie hat den Rauch entdeckt, hat versucht das Feuer zu löschen und hat sich dabei eine Rauchvergiftung geholt, verstehen Sie?« Alle verstanden das. Aber niemand fiel darauf herein, die Flasche mit Waschbenzin war wie durch ein Wunder dem Feuer entgangen. Jetzt herrschte Schweigen, das Schweigen vor der Abrechnung. Das kenne ich, so war das immer bei den Badous vor dem Krieg. Ich habe eine gute Erziehung erhalten.

Man hat mir ein Einzelzimmer gegeben, mit vergittertem Fenster und gelben Wänden, ohne Möbel, bis auf ein Metallbett, eine Art Tischplatte auf Rollen und eine Halterung für den Tropf, ich bin dort zur Beobachtung, vermutlich um herauszufinden, ob ich gefährlich bin. Ich trage ein grünes Nachthemd, ich weiß nicht, wo meine Kleider sind, auch mein Rucksack ist verschwunden, ich habe nichts, was mir gehört, sucht man etwa in meinen Sachen nach Beweisen? Der Krankenpfleger ist ein großer dunkelhaariger Typ, der aus den Antillen stammt, er gleicht Hakim ein wenig, wenn er die Tür öffnet, lächelt er freundlich und sagt ein paar nette Worte, er redet mich mit Mam'zelle an, stellt mir keine Fragen, enthält sich jeglichen Kommentars. Wie lange schon? Zwei Tage, zwei Wochen? Ich weiß nicht, welchen Tag wir haben. Vielleicht Sonntag, weil auf dem Flur Lärm zu hören ist, Besucher, Eltern, die ihren bei einem Unfall verletzten Sohn besuchen und ihm Obst bringen, oder Praktikantinnen, die die Krankenschwestern ersetzen. Meine linke Hand ist verbunden, anscheinend bin ich fast ins Feuer gefallen und habe blauen Rauch eingeatmet, wenn die Flammen blau werden, sind sie gefährlich, Yao verbrannte Zeitungen, Prospekte und Kartons, und die Flammen wechselten die Farbe, je nach Tinte der Fotos.

Bibi ist gekommen. Sie wurde von Chenaz begleitet. Ich weiß nicht, wer sie benachrichtigt hat, vielleicht Hakim. Er hatte noch Bibis Handynummer seit den Tagen, da wir gemeinsam zum Kulturzentrum gingen. Ich frage mich, ob er die ganze Zeit mit ihr in Kontakt gestanden hat, vielleicht ist er verliebt in ihr schönes blondes Haar, ihre helle Haut. Der Gedanke allein hätte mich fast zum Lachen gebracht, anscheinend kommt es oft vor, dass ein Typ gleichzeitig in zwei Schwestern verliebt ist. Chenaz ist einen Augenblick geblieben, dann hat sie gesagt, sie müsse noch eine Besorgung machen. Sie hat begriffen, dass Bibi allein mit mir bleiben wollte.

»Geht's dir besser?«

»Es geht so.«

»Bist du sicher? Was hast du denn da an der Hand?«

»Nichts, nur eine kleine Brandwunde, weiter nichts.«

»Warum hast du mich nicht angerufen? Du rufst mich nie an.«

»Wozu schon?«

»Um mit mir zu reden.«

»Na ja, vermutlich hatte ich dir nichts zu sagen.«

»Ich habe mir Sorgen gemacht … Ich wusste nicht, wo ich dich erreichen sollte.«

»Und worüber wolltest du mit mir reden?«

»Na ja, schließlich bist du meine Schwester, oder?«

»Ich weiß nicht … Das besagt nichts.«

»Wir könnten … wir hätten miteinander reden können wie früher.«

»Was bringt das schon zu plaudern?«

Ich sah Bibi an. Ich hatte den Eindruck, dass inzwischen ein ganzes Leben vergangen war. Sie sah jetzt wirklich wie eine Frau aus. Breite Hüften, Hintern, großer Busen, sogar ihr Hals wirkte kräftiger. Ich war mir sicher, dass sie mit einem Mann zusammenlebte. Sie erzählte: »Ich arbeite im Krankenhaus. Ich mache eine Ausbildung als Hebamme, wusstest du das?«

»Nein, und wo?«

»In Caen.«

Ich hatte den Eindruck, sie erwarte ein Kind. In meinem Leben dagegen hatte sich nichts ereignet. Deshalb hatte ich noch immer so einen mageren Hals. Ich hatte Mühe, die Last meines Kopfes zu tragen.

»Rachel.«

»Was ist?«

»Ich weiß Bescheid, was deine Mutter angeht.«

»So?«

Meine Glieder verkrampften sich. All meine Muskeln und Nerven waren angespannt. Ich wollte mir vor allem nichts anmerken lassen.

»Sie würde dich gern treffen.«

»Kein Interesse.«

Bibi setzte sich aufs Bettende, neben meine Beine. Sie roch gut, das hatte ich vergessen. Sie hat schon immer wie ein Baby gerochen. Von dem Geruch wurde mir leicht schwindlig.

»Hör zu, Rachel. Ich bin sicher, dass du mir zuhören wirst.«

Jetzt ist sie die große Schwester und ich bin ganz klein. Ich muss ihr zuhören, ob ich will oder nicht.

»Als du weggegangen bist ... Als wir nicht mehr zusammengewohnt haben, bin ich mit Mama zu Dr. Lartéguy gezogen. Und da bin ich eines Tages nach Brüssel gefahren, um mit Papa zu reden. Ich habe ihm Fragen gestellt. Glaub mir, ich wusste über alles Bescheid. Du hast gedacht, ich wüsste nichts, aber ich wusste alles.«

Ich kann es nicht verhindern, dass mein Herz plötzlich schneller schlägt. Ich senke den Blick, ich will Bibi nicht sehen, will ihre Mundbewegungen nicht verfolgen. Zwischen uns erhebt sich eine Mauer, wir können einander nicht verstehen. Auf ihrer Seite ist alles hell und schön, die Zukunft existiert, Bibi ist frei, sie hat ein Haus, einen Verehrer, sie hat bald einen Beruf und sie wird ein Kind haben.

»Und warum haben wir nie darüber geredet?«

»Worüber?«

Ich erinnere mich an alles, was sich verändert hat. Früher haben wir gelacht oder geweint. Ohne Grund. Nur weil wir Angst hatten, oder weil Monsieur und Madame Badou sich stritten. Wir kriegten uns in die Wolle, weil Bibi nachts ausging, ohne mir zu sagen wohin, und ich musste sie dann in einer Bar abholen und auf allen vieren laufen, um sie zu stützen, oder ihr den Kopf festhalten, wenn sie sich übergab. Wir glichen einander völlig. Aber heute lebt sie auf der anderen Seite, sie hat keine Ahnung mehr, wer ich bin und wie ich lebe. Sie hat die Schlüssel zur Freiheit, und ich lebe wie im Gefängnis. Ich hasse sie so sehr, dass ich mir am liebsten die Ohren zugehalten hätte, um kein Wort zu hören, dabei spricht sie mit schöner, heller Stimme, die ganz anders ist als meine, die vom Alkohol und vom Rauchen heiser geworden ist und scheppert wie eine zerbeulte Blechtrommel.

»Papa hat mir alles erzählt.«

»Papa …?«

»Ja, ich habe ihn in seinem Restaurant besucht. Er hat sofort von dir gesprochen, er macht sich Sorgen um dich. Er ist alt geworden.«

Ich hätte am liebsten höhnisch gelacht. Derek Badou, der große Verführer. Mit seinem gefärbten Haar, seinem Schnurrbart, seiner Ray-Ban-Sonnenbrille.

»Er ist viel dicker geworden und hat auf dem Hinterkopf eine leichte Glatze.«

»Das ist mir scheißegal, was erzählst du da bloß? Bist du hergekommen, um mir das zu sagen?«

Auf dem Flur gehen Leute hin und her, sie öffnen die Tür einen Spalt, schieben den Kopf herein. Gleich wird es Zeit für die Spritze in den Katheter, ich bin schon müde.

Bibi drückt mir einen Kuss auf die Wangen und sagt: »Ich komme morgen wieder, mein Schatz. Geh nicht ohne mich weg, ich will nicht, dass wir uns noch einmal aus den Augen verlieren.«

Ich habe nichts erwidert. Ich träumte schon. Eine sanfte Wärme hüllte mich ein, eine Wärme, die von allen Seiten kam, von den Wänden, von der Tür, von der fleckigen Decke und sogar vom Kunststoff-Fußboden. Ich spürte die Wärme in den Knochen meiner Beine, sie drang bis in meine Haut vor, es war wie eine angenehme Verbrennung. Kann es solch eine Wärme auf der Erde geben? Hat sie einen Namen?

»Deine leibliche Mutter möchte dich treffen, das hat sie Papa mitgeteilt. Sie weiß nicht, wie sie es anfangen soll, weil sie denkt, dass du sie hasst. Sie hat sich immer über dein Leben auf dem Laufenden gehalten, hat es aus der Ferne verfolgt, sie hat dir ab und zu per Postanweisung Geld überwiesen. Aber sie will nicht, dass das bekannt wird, sie ist verheiratet und hat Kinder, deine Halbbrüder und Halbschwestern. Sie hat ein anderes Leben angefangen, aber sie hat dich nie vergessen. In schweren Stunden hat sie immer an dich gedacht, auch wenn sie dich nicht kennt. Sie sieht dich noch in ihren Träumen, sie nennt immer wieder deinen Namen, sie hat dir deinen Namen gegeben, als du geboren wurdest, sie hat ihn auf den Briefumschlag schreiben lassen, als sie das Kindesabgabeformular unterschrieben hat. Sie war damals noch sehr jung, hat ihre Familie verlassen, dich zur Welt gebracht und dich dann abgegeben, weil sie sich nicht um dich kümmern konnte. Aber jetzt möchte sie dich wiedersehen, nur ein einziges Mal. Sie ist bereit, dich zu treffen, wo immer du willst, hier, in Caen oder egal wo. Sie will Papa nicht wiedersehen, sie hasst ihn zu sehr. Aber wenn du ihr sagst, wo sie dich treffen kann, kommt sie dorthin. Das hat sie Papa gesagt, und er hat mir das gesagt. Sie möchte nur, dass sie dich allein sehen kann, dich und niemand anderen, mich will sie nicht sehen, und auch sonst niemanden. Du und sie, nur ein einziges Mal.«

Das hat Bibi erzählt.

DIE BEGEGNUNG HAT in Le Kremlin-Bicêtre stattgefunden. Hakim hatte einen Ort am Meer vorgeschlagen, Dieppe. Das fand er romantisch. Deshalb hasse ich ihn manchmal, er hat so schwache, dumme Ideen, als sei die ganze Welt eine Inszenierung in seinem blöden Theater. Der Platz war sonntags ein neutraler Boden. Nichts ist leerer als ein Platz an einem Sonntagnachmittag. Es war bereits kalt. Auf dem grauen Gelände war fast niemand, bis auf ein paar Silhouetten mit Kindern, und die Tauben, die durchs Gras trippelten. Ich habe mir den Strand von Takoradi um diese Jahreszeit vorgestellt, das grüne Wasser, die heranrollenden Wellen, das motorähnliche Donnern des Meeres, den warmen Wind, die Pelikane. Ich empfand nichts, weder Wut noch Schmerz, und vor allem nicht jenen Schauder, der mich jedes Mal überlief, wenn ich mich dem Ozean näherte. Ich habe mich auf eine Bank gesetzt, den Kragen meiner Jacke hochgeschlagen und die Wollmütze bis auf die Augen hinabgezogen. Die verabredete Stunde für das Treffen war schon verstrichen, und ich wollte gerade weggehen, als eine Gestalt den Platz betritt. Sie nähert sich mir langsam, kommt von der Seite auf mich zu, als tauche sie aus dem Nichts auf. Geblendet vom Licht der Straßenlaternen betrachte ich sie mit zusammengekniffenen Augen. Ich wundere mich, dass sie so klein und zierlich ist, mit ihren schmalen Schultern gleicht sie einem Kind, bis auf die leicht gekrümmten Beine, sie geht mit Mühe über den unebenen Zementboden des Platzes, die Arme ein wenig vom Körper ferngehalten. Sie trägt eine schwarze Jacke und eine schwarze Hose, hat kurzes, ebenfalls tiefschwarzes Haar, ich kann ihr Gesicht nicht erkennen, spüre nur, dass sie mich anblickt. Sie hat mich sogleich erkannt. Eine Fieberwelle durchläuft meinen Körper, meine Adern, und breitet sich in meiner Brust aus, ich weiß nicht, ob es Wut oder Liebe ist, ich würde gern etwas sagen, aufstehen, auf sie zugehen und sie berühren, aber ich bin wie erstarrt.

Träume ich etwa, sie steht vor mir, kommt aber nicht näher. Sie sagt etwas, und ich höre ihre Stimme im Inneren meines Körpers. Sie hat die klare hohe Stimme eines jungen Mädchens und betont die Silben im falschen Rhythmus, in abgehackten kleinen Sequenzen, wie jemand, der Mühe hat zu sprechen oder lange stumm geblieben ist und eine Lektion aufsagt. Ist sie diejenige, die sie zu sein behauptet? Oder ist sie eine Betrügerin wie all die Leute aus vergangener Zeit, jene Leute, die sich in Takoradi wie Kletten an die Badous hängten? Ich höre ihr zu, ohne etwas zu erwidern. Betrachte sie so scharf, dass mir die Halsmuskeln wehtun. Auf dem Platz, in der Nähe des Kulturzentrums, spielt eine Gruppe von Kindern Ball. Sie stoßen Schreie aus, beschimpfen einander. Der Ball prallt von der Karosserie der Autos ab und bei jedem Knall, der dabei entsteht, fliegen die Tauben auf. Irgendwo ertönt ein Bellen auf einem Balkon, es hört sich an wie das heisere Kläffen von Madame Badous kleinem Hund. Irgendwann kommt ein kleines Mädchen von etwa elf oder zwölf Jahren auf uns zu, es ist dick, hat zusammengeschnürtes dichtes, krauses Haar und asiatische Züge, die Kleine blickt mich beharrlich an. Ich rufe ihr böse zu: »Was willst du? Hau ab, lass uns in Ruhe!« Ein paar Sekunden lang rührt sie sich nicht, dann dreht sie sich um und geht weg. Sie läuft quer über den Platz, und als sie halb von den Bäumen verdeckt wird, wirft sie uns erneut mit arglistiger Miene Blicke zu. Ich würde gern mit einem Stein nach ihr werfen, aber vor meinen Füßen ist nichts, nicht einmal ein winziger Kiesel.

Die Frau in Schwarz hat sich nicht gerührt. Während der Auseinandersetzung mit der Kleinen hat sie nur ein paar Sekunden innegehalten, aber keinen Blick auf sie verschwendet. Ihre Augen sind unverwandt auf mich gerichtet. Sie ist nicht so jung, wie ich gedacht hatte. Sie hat ein müdes Gesicht, eingesunkene Augen, und ihr Mund ist bereits vom Alter gezeichnet mit jenen Fältchen in den Mundwinkeln, die die Frauen nicht zu verbergen vermögen. Aber ihr Hals ist völlig glatt, ich vermute, dass sie vor nicht allzu langer Zeit ein Lifting hat vornehmen lassen. Ich hasse es, dass wir uns ähneln. Anscheinend hat Monsieur Badou das zu Bibi gesagt, als er mit ihr über meine Mutter gesprochen hat. Sehr hübsch, wie Rachel. Sie hat allerdings dichtes, tiefschwarzes (vermutlich gefärbtes) Haar, und sie ist schmal und schmächtig. Soll das ein schlechter Witz sein? Hat Monsieur Badou eine Anzeige aufgegeben, um eine Schauspielerin aufzutreiben? Aber welchen Nutzen hätte er davon gehabt? Ist das eine Verschwörung, um sich einer Erbschaft zu bemächtigen, die das Auffinden meiner leiblichen Mutter zur Bedingung hat?

Sie hat sich neben mich auf die Bank gesetzt. Sie will meine Hand ergreifen, aber ich lasse sie nicht gewähren. Ich sehe ihre Hände, die den meinen überhaupt nicht gleichen. Ihre Hände sind klein, trocken, ziemlich dunkelhäutig. Ich mag meine großen Hände gern, wenn ich die Finger spreize, kann ich auf dem Klavier anderthalb Oktaven greifen. Ich habe größere Hände als die meisten Jungen. Deshalb kann ich die Rolle von Budur spielen. Und sie, wie heißt sie? Bibi hat mir irgendeinen Namen genannt, Michèle oder Mathilde. Und ihr Familienname? Wo lebt sie? Was für einen Beruf übt sie aus, hat sie Kinder? Das wären dann meine Halbbrüder und Halbschwestern, der Gedanke allein ruft Übelkeit in mir hervor. Ich habe keine Lust, es zu erfahren, keine Lust, ihr zuzuhören. Ich richte mich halb zum Gehen auf, aber die Frau legt mir ihre Hand auf den Arm, übt dabei kaum Druck aus, dennoch habe ich den Eindruck, als lähme mich der Schmerz.

»Hör zu«, sagt die Stimme. »Ich habe unablässig an dich gedacht, ich wollte dich wiedersehen, wollte dich kennenlernen. Als du geboren wurdest, habe ich dich in den Armen gehalten, du warst ganz klein und leicht, du bist nach achteinhalb Monaten geboren und wogst nicht mehr als eine kleine Katze. Ich habe dich betrachtet, nachts bin ich im Krankenhaus aufgewacht und wollte dich in der Babystation besuchen und dich in die Arme nehmen, aber das war verboten, ich habe bis zum Morgen gewartet, dann brachte man dich in deinem Krankenhauskleid, aber ich wollte dich an mich drücken, du warst so klein und sanft, deine Augen haben mich angeblickt, schon ein paar Stunden nach der Geburt hast du mir zugelächelt, ich wollte dich nicht verlieren, wollte nicht, dass man dich mir wegnimmt. Ich habe dir deinen Namen gegeben, ich habe ihn gewählt, und dann hat man dich mitgenommen … Das hat dir wehgetan, auch mir hat das wehgetan, du bist mir entrissen worden, erst bist du wie ein Samenkorn in mich gepflanzt worden, und dann hat man dich mir entrissen …«

Ich höre atemlos zu. Ich würde am liebsten aufstehen, mit ihr über den Platz gehen, ihr das Haus zeigen, in dem ich mit den Badous gewohnt habe, ihr das Theater zeigen, in dem ich einen Brand ausgelöst habe, ihr den Keller zeigen, in dem die Mülltonnen grüne und gelbe Flecken hinterlassen haben. Ich würde gern mit ihr am Strand entlanglaufen, auf hartem Sand, das kalte Wasser unter meinen Füßen spüren, zusehen, wie sich unsere Spuren verwischen. Sie sitzt kerzengerade auf der Bank, ich mag die Art, wie sie den Rücken straff hält, sie sinkt nicht in sich zusammen wie die meisten Frauen. Sie trägt Lackpumps oder besser gesagt hochhackige Sandalen mit feinen Riemchen.

»Ich erzähle dir jetzt die Geschichte deiner Geburt, ich erzähle sie dir, aber du musst sie sofort wieder vergessen, denn nichts von dem, was ich dir sage, soll Gutes oder Böses bewirken, und niemand anders kennt dieses Geheimnis. Ich war siebzehn, als du geboren wurdest, und wusste nichts vom Leben, ich habe deinen Vater zufällig kennengelernt, am Strand in Afrika, meine Eltern hatten dort ein Haus gemietet. Er hatte ein schönes Auto und wir unternahmen Spazierfahrten an der Küste, ich erinnere mich noch an den Nebel, ich mochte es gern, wenn wir in der Nähe der Dünen haltmachten und vom Nebel umgeben waren, ich hatte den Eindruck, eine Liebesgeschichte zu erleben, meinen Eltern habe ich alles verheimlicht, nachts bin ich heimlich aus dem Haus geschlichen. Und eines Abends, als wir in der Nähe der Dünen im Auto saßen, begann er plötzlich, mich anzufassen, ich wollte das nicht, aber er war stärker als ich, dann ist er gewalttätig geworden und hat mit böser Stimme auf mich eingeredet, ich bin aus dem Auto gesprungen und habe versucht zu fliehen, doch er hat mich eingeholt und mich auf die Rückbank gelegt, ich wollte schreien, aber ich hatte solche Angst, dass ich glaubte, ich würde sterben. Und so habe ich alles über mich ergehen lassen, er hat es gemacht, er hat mir wehgetan, er hat mir mit der Hand den Mund zugehalten, bis ich keine Luft mehr bekam. Anschließend hat er mich zum Haus meiner Eltern gefahren, ich habe mich derart geschämt, dass ich nicht gewagt habe, etwas zu sagen. Ich habe mich unter die Dusche gestellt und mich lange gewaschen, bis mein Vater gegen die Tür hämmerte, weil er glaubte, ich sei im Badezimmer ohnmächtig geworden.«

Ich habe keine Lust mehr, all das zu hören. Schließlich geht es um mich und niemand anderen. Niemand hat das Recht, über mich zu sprechen. Ich möchte eine Liebesgeschichte hören, eine schöne Geschichte. Selbst Chenaz hat eine Liebesgeschichte erlebt, und Abigaïl ist aus dieser Liebesgeschichte hervorgegangen.

Auch ich wäre gern das Wunder gewesen, das mitten in diesem Schmutz entsteht. Ich will nichts mehr hören vom Krieg, vom Hass und von meiner gestohlenen Existenz.

»Sei still, sei still!« Meine Stimme ist genauso vulgär wie

früher, als ich die Typen anschrie, die meine Schwester anmachten, ich bin aufgesprungen und sage immer wieder: »Sei still, ich will das nicht mehr hören.« Doch sie ist aufgestanden und trippelt neben mir her, ich höre das Klappern ihrer Absätze auf dem Bürgersteig, ein Geräusch wie die raschen Schritte eines verängstigten kleinen Mädchens, ich erinnere mich noch, wie Bibi eines Tages die goldfarbenen Pumps von Chenaz ausprobiert hat und durch die Eingangshalle des Hauses gerannt ist, höre noch das Geklapper ihrer Absätze auf dem gekachelten Boden, ihr glockenhelles Lachen.

»Du lügst, du hast mich im Stich gelassen, du bist weggegangen und hast mich im Stich gelassen, ich sehnte mich nur danach, dass du mich in die Arme nimmst, doch du hast mich zurückgestoßen, als sei ich ein alter Lappen und hast mich in die Mülltonne geworfen!«

Sie will weitersprechen, aber ich schreie laut, um ihre Worte zu übertönen: »Du lügst! Du lügst!« Und sie fährt mit eintöniger Stimme fort, sagt immer wieder leidenschaftslos, wie eine auswendig gelernte Lektion: »Ich bin vergewaltigt worden, er hat mich festgehalten und hat mich vergewaltigt!« Ich schreie wieder: »Du Lügnerin! Du hast mich zurückgestoßen, hast mich im Stich gelassen, und jetzt kommst du und erzählst mir all diesen Unsinn, all diesen Mist, ich will das nicht mehr hören, hau ab, kehr zu deinem Mann zurück, zu deinen Kindern, sie warten auf dich, hau mit ihnen ab und sprich nie wieder mit mir, auch nicht mit meiner Schwester oder Monsieur Badou, besuch mich nie wieder, lass mich in Ruhe …«

Meine Stimme versagt. Ich renne über den Platz, und als

ich mich umwende, ist sie verschwunden. Dort sind nur noch die Ball spielenden Kinder und die dicke, hinterlistige Kleine, die mich belauert. Ich drohe ihr mit der Faust, da rennt auch sie los und verschwindet. Ich sehe noch die Silhouette dieser Frau am Ende der Straße, sie läuft die Anhöhe hinab in Richtung des Boulevards, sie wirkt wie eine rennende schwarze Ameise.

ES TUT WEH, es tut schrecklich weh, wenn ich atme. Ich glaube, das Gift der Flammen hat sich noch nicht verflüchtigt, ich spüre noch das Brennen in meinem Körper und den Brandgeruch, der für immer über dem Kulturzentrum, dem Square Disney und diesem ganzen Viertel schwebt.

Ich wünschte mir, dass die Mauer einstürzt, die uns trennt. Alle Mauern der Welt. Alles, was sich zwischen Bibi und mich gestellt hat, die Hindernisse, die Ausflüchte, die Dornenbüsche, die Stacheldrahtzäune, all dieser Mist, der uns Tag für Tag aufgefressen hat, der Klatsch, die Schäbigkeiten, die Ungerechtigkeiten. Ich wünschte mir, dass der Wind das alles fortweht, der heftige Seewind, und dass wir wieder so sind wie zuvor, die besten Freundinnen der Welt. Das wollte ich wirklich.

Ich bin sozusagen noch Jungfrau. Als ich aus dem Krankenhaus kam, wollte ich nicht mehr ins Kulturzentrum zurückkehren. Der Platz, die Grünanlage mit den Tauben, die alten Leute auf dem Square Disney, die Hochhäuser mit Tausendundeinem Fenster, all das gab es für mich nicht mehr. Im Grunde hatte es sie nie gegeben. Es waren lediglich Ausschnitte der städtischen Wirklichkeit, die nur existieren, wenn man sie betrachtet. Sobald man ihnen den Rücken kehrt, verschwinden sie im Dunst wie Gespenster.

Als ich Hakim King angekündigt habe, dass ich bei *Zweihundertzwei* nicht mehr mitspielen wolle und auch nicht mehr ins Kulturzentrum käme, war er nicht wirklich erstaunt.

Nach einem Moment des Schweigens sagte er schließlich am Telefon zu mir: »Na gut, okay, ich … wir kommen auch ohne dich zurecht.« Daran zweifle ich nicht, es fehlt nicht an Mädchen aus Einwandererfamilien, denen er das Blaue vom Himmel verspricht. Allerdings wird er keine Kleine finden, die so schönes Haar hat wie ich! Ich hatte das Gefühl, dass er erleichtert war, mich nicht mehr sehen zu müssen, er hatte zwar etwas für verrückte Mädchen übrig, aber nur in Theaterstücken, im wirklichen Leben gingen sie ihm auf den Wecker. Er hätte Angst gehabt, dass ich ein weiteres Mal das Theater in Brand stecken würde oder seine Plattensammlung von Van Morrison mit dem Album *Moondance* und seine Perfecto-Lederjacken ramponieren könne. Ich habe es nicht überprüft, aber ich bin mir sicher, dass er das Schloss seiner Wohnungstür hat auswechseln lassen.

Ich bin in den Westen des Landes gezogen. Um Bibi in meiner Nähe zu wissen, habe ich mir ein möbliertes Zimmer in einem Einfamilienhaus in Arromanches gemietet, zwar nicht direkt am Meer, aber zu Fuß nur eine halbe Stunde vom Strand entfernt, an dem die Alliierten gelandet sind. Es ist weder Takoradi noch Grand-Bassam, aber immerhin ein großes, unbebautes Gelände mit freiem Himmel, und das grüne Meer ist nicht fern. Meine Vermieterin ist eine alte Engländerin namens Mrs Crosley, ich glaube, sie hat sich dort niedergelassen, um in der Nähe ihres Mannes zu bleiben, der im Rahmen des Unternehmens *Overlord* am Strand gelandet und ein paar Jahre später gestorben ist. Zumindest erzählt sie das. Sie hat mir Bücher über die Geschichte des Krieges und die Landung der Alliierten geliehen (ich möchte nebenbei darauf hinweisen, dass die Deutschen diese bis heute als

»Invasion« bezeichnen). Sie dringt darauf, dass ich als Führer für die Touristen arbeite, die eine Pilgerfahrt an diese Strände unternehmen, weil ich Englisch spreche wie eine gebürtige Engländerin. Ich habe Ihnen ja gesagt, ich habe nie wirklich Schwierigkeiten gehabt, einen Job zu finden.

Als Bibi von meiner Absicht erfuhr, schlug sie mir vor, gemeinsam mit ihr und ihrem Freund in Caen zu wohnen. Er studiert Medizin, heißt Michaël Lang und ist anscheinend sehr nett. Aber ich bin mir nicht sicher, ob er Lust hat, mich jeden Morgen beim Frühstück zu sehen. Und sie vielleicht auch nicht. Es ist wohl besser, die Fähigkeit anderer, einen zu verstehen, nicht zu überschätzen. Ich denke dabei nicht einmal an Liebe, sondern nur an Toleranz, das ist vielleicht die Lektion dieser ganzen Geschichte. Falls Geschichten unbedingt eine Lektion enthalten müssen, was auch nicht sicher ist.

Ich habe noch das Witzigste, das Absurdeste an dieser Geschichte vergessen – auch wenn sie eine bittere, dunkle Seite hat. Es ist derart schamlos, dass ich, trotz allem, was ich über die Badous und insbesondere meinen leiblichen Vater weiß, Mühe hatte, die Sache zu glauben, als Bibi mir davon erzählte. Anscheinend ist der Vater, der schöne Derek Badou, in solcher finanzieller Not, dass er meine leibliche Mutter gebeten hat (ich rede von der Alten, mit der ich mich in Le Kremlin-Bicêtre getroffen habe), ihm eine Unterhaltsrente zu zahlen, als Entschädigung für die Einbußen, die er dadurch erlitten hat, dass sie mich nach meiner Geburt weggegeben hat, und hat daher eine Vaterschaftsanerkennung von ihr verlangt. Ich kann mir den alten Affen gut vorstellen, wie er im hinteren Saal des Chicorée- und Waterzooi-Restaurants sitzt und seinen Brief voller Reue und Tränen aufsetzt, ohne zu vergessen, am Ende die Nummer seines Bankkontos anzugeben. Ich stelle mir vor, dass er ungewollt ein paar seiner kostbaren Haare in den Umschlag hat fallen lassen, die schon immer Botschafter verlorener Sachen gewesen sind.

ICH BIN NACH Courcouronnes gefahren. Bibi hat mir den Namen und die Adresse meiner Mutter gegeben. Sie glaubte, ich wolle die Beziehung zu ihr wiederaufnehmen, meine Wurzeln wiederfinden oder irgend so etwas. Das hat sie gerührt: »Mein Schatz, das ist die richtige Entscheidung, ich wollte es dir nicht sagen, aber es gibt keine andere Möglichkeit, die Vergangenheit zu beseitigen, man muss ihr ins Auge schauen.« Aber ich will nicht die Vergangenheit beseitigen, sondern diese Person. Es ist seltsam, mit einem Mal ist Bibi erwachsen geworden, und ich bin die Kleine, die man in den Armen wiegt, wenn sie Kummer hat, der man Geschichten erzählt, ehe sie einschläft. Sie drückt mich an sich, und ich spüre ihre Brüste, die schon von der Schwangerschaft angeschwollen sind. Früher hätte mir das die Tränen in die Augen getrieben. Aber jetzt bin ich kühl und distanziert und empfinde nichts, spüre nur diese beiden Geschosse, die auf meine flache Brust drücken, und das macht mich traurig.

Ich bin mit dem Zug in diese Stadt gefahren, zwischen Feldern und Hochhäusern. Neben der Eisenbahnlinie habe ich zum ersten Mal das Lager gesehen. Es ist kein geeignetes Gelände. Irgendwann rannte ein Schwarm von Kindern durch den Zug, die die Klappsitze hinunterklappten, um sie dann mit lautem Knall hochsausen zu lassen. Eines von ihnen, ein zwölf- oder dreizehnjähriger Junge mit hübschem Gesicht und kohlschwarzen Augen setzte sich mir gegenüber, um mich zu betrachten, und fragte: »Wie heißt du?« Ich begriff, dass er mich einschüchtern wollte. Die anderen kamen hinzu, die Mädchen trugen lange Hosen unter ihren Röcken, sie unterhielten sich in einer fremden Sprache und die Jungen drückten sich an mich. Doch als sie merkten, dass ich keine Angst hatte, liefen sie wieder fort. Beim nächsten Halt habe ich sie auf dem Bahnsteig wiedergesehen. Gemeinsam sind wir zum Lager gegangen. Es liegt wie eine Insel zwischen den Autobahnzubringern, die Hütten sind grob zusammengezimmert aus Brettern und Wellblech. Vom Strom der Autos geht ein ununterbrochenes Dröhnen aus, es hört sich an wie das Meer in Arromanches. Als ich vor dem Lager stehe, kommt eine junge Frau auf mich zu und fragt mich, was ich hier suche. Sie ist ein wenig dick, wirkt ziemlich roh. »Ich suche eine Unterkunft.« Sie misst mich kurz mit dem Blick und weist dann auf eine Hütte: »Hier, du kannst bei mir wohnen. Da ist eine Matratze.« Als ich die Hütte betrete, reicht sie mir die Hand und sagt: »Mein Name ist Rada. Aber du musst etwas bezahlen.« Ich habe meinen Vornamen genannt und ihr etwas Geld gegeben, und danach haben wir nichts mehr gesagt.

So bin ich in das Lager gelangt.

Ich habe einen Revolver. Ich habe ihn Emma Crosley entwendet, aus der Schublade einer Kommode in ihrem Schlafzimmer, unter ihrer Wäsche. Sie hat ihn mir eines Tages gezeigt, als sie mir von ihrem Mann erzählt hat, dem *group captain* Crosley. Es war sein Offiziersrevolver, Kaliber 38, klein und kompakt. In jedem Loch der Trommel steckt eine neue Patrone.

Ich verlasse jeden Tag das Lager, gehe durch ruhige Straßen, fern der Autobahn. Ich durchquere ein Viertel kleiner, schmucker Einfamilienhäuser mit von Ligusterhecken gesäumten Vorgärten. Das könnte Arromanches gleichen, wenn sich am Ende der Straßen das Meer befände. Es ist ein Monat im Herbst, jeden Tag nimmt das Licht ein wenig mehr ab. Wolken ziehen schnell am Himmel entlang, manchmal regnet es, ich spüre gern die kalten Tropfen auf meinem Gesicht, auf meinen Händen. Mein Haar wird schwerer, kräuselt sich ein wenig wie Bibis Haar, als sie noch klein war. Mit zunehmendem Alter ist ihr Haar seltsamerweise dunkler und fast glatt geworden. Ich habe beschlossen, mein Haar ganz kurz schneiden zu lassen. Morgen oder übermorgen. Frauen lassen sich gern das Haar schneiden, wenn sie beschlossen haben, ein neues Leben zu beginnen. Ich habe schon einen Friseursalon in dem Ort entdeckt, an der Straße, die zum Bahnhof führt. Ich möchte gern einen Bubikopf haben wie Audrey Hepburn in *Sabrina.* Aber ich bin mir nicht sicher, ob die Friseuse das kann, sie ist es wahrscheinlich eher gewohnt, Dauerwellen zu legen oder alten Damen das Haar violett zu färben. Ich habe vor, mich zu ändern, jemand anders zu sein.

Vielleicht nehme ich Mrs Crosleys Angebot an, ihre Adoptivtochter zu werden. Schließlich hört sich Rachel Crosley gar nicht so schlecht an. Als ich etwa zehn war, ist in Takoradi eine Frau zu uns nach Hause gekommen. Sie war eine Freundin von Chenaz, eine große, sehr weißhäutige Frau mit einer großen Nase. Sie sah mich an und sagte: »Diese Kleine ist ja allerliebst, gebt ihr sie mir?« Ich weiß nicht, was Chenaz geantwortet hat, auf jeden Fall bin ich weggerannt und habe mich im Garten versteckt. Ich bin erst wieder aufgetaucht, als diese Frau weg war, ich hatte zu große Angst, dass sie mich mitnimmt.

Ich halte den Revolver in der rechten Hand in der Tasche meiner Windjacke. Ich habe ihn immer bei mir, seit ich in dem Lager lebe. Wenn ich schlafe, liegt er stets schussbereit unter meinem Kopfkissen. Falls Rada oder einer der Jungen ihn entdeckte, würde sie ihn ganz bestimmt an sich nehmen, um ihn zu verkaufen. Eine Schusswaffe ist immerhin besser als die Springmesser oder Cutter, die sie haben. Außerdem darf ich den Offiziersrevolver des *group captain* nicht verlieren. Ich muss ihn unbedingt nach Arromanches zurückbringen und ihn in die Schublade unter die Wäsche legen, vielleicht hat die alte Dame sein Verschwinden nicht einmal bemerkt. Und sonst erfinde ich irgendetwas: »Der Revolver? Ach ja, tut mir leid, ich habe ihn mir ausgeliehen, um ein paar Aufnahmen für eine *telenovela* zu machen, die wollten einen richtigen, kein Spielzeug aus Plastik.« Mrs Crosley versteht das bestimmt, sie hat eine solche Vorliebe für die *novelas. Rosa salvaje.* Sie nimmt sie mit ihrem VCR-Rekorder auf. *Dernier amour, Black magnolia, Emmas Glück.* In Le Kremlin-Bicêtre war das genauso, Chenaz Badou und Bibi verbrachten Stunden vor dem Fernseher.

Im Lager gibt es keinen Fernseher und keinen DVD-Player. Der Chef des Lagers hat einen Computer, aber er benutzt ihn nur, um sich die Ergebnisse der Pferderennen oder Rugbyspiele anzusehen. Für Fußball hat er nichts übrig, er sagt, das sei alles nur Mache, die Typen wälzten sich auf dem Boden wie Mädchen, wenn sie einen Fußtritt erhielten. Im Lager gibt es nichts zur Unterhaltung. Um neun Uhr abends werden alle Lichter gelöscht. Ich bleibe in meinem Bett, mit der Hand auf dem Revolver. Ich horche auf Radas Atem. Ich weiß, dass sie Lust auf mich hat, aber bisher hat sie es nicht gewagt, etwas zu unternehmen. Sie tut gut daran. Ich glaube, es ist schon lange her, dass ich eine ganze Nacht lang nicht richtig geschlafen habe.

Wenn ich in der Straße ankomme, bewege ich mich vorsichtig. Ich laufe auf der Schattenseite an den Hecken entlang. Es ist eine Straße wie alle anderen dieses Viertels, mit einem Namen wie alle anderen, dem Namen einer Pflanze oder einer Blume. Rue des Rosiers, Avenue du Sycomore, du Tamaris, Rue des Trembles, Rue des Saules-Pleureurs. Anfangs habe ich mich oft verlaufen. Ich irrte durch die Straßen, fand nicht mehr den richtigen Weg durch dieses Labyrinth. So ist mir das ein paar Wochen lang ergangen, aber inzwischen kenne ich alle Winkel, alle Umwege. Man muss eine Anhöhe hinauflaufen, abbiegen, erst an einer Reihe von Mietshäusern und anschließend an einer Siedlung entlanggehen, dann gelangt man an eine Kreuzung, von der drei Straßen hinabführen, und genau gegenüber in der Allée des Capucines befindet sich das gelbe Einfamilienhaus mit grünen Kunststoffläden, einer Hecke und einem weißen Eingangstor. Es gibt einen schattigen Durchlass, ein Loch in der Hecke, vielleicht ist das der Zugang, den die streunenden Katzen benutzen. Diesen Weg nehme auch ich. Ich setze mich mitten in die Büsche und warte, in meiner grünen Windjacke bin ich dort so gut wie unsichtbar. Ich bin umgeben von kleinen Fliegen und Mücken, Ameisen laufen in langer Reihe an der kleinen Mauer entlang. Kleine Vögel piepsen, wenn ich mich in der Hecke niederlasse, doch sie verstummen bald oder fliegen woandershin. Zum Glück gibt es weder hier noch in den Nachbarhäusern einen Hund. Selbst Zaza, Madame Badous kleine Promenadenmischung, hätte mich gewittert und gebellt. Von meiner Hecke aus kann ich in Ruhe das Haus ausspionieren.

Ich sehe nichts wirklich Interessantes. Morgens in der Frühe bringt ein Mann die Mülltonne nach draußen, danach bleibt er eine Weile im Garten stehen und blickt ins Leere. Er ist ziemlich dick, trägt einen grauen Trainingsanzug und auch sein Haar ist grau. Er raucht eine Zigarette in der Sonne, als sei das das wichtigste Ereignis seines Vormittags. Anschließend geht er wieder ins Haus, und ich sehe ihn nicht mehr. Ich stelle mir vor, dass er fernsieht oder in der Küche bastelt. Sie geht nicht vor zwölf Uhr aus dem Haus. Sie nimmt ihren Wagen, einen alten blauen Renault 5, sie fährt an der Hecke entlang, wirft einen zerstreuten Blick aufs Haus und macht sich dann auf den Weg nach Courcouronnes oder vielleicht nach Évry, wo sich ein Einkaufszentrum befindet. Vielleicht begegnet sie unterwegs den Kindern aus dem Lager, den Mädchen mit ihrer Wasserflasche und ihrem schmutzigen Lappen. Vielleicht gibt sie ihnen eine Geldmünze, damit sie die Windschutzscheibe nicht mit ihrem Lappen verschmutzen. Oder sie sieht sie mit zusammengekniffenen Lippen hart an, schließt das Seitenfenster und blockiert die Türen. Auf jeden Fall kommt sie nie auf den Gedanken, dass auch ich dort sein könnte, bei diesen Mädchen, mit meiner Flasche und meinem Lappen. Denkt man, wenn man sein Kind weggibt, daran, was später aus ihm wird?

Nachmittags geht sie in den Garten. Da es noch schön warm ist, stellt sie einen Liegestuhl ins Gras und liest ein Buch, oder sie döst in der Sonne. Ich versuche mir vorzustellen, was sie liest, woran sie denkt. Manchmal kommt es mir vor, als hörte ich Worte. Ihre Stimme. Worte, die mir durch den Kopf schwirren, bis sie pfeifen, bis mir davon schwindlig wird. »Wahrheit«, »stört«, »Gewalt« oder gewöhnlichere, unsinnige, überflüssige Worte wie »heute«, »bestäuben« oder sogar Vornamen, die ich nicht kenne, vielleicht die Namen ihrer Kinder, den ihres jetzigen Mannes oder ihrer Tochter, »Hélène«, »Marcel«, »Mélanie«, »Maurice«, »Mauricette« ... Dann halte ich mir die Ohren zu, presse so fest ich kann die Hände auf die Ohren, tief im Inneren tun sie mir weh, ich presse so fest, dass mir das Trommelfell fast platzt. Es kommt mir vor, als hätte ich diese Namen schon immer gehört, seit meiner Kindheit, als wären sie die ganze Zeit da gewesen, in Takoradi, auf dem Gymnasium, in Le Kremlin-Bicêtre, im Kulturzentrum. Es kommt mir vor, als hätten sie mein Leben zugrunde gerichtet, mich nach und nach fertiggemacht, mich all meiner Energie beraubt, mich ausgesaugt und mich in zwei, drei, in zehn Teile geteilt.

Ich umklammere den Kolben des Revolvers mit der rechten Hand in der Tasche meiner Windjacke, ich streiche sanft über das verschrammte Metall, die Sicherung, ich spanne den Hahn, sichere ihn wieder. Hakim King hat mir gezeigt, wie man mit einem Revolver umgeht. Er hat mich eines Tages auf den Schießstand in der Nähe von La Garenne mitgenommen. Ich habe auf die Zielscheibe geschossen, und als man mir die

Pappscheibe brachte, sah ich, dass alle Kugeln die Mitte getroffen hatten, zwei Kugeln waren sogar durch dasselbe Loch gedrungen. Wann immer ich will, kann ich von hier aus mein Ziel nicht verfehlen. Eine Kugel, eine einzige Kugel, und alles ist beseitigt. Es wird ein doppeltes Geräusch geben, den Knall des Pulvers und fast im gleichen Augenblick, aber ich werde beides deutlich hören, den Einschlag der Kugel, der in den Körper eindringt. Kein Schrei und vor allem kein Klagelaut. Nicht einmal ein »Oh!«. Nur das dumpfe, laute Geräusch der Kugel, die in den linken Lungenflügel dringt und die Aorta durchschlägt.

Ich kenne jede Einzelheit dieses Hauses, des Gartens, der kiesbedeckten Wege, die bogenförmigen Beete und die Blumenbüschel, die Dornensträucher, die Bäume, eine von Insekten befallene Trauerweide und eine Birke mit silberfarbenen Blättern. Es ist, als hätte ich vor langen Jahren dort gelebt, zur Zeit des Hauses in Takoradi, als sei ich dort als Kind inmitten anderer Kinder gewesen. Aber sie konnten mich nicht sehen. Ich war für sie unsichtbar, so wie ich es für Chenaz Badou gewesen war. Ich weiß nicht, warum ich hergekommen bin, ich weiß nicht, worauf ich warte. Seit ich im Lager von Courcouronnes wohne, komme ich hierher, an dieses Loch in der Hecke. »Wo willst du hin, gehst du arbeiten?« Rada blickt mich argwöhnisch an. Die Kinder des Lagers folgen mir eine Weile auf der Straße, ich nehme an, dass Rada sie beauftragt hat, mich zu überwachen, aber ich biege in die eine und dann in eine andere Straße ein, bis sie es leid sind, fortrennen und ihre schrillen Schreie durch das menschenleere Viertel hallen. Einmal habe ich sie ins Einkaufszentrum mitgenommen. Der Geschäftsführer des Heimwerkermarkts hatte kaum die

Zeit gehabt, sie hereinkommen zu sehen, da rannten sie schon mit Indianergeheul durch die verschiedenen Abteilungen. Er wollte etwas zu mir sagen, doch ich habe so laut gesprochen, wie ich es noch nie mit jemandem getan habe, und dabei spannte ich die Gesichtsmuskeln an, ich weiß nicht, ob er begriffen hat, dass ich eine Waffe trug, auf jeden Fall zog er sich zurück, nachdem ich gesagt hatte: »Was? Was? Was haben sie getan, haben sie etwas gestohlen? Nun sagen Sie schon, haben Sie gesehen, dass sie etwas gestohlen haben?« Die Kinder liefen mit schrillem Geschrei durch den ersten Stock, rannten zwischen den verschiedenen Abteilungen hin und her, sodass die wenigen anwesenden Kunden wie angewurzelt stehen blieben, und als ich das Kaufhaus verließ, kamen die Kinder hinter mir her und verschwanden zwischen den Autos auf der Straße, kehrten zu der Insel zwischen den Autobahnauffahrten zurück. Auf diese Weise habe ich begriffen, dass ich verantwortlich für sie war und sie gewissermaßen meine Familie bildeten – zwangsläufig, denn eine andere Familie besaß ich ja nicht. Und dass auch sie namenlos und ohne festen Wohnsitz waren, irgendwo zur Welt gekommen, ohne Vergangenheit und ohne Zukunft.

Rada und ich haben nur selten miteinander gesprochen. Sie gehört nicht wirklich zu diesem Lager, sie ist dort durch Zufall gelandet, sie ist brutal und schwerfällig, spricht mit einem holprigen Akzent, vielleicht hat sie im Gefängnis gesessen. Vielleicht ist sie auch ein Spitzel der Polizei und kann deshalb hierbleiben, bei all den Kindern. Mir gefällt es, dass es hier nichts Verbindliches, nichts Endgültiges gibt. Zum ersten Mal in meinem Leben fühle ich mich frei.

Ich bin heute morgen sehr früh in die Allée des Capucines gegangen. Es ist ein schöner Herbsttag mit sehr klarem Himmel. Man spürt schon die Kälte des Winters in den Rinnsteinen, den schneidenden Wind der Autobahnen. Ich gehe schnell, die Hände in den Taschen meiner Windjacke vergraben, ein wenig nach vorn geneigt, wegen des Gewichts meines Rucksacks. Ich nehme alle meine Sachen mit, wie immer, wenn ich das Lager verlasse. Wenn du an einem solchen Ort wohnst und hinausgehst, bist du nicht sicher, ob du abends dorthin zurückkehrst. Alle meine Sachen, das heißt, meine Unterwäsche, einen Kulturbeutel, Taschentücher, ein Päckchen Tampons, ein paar unwichtige Papiere und das einzige Buch, das ich überallhin mitnehme, ein abgegriffenes, fleckiges Exemplar von Gibrans *Prophet,* das ich von Hakims Bücherbrett stibitzt habe. Fragen Sie mich nicht, warum gerade dieses Buch und nicht ein anderes, ich lese es häppchenweise, es ist wie ein Lied, ich lese ein bisschen, und dann schlafe ich ein. Einmal bin ich von der Polizei kontrolliert worden, sie haben das Buch angesehen, und die Beamtin hat mich gefragt: »Bist du Muslimin?« Ich habe gelächelt, ohne etwas zu erwidern. Seit wann interessiert man sich für meine Religion? Zu diesem Zeitpunkt hatte ich noch nicht den Revolver von *captain* Crosley, sonst hätte ich die Polizeiwache nicht verlassen können. Ich halte also diesen kleinen Metallgegenstand fest in der Hand und gehe mit großen Schritten zur Allée des Capucines. Ich weiß, dass sich heute alles entscheiden wird. Es wird nicht noch einen Winter der Unentschlossenheit geben.

Das Haus ist in träger Stille erstarrt. Sogar die Vögel verhalten sich ruhig. Ich stehe auf dem kiesbedeckten Weg, betrachte die geschlossenen Fenster. Ringen sie sich endlich dazu durch, mich zu sehen? Oder vielleicht hat mich diese Frau, Michèle, Gabrielle, schon gesehen und die Notrufnummer der Polizei gewählt. Kommen Sie schnell, ich glaube, sie ist bewaffnet. Ich habe Angst, diese junge Frau bedroht mich, sie hat schon eine ganze Weile in einer psychiatrischen Klinik verbracht, sie haben sie laufen lassen oder sie ist ausgebrochen, sie ist gefährlich. Nein, nein, ich kenne sie nicht, ich habe sie nie gesehen, ich weiß nicht, wie sie heißt. Ich glaube, das ist eine arme Irre, eine Stadtstreicherin, sie lebt im Flüchtlingslager an der Autobahn, treibt sich mit einer Bande von Kindern auf den Straßen unserer Stadt herum, Bettlern, Zigeunern, Taschendieben.

Plötzlich bin ich völlig erschöpft. Nichts ist ermüdender, als jeden Tag zu einem verschlossenen Haus zu gehen, um einen Schatten vorübergleiten zu sehen. Ich setze mich auf dem kiesbedeckten Weg auf den Boden, lege meinen Rucksack neben mich. Heute müssen die Lügen enden. Heute muss sich alles erhellen und dann verschwinden, so ähnlich wie eine Glühbirne, die noch einmal hell aufblitzt, ehe sie verlöscht.

Es ist ein intensiver Moment, der nicht vorübergeht, oder besser gesagt, der jede kleine Einzelheit, jedes Krümchen hervorhebt, als führte ich das Leben einer Ameise. Ich sehe jedes Kiessteinchen, weiß, mit rechtwinkligen Bruchkanten, wie ein Eisberg in einem Eismeer. Das tote Laub, die Grashalme, die vom Roundup verschont geblieben sind, die leblosen kleinen Steine und die Glasscherben. Die Wolken ziehen ganz langsam am klaren Himmel vorüber wie mit Tuch beladene Schiffe. Sie sind so weit von der Erde entfernt. Früher in Takoradi habe ich beobachtet, wie sie hoch oben den Garten überquerten, ich legte mich auf die Erde, und sie zogen langsam und leicht vorüber, dem Seewind folgend. Bibi und ich haben ihnen im Spiel einen Namen gegeben: der Wal, der Tukan, der weiße Menschenfresser, der graue Menschenfresser, die Rabenmutter, die Tamarisken. Ich bin die Gleiche geblieben. Ich bin diejenige, die noch immer in Afrika, am anderen Ende der Welt, im Garten auf der Erde liegt. Jetzt muss etwas geschehen, um mein geträumtes Leben zu unterbrechen. Ich muss in einen anderen Abschnitt meines Lebens gelangen.

Sie sind zunächst ins Lager gegangen, um alle auszuweisen. Anscheinend war angekündigt worden, dass die Gemeinde keine Vagabunden mehr dulde. Rada hat den Aufbruch organisiert, sie haben ihre Sachen zusammengetragen und sind mit den Kindern in Polizeifahrzeugen zu einem Aufnahmeheim gefahren, in dem sie über Toiletten und annehmbare Zimmer verfügen würden. Anschließend sind sie hergekommen, um mich zu holen, treffen lautlos ein. Ohne Sirenen, ohne heulende Motoren, ohne Geschrei. Ganz leise, als liefen sie im Sand oder auf einem Moosteppich. Zwei Frauen, zwei Männer. Aber sie wirken nicht wie die falschen Paare, die auf den Straßen umherstreifen, um kleine Fische zu fangen. Sie sagen etwas. Fordern etwas. Was wollen sie? Ach so, mein Spielzeug. Das wollen sie haben. Alle wollen mein Spielzeug haben. Ich lächele ihnen zu. Ich lächele der jungen Frau zu, die vor mir steht. Die Sonne scheint auf ihr bronzefarbenes Gesicht. Ihre Augen sind sehr sanft, nicht wie Radas Augen. Sie kommt von da unten, aus meiner Stadt, aus den Straßen von Takoradi, Cape Coast, Elmina. Ich erinnere mich, ich habe sie dort getroffen, als meine Tante Bibi und mich mitgenommen hat, um uns das Sklavengefängnis zu zeigen. Neben der Festung sind die Straßen schmal und die Häuser aus Backstein und Wellblech. Sie stand im Schatten eines Daches und sah mich an. Sie war ganz klein, ein Kind mit geschwollenem Mund und vor Angst weit aufgerissenen Augen. Ich habe ihm Bonbons gegeben. »Haben Sie keine Angst, Mademoiselle. Ich heiße Ramata. Wir sind hier, um Ihnen zu helfen. Geben Sie mir bitte Ihre Waffe.« Ich habe keine Angst. Ich lächele ihr zu, ich habe Lust, sie in die Arme zu schließen, als träfen wir uns nach langer Trennung wieder. Ich mag ihren Namen, ein Name aus Afrika. Langsam reiche ich ihr den Revolver, sie nimmt ihn und gibt ihn dem Polizeibeamten, der neben ihr steht. »Kommen Sie jetzt mit, wir kümmern uns um Sie, haben Sie keine Angst.« Ich gehe mit Ramata, sie hat es abgelehnt, dass man mir Handschellen anlegt. Ich stütze mich auf ihren Arm wie eine kleine alte Frau, ich gehe langsam, mit kleinen Schritten, der Kies knirscht unter unseren Schuhsohlen, ein Geräusch wie von Sand am Meer.

ICH BIN WIEDER da. Das habe ich für völlig unmöglich gehalten. Ich habe geglaubt, ich würde nie wieder nach Afrika zurückkehren. Ich habe geglaubt, ich würde sterben, ohne diese Erde, dieses Licht wiedergesehen zu haben, ohne diese Luft geatmet und ohne erneut dieses Wasser getrunken zu haben. Denkt man, wenn man weggeht wie ich, ohne Papiere und ohne Gepäck, wie eine Bettlerin – denkt man daran, dass man eines Tages wiederkommen könnte? Man geht weg und kann nie eine Touristin in dem Land sein, in dem man geboren, aufgewachsen und verraten worden ist. Ich wusste nicht, dass das möglich war. Ich hatte nie daran gedacht.

Zunächst einmal musste ich existieren. Da ich nichts hatte, mussten ein Geburtsort und ein Geburtsdatum erfunden werden, und man musste Zeugen finden, Strohmänner. Ramata hat das alles getan. Sie hat Kontakt zu Mrs Crosley aufgenommen und dann zu den Nonnen des Klosters der Unbefleckten Empfängnis in Takoradi, sie hat sogar mit Chenaz und mit Monsieur Badou in Belgien telefoniert. Da ich diesen Namen nicht tragen wollte, hat sie mich bis zum Adoptionsverfahren unter dem Namen Crosley registriert. Alles stand auf wackligen Beinen, die Dokumente waren vordatiert, es fehlten Unterschriften, die Zahlen waren falsch, aber es hat geklappt, wie eine Folge von Rädchen, die sich eines nach dem anderen in Gang setzen, von der Sprungfeder bis zum endgültigen Beschluss des Landgerichts. Bibi hat für mich eine Möglichkeit entdeckt, nach Afrika zurückzukehren, und zwar als freiwillige Assistentin im Krankenhaus von Takoradi. Dann bin ich losgefahren.

Das Team ist multinational, dort sind Franzosen, Engländer, Koreaner, Amerikaner und sogar eine Australierin. Die meisten von ihnen haben genau wie ich keinerlei medizinische Erfahrung. Wir tragen einen grünen Nylonkittel, eine ebensolche Haube und durchsichtige Plastikschuhe. Wir sind jeweils zu viert in einem Zimmer untergebracht, in überhitzten Zementblocks mit einer Gemeinschaftsdusche. Abends unterhalten wir uns ein bisschen und rauchen eine Zigarette auf dem Rasen, um die Mücken zu vertreiben. Nachdem man sich vorgestellt hat, fragt einen niemand: »Warum bist du hier? Was hast du vorher gemacht?« Das ruft bei mir den Eindruck hervor, als kämen wir aus dem Gefängnis. Der Chirurg ist Ghanaer, er heißt Dr. Dedjo. Als ich ihm sage, ich sei hier geboren, sieht er mich an, als erzählte ich einen Witz. Er spricht ausgezeichnet Englisch, mit einem sehr britischen Akzent. Aber er hat Hautritzungen auf den Wangen, ich nehme an, er ist ein gebürtiger Ga. Oder vielleicht ein Akan.

Das Krankenhaus ist weit vom Meer entfernt, an der Straße nach Tarkwa. Sonntags, in unserer Freizeit, fahren wir mit dem Bus in die Stadt. Die anderen Mädchen gehen im Zentrum spazieren, und ich fahre mit dem Taxi an den Strand. Ich habe nicht versucht, unser Haus wiederzufinden. Nach dem Krieg ist alles abgerissen worden. Der Strand ist ganz anders, als ich ihn in Erinnerung habe. Aber vielleicht ist meine Erinnerung nicht sehr zuverlässig. Da wo früher eine weite freie Fläche von weißem Sand war, die von der Gischt der Wellen umspült wurde, befinden sich jetzt Hütten aus Hohlblocksteinen mit einem Wellblechdach, die eine Nachbildung der Unterkünfte in den schicken *resorts* sind. Die Pirogen der Fischer sind durch Gondeln und Tretboote ersetzt worden, und eine eiserne Anlegebrücke dient den letzten Pelikanen als Zufluchtsort. Ich gehe im Winterwind durch den weichen Sand. Die Wolken hängen tief, verhüllen den Horizont. Anscheinend ist Takoradi nicht mehr *in,* die Touristen, die das Meer suchen oder Kitesurfen wollen, gehen eher nach Kokrobite oder Amonabu.

Ich habe mich an den Strand gesetzt, um das Meer zu betrachten, bis es Zeit wird, wieder nach Tarkwa zurückzukehren. Es muss an den vergangenen Tagen einen Sturm gegeben haben, weil die Wellenberge eine gelbliche Farbe haben und die Gischt nicht sehr weiß ist. Aber ich erkenne diesen Geruch wieder, er lässt mich erschauen und dringt tief in mein Inneres, bis in die Mitte meines Schädels, ein süßer und zugleich herber Geruch, er hat nichts Ruhiges oder Zivilisiertes, ein Geruch nach unbegreifbarer Gewalt. Das ist der erste Geruch, den ich gespürt habe, als ich den Bauch meiner Mutter verlassen habe. Ich konnte noch nichts sehen, aber ich habe meine Nasenlöcher weit geöffnet und den Meeresgeruch eingesogen, für den Rest meines Lebens. Ich habe nicht versucht herauszufinden, wo ich gezeugt worden bin, dieser dunkle Ort, in der meine Mutter den Samen meines Vaters in sich aufgenommen hat. Wer weiß, vielleicht war es ja doch in einem dieser hässlichen Bungalows mit abgefallenem Putz, während auf der Zementfläche vor dem Hotel ein bunt zusammengewürfeltes Orchester einen Reggae verhunzte. Aber was soll's? Ich weiß hingegen genau, wo ich auf die Welt gekommen bin, und zwar in dem Krankenhaus, in dem ich arbeite. Damals war das noch keine offizielle Niederlassung einer humanitären Einrichtung (medecinsdumonde.org), sondern nur ein kleines Krankenhaus, das von den Nonnen der Unbefleckten Empfängnis geleitet wurde, ein paar Irinnen, Nigerianerinnen und einem englischen Arzt im Ruhestand. Ich habe alle Säle besichtigt. Der älteste dient heute als Lager für medizinisches Material: Kartons mit Pastillen, Spritzen, Tropfinfusionen, Blutplasmabeuteln. Darin befindet sich auch ein großer vorsintflutlicher Kühlschrank mit verrostetem Griff und einem Motor, der laut summt und manchmal leicht hustet. Das Fenster geht auf den Innenhof aus gestampfter Erde hinaus, der von Zitronenbäumen gesäumt ist. Selbstverständlich habe ich nichts gesehen, als ich geboren wurde, weder hier noch am Strand. Ich habe gelebt wie ein kleines ausgesetztes Tier, in einer Wiege für zwei Babys, mit geballten Fäusten und verschlossenem Herzen, und habe nichts anderes getan, als zu nuckeln und meine Windeln zu beschmutzen, bis mich jemand aus der Familie Badou abholte und mich zu ihnen mitnahm. Aber was soll's?

Im Krankenhaus werden nur selten Babys aufgenommen. Die kleinen ausgesetzten Mädchen werden in die Waisenheime der Hauptstadt gebracht. Tarkwa ist für die Extremfälle. Gestern habe ich der Entfernung eines Hodentumors beigewohnt. Der Patient ist sechzig, wirkt aber älter aufgrund eines bewegten Lebens. Er macht sich vor allem Sorgen über seine zukünftigen sexuellen Erfolge, vor der Betäubungsspritze hat er meine Hand ergriffen und mit jammernder Stimme immer wieder gesagt: »Sie beschädigen ihn doch wohl nicht, vor allem schneiden sie ihn mir nicht ab!« Und ich kann nur zu ihm sagen: »Na, in Zukunft werden Sie vielleicht etwas vernünftiger sein.« Die Entfernung des Tumors war ein richtiges Gemetzel, überall Blut, auf meinen Handschuhen, meinem grünen Kittel und sogar auf meinen Plastikschuhen. Ein wenig später bin ich auf den Hof gegangen, um mit den anderen Freiwilligen eine Zigarette zu rauchen. Von der sengenden Sonne dreht sich einem alles im Kopf. »Na, wie war's?«, fragt eines der Mädchen, das nicht gewagt hat, der Sache beizuwohnen. Ich lache höhnisch, vielleicht weil ich daran denke, was sich vor dreiunddreißig Jahren für mich hier abgespielt hat.

»Na ja, das war nicht schlimmer als eine Entbindung.«

Ich habe nach Julia gesucht. Ich weiß nicht, wie ihr Familienname lautet. Ich kenne nur ihren Vornamen, die alten Leute aus dem Krankenhaus haben mir von ihr erzählt. Sie war die Hebamme, als die Nonnen das Krankenhaus leiteten. Sie selbst ist keine Ordensschwester und hat das Entbindungsheim seit Langem verlassen, aber viele erinnern sich noch an sie, weil sie die Beste war, diejenige, die man rief, wenn eine schwierige Geburt bevorstand, das Baby sich nicht richtig präsentierte oder die Öffnung des Gebärmutterhalses nicht groß genug war. Sie kannte Rezepte, Absude, Gebete, verstand es, die Ängste der Gebärenden zu beschwichtigen und die Fontanellen der Babys zu massieren.

Nach langem Hin- und Herfragen habe ich ihre Adresse erhalten. Es ist in der Nähe des Marktes auf der Summer Road, direkt neben der Kenrich-Apotheke. Ich bin an einem Sonntag hingegangen, um sicher zu sein, sie anzutreffen. Das Haus ist winzig, wird von zwei hohen Betonkästen umrahmt. Sie ist vom Wiederaufbau verschont worden wie ein fauler Zahn inmitten von zu weißen Prothesen. Als ich an die Eisentür klopfe, öffnet mir ein fünfzehnjähriger Junge, der mich misstrauisch ansieht. Er hält mich vermutlich für eine Abgesandte der Bank oder jemanden dieser Art, der ein abgestempeltes Papier übergibt und seiner Großmutter das Haus wegnehmen will. Als ich ihren Namen nenne, ruft er sie, ohne sich umzuwenden. Er steht in Turnschuhen und mit einer gefakten Rappermütze auf dem Kopf vor mir und blickt mich noch immer mit herausfordernder Miene an. Dann kommt Julia. So hatte ich sie mir nicht vorgestellt, so schmächtig, so einfach. Mit ihrem Kittelkleid und ihren Flipflops wirkt sie wie eine Bäuerin. Ihr graues Haar ist zu Zöpfen geflochten, die mitten auf dem Schädel zusammengehalten werden, die Frisur eines kleinen Mädchens. Ich betrachte sie eine Weile wortlos und kann dann nicht umhin, ihr zu sagen: »Ich bin Rachel, erinnern Sie sich noch an mich? Rachel.« Lächerlich. Sie hat vermutlich Tausende von Rachels, Judiths oder Normas auf die Welt gebracht.

Aber sie schickt mich nicht weg. Im Gegenteil, sie ergreift meine Hand und führt mich ins Haus. Ihr Haus ist nur ein dunkles, mit Sesseln vollgestelltes Zimmer und einem Tisch, auf dem ein Fernseher thront. Und hinter einem Vorhang befindet sich eine Tür, die wohl in ihre Schlafkammer führt, bei der es sich aber dem Schatten nach zu urteilen eher um eine Bettnische handelt. Der Junge ist verschwunden, hat uns in dem Wohnraum allein gelassen, ist wohl zu seinen Freunden gegangen. Julia und ich bleiben eine Weile stumm. Das Grün der Wände und der Vorhänge, das Dunkelrot der Terrakottafliesen, die Teppiche und die Zierdeckchen, die gerahmten Fotos, die an der Wand hängen, hindern uns am Reden, aber wir sind nicht von Stille umgeben, denn man hört den Straßenlärm, das Hupen der Gemeinschaftstaxis, die Musik der Gettoblaster aus den benachbarten Bars. Als ich Julia sage, dass sie mich vor über dreißig Jahren zur Welt gebracht, mir die Flasche gegeben und mich versorgt hat, erwidert sie nichts, nur *a-an,* einfach so, wobei sie nickt und sich auf ihrem Sessel hin und her bewegt. Sie spricht gut Englisch, sie ist zur Schule gegangen. Ich habe die Papiere mitgebracht, die ich habe – nicht den nagelneuen Pass auf den Namen Rachel Crosley, aber alles, was ich aus meinem früheren Leben gerettet habe, die Geburtsurkunde, den Impfpass und die Schulzeugnisse. Sie betrachtet sie nacheinander voller Aufmerksamkeit. Ich zeige ihr auch ein altes Foto, das ich nie verloren habe, nicht einmal, als ich den Kopf verloren habe, auf dem ich mit Bibi am Strand von Takoradi zu sehen bin, ich bin neun und Bibi vier, ich trage einen weißen Bikini und sie nur ein Höschen, wir haben Strohhüte auf, und die Gischt der Wellen blendet uns. Julia nimmt das Foto und hält es etwas schräg ins Licht, um besser sehen zu können. Sie lächelt, aber ich spüre, dass sie auf der Hut ist. Was hat eine Frau wie ich bei ihr zu suchen? Vielleicht hat ihr Enkel, der Junge mit der Schirmmütze, zu ihr gesagt, sie solle sich vor mir in Acht nehmen, nichts unterschreiben. Sie gibt mir die Papiere zurück, sauber geordnet, ohne eine Bemerkung zu machen. Was habe ich mir erhofft? Dass sie sich erinnert, mich beim Namen nennt, mir einen Kuss auf die Wangen drückt? Und doch, als es Zeit wird, mich von ihr zu verabschieden, geht Julia in ihre Schlafkammer und kommt mit einem Album wieder und zeigt mir die Fotos ihrer Familie. Auf einem dieser Fotos ist sie Anfang dreißig und trägt einen Kittel, der wohl ursprünglich grün war, auf dem Foto aber nur noch grau wiedergegeben wird. Auf dem Kopf trägt sie eine weiße Haube mit breitem Saum und an den Füßen weiße Turnschuhe. Sie lächelt, und hinter ihr sieht man aufgereihte Wiegen unter Moskitonetzen. Ich weiß, warum mich dieses Foto rührt. Es ist das erste Mal, dass ich so nah an meiner Geburt bin, mehr werde ich nie erfahren. Julia hat meine Rührung begriffen, ein Schatten gleitet über ihr lächelndes Gesicht, so etwas wie eine Erinnerung, aber das ist natürlich völlig unmöglich, alles ist schon so lange her. Mein Name und meine Papiere haben ihr nichts gesagt, aber als ich über dieses Foto gebeugt bleibe, löst sie es aus dem Album und reicht es mir, sie hat nichts anderes, was sie mir geben, nichts anderes, was sie mit mir teilen könnte, aber ich kann das nicht annehmen. Kurz bevor ich durch die Tür gehe, um draußen wieder in das helle Licht und in den Straßenlärm zu gelangen, breitet sie die Arme aus, und ich drücke sie an mich, sie ist ganz klein und leicht, aber ihre Arme sind kräftig wie die aller Hebammen. *Ma-krow* sage ich zu ihr, die einzigen Worte der Twi-Sprache, die ich kenne, *ma-krow auntie.* Da legt sie mir die Hände auf den Kopf und gibt mir ihre Kraft, ein sanfter, warmer Regen rinnt durch meinen Körper und lässt mich erschauern. Sie geht ins Haus zurück und schließt die Tür. Ich laufe wieder durch die Stadt zur Taxistation. Ich werde von einer Art Schwindel erfasst, vermutlich von der Hitze und der Menge. Außerdem ist es immer etwas angsteinflößend, eine neue Geschichte zu beginnen.

INHALT